The Sign of the Four
El signo de los cuatro

Arthur Conan Doyle

The Sign of the Four
El signo de los cuatro

Texto paralelo bilingüe
Bilingual edition

Ingles - Español
English - Spanish

texto en español, traducido del inglés por Guillermo Tirelli

ROSETTA EDU

Título original: *The sign of the four*

Primera publicación: 1890

Primera edición: Octubre 2024

Publicado por Rosetta Edu
Londres, Octubre 2024
www.rosettaedu.com

ISBN: 978-1-83647-058-8

Rosetta Edu
Ediciones bilingües

Páginas enfrentadas
Páginas enfrentadas de la traducción y texto original en libros impresos.

Párrafos alineados en libros impresos
En libros impresos, los párrafos alineados entre los dos idiomas facilitan la comparación y la comprensión, ahorrando la necesidad de referirse constantemente al diccionario.

Párrafos enlazados en libros electrónicos
En libros electrónicos la comparación y la comprensión son facilitadas por citas al pie colocadas al principio de cada párrafo enlazando el texto en el idioma original y su traducción.

Integridad y fidelidad
Traducciones íntegras, fieles y no abreviadas del texto original.

Cuidado del vocabulario
Traducciones especiales para ediciones bilingües, con especial cuidado por la hegemonía de vocabulario utilizando glosarios en el proceso de traducción.

Contexto educativo
Ediciones enfocadas a estudiantes intermedios y avanzados del idioma original del texto en libros coleccionables y aptos para el contexto educativo.

INDICE

CHAPTER I — THE SCIENCE OF DEDUCTION

Sherlock Holmes took his bottle from the corner of the mantel-piece and his hypodermic syringe from its neat morocco case. With his long, white, nervous fingers he adjusted the delicate needle, and rolled back his left shirt-cuff. For some little time his eyes rested thoughtfully upon the sinewy forearm and wrist all dotted and scarred with innumerable puncture-marks. Finally he thrust the sharp point home, pressed down the tiny piston, and sank back into the velvet-lined arm-chair with a long sigh of satisfaction.

Three times a day for many months I had witnessed this performance, but custom had not reconciled my mind to it. On the contrary, from day to day I had become more irritable at the sight, and my conscience swelled nightly within me at the thought that I had lacked the courage to protest. Again and again I had registered a vow that I should deliver my soul upon the subject, but there was that in the cool, nonchalant air of my companion which made him the last man with whom one would care to take anything approaching to a liberty. His great powers, his masterly manner, and the experience which I had had of his many extraordinary qualities, all made me diffident and backward in crossing him.

Yet upon that afternoon, whether it was the Beaune which I had taken with my lunch, or the additional exasperation produced by the extreme deliberation of his manner, I suddenly felt that I could hold out no longer.

"Which is it to-day?" I asked,—"morphine or cocaine?"

He raised his eyes languidly from the old black-letter volume which he had opened. "It is cocaine," he said,—"a seven-per-cent. solution. Would you care to try it?"

"No, indeed," I answered, brusquely. "My constitution has not got over the Afghan campaign yet. I cannot afford to throw any extra strain upon it."

He smiled at my vehemence. "Perhaps you are right, Watson," he

CAPÍTULO I — LA CIENCIA DE LA DEDUCCIÓN

Sherlock Holmes cogió su frasco del rincón de la repisa de la chimenea y su jeringuilla hipodérmica de su pulcro estuche de cuero de marruecos. Con sus dedos largos, blancos y nerviosos ajustó la delicada aguja y se remangó el puño izquierdo de la camisa. Durante un rato, sus ojos se posaron pensativos en el antebrazo y la muñeca nervudos, salpicados y llenos de cicatrices con innumerables marcas de pinchazos. Finalmente clavó la afilada punta, apretó el pequeño pistón y se hundió de nuevo en el sillón forrado de terciopelo con un largo suspiro de satisfacción.

Tres veces al día durante muchos meses había presenciado este acto pero la costumbre no había reconciliado mi mente con ello. Al contrario, de día en día me había vuelto más irritable a su vista y mi conciencia se hinchaba cada noche en mi interior al pensar que me había faltado el valor para protestar. Una y otra vez me había prometido que diría lo que siento sobre el tema pero había algo en el aire frío y despreocupado de mi compañero que le convertía en el último hombre con el que uno se molestaría a tomarse algo parecido a una libertad. Sus grandes poderes, sus maneras magistrales y la experiencia que yo había tenido de sus muchas y extraordinarias cualidades me hacían ser tímido y reacio a enojarlo.

Sin embargo, aquella tarde, ya fuera por el vino de Beaune que había tomado con mi almuerzo o por la exasperación adicional producida por la extrema deliberación de sus modales, sentí de repente que no podía aguantar más.

«¿Qué toca hoy...?», pregunté, «¿morfina o cocaína?».

Él levantó los ojos lánguidamente del viejo volumen de letras negras que había abierto. «Es cocaína», dijo, «una solución al siete por ciento. ¿Le gustaría probarla?».

«No, para nada», respondí, bruscamente. «Mi constitución aún no ha superado la campaña afgana. No puedo permitirme sobrecargarla».

Él sonrió ante mi vehemencia. «Quizá tenga razón, Watson», dijo.

said. "I suppose that its influence is physically a bad one. I find it, however, so transcendently stimulating and clarifying to the mind that its secondary action is a matter of small moment."

"But consider!" I said, earnestly. "Count the cost! Your brain may, as you say, be roused and excited, but it is a pathological and morbid process, which involves increased tissue-change and may at last leave a permanent weakness. You know, too, what a black reaction comes upon you. Surely the game is hardly worth the candle. Why should you, for a mere passing pleasure, risk the loss of those great powers with which you have been endowed? Remember that I speak not only as one comrade to another, but as a medical man to one for whose constitution he is to some extent answerable."

He did not seem offended. On the contrary, he put his finger-tips together and leaned his elbows on the arms of his chair, like one who has a relish for conversation.

"My mind," he said, "rebels at stagnation. Give me problems, give me work, give me the most abstruse cryptogram or the most intricate analysis, and I am in my own proper atmosphere. I can dispense then with artificial stimulants. But I abhor the dull routine of existence. I crave for mental exaltation. That is why I have chosen my own particular profession,—or rather created it, for I am the only one in the world."

"The only unofficial detective?" I said, raising my eyebrows.

"The only unofficial consulting detective," he answered. "I am the last and highest court of appeal in detection. When Gregson or Lestrade or Athelney Jones are out of their depths—which, by the way, is their normal state—the matter is laid before me. I examine the data, as an expert, and pronounce a specialist's opinion. I claim no credit in such cases. My name figures in no newspaper. The work itself, the pleasure of finding a field for my peculiar powers, is my highest reward. But you have yourself had some experience of my methods of work in the Jefferson Hope case."

"Yes, indeed," said I, cordially. "I was never so struck by anything

«Supongo que su influencia, físicamente, es mala. Sin embargo, la encuentro tan trascendentalmente estimulante y clarificadora para la mente que su acción secundaria es un asunto de poca importancia».

«¡Pero considere!», dije, con seriedad. «¡Considere el costo! Su cerebro puede, como usted dice, despertarse y excitarse, pero se trata de un proceso patológico y mórbido que implica un mayor cambio de tejidos y puede dejar, al final, una debilidad permanente. Usted sabe, además, la oscura reacción que le sobreviene después. Sin duda, el juego no vale la pena. ¿Por qué debería, por un mero placer pasajero, arriesgarse a perder esos grandes poderes con los que ha sido dotado? Recuerde que hablo no sólo como un camarada a otro sino como un médico a alguien de cuya constitución es en cierta medida responsable».

Él no parecía ofendido. Al contrario, juntó las puntas de los dedos y apoyó los codos en los brazos de su silla, como quien disfruta la conversación.

«Mi mente», dijo, «se rebela ante el estancamiento. Denme problemas, denme trabajo, denme el criptograma más abstruso o el análisis más intrincado y me encuentro en mi propia atmósfera. Puedo prescindir entonces de los estimulantes artificiales. Pero aborrezco la aburrida rutina de la existencia. Ansío la exaltación mental. Por eso he elegido mi profesión particular... o más bien la he creado, porque soy el único en el mundo».

«¿El único detective no oficial?», dije, alzando las cejas.

«El único detective de consulta no oficial», respondió. «Soy el último y más alto tribunal de apelación en materia de detección. Cuando Gregson o Lestrade o Athelney Jones están más allá de sus capacidades —lo cual, por cierto, es su estado normal—, el asunto es presentado ante mí. Examino los datos, como experto, y pronuncio la opinión de un especialista. No reclamo ningún crédito en estos casos. Mi nombre no figura en ningún periódico. El trabajo en sí, el placer de encontrar un campo para mis poderes peculiares, es mi mayor recompensa. Pero usted mismo ha tenido alguna experiencia de mis métodos de trabajo en el caso de Jefferson Hope».

«Sí, desde luego», dije yo, cordialmente. «Nunca nada me había im-

in my life. I even embodied it in a small brochure with the somewhat fantastic title of 'A Study in Scarlet.'"

He shook his head sadly. "I glanced over it," said he. "Honestly, I cannot congratulate you upon it. Detection is, or ought to be, an exact science, and should be treated in the same cold and unemotional manner. You have attempted to tinge it with romanticism, which produces much the same effect as if you worked a love-story or an elopement into the fifth proposition of Euclid."

"But the romance was there," I remonstrated. "I could not tamper with the facts."

"Some facts should be suppressed, or at least a just sense of proportion should be observed in treating them. The only point in the case which deserved mention was the curious analytical reasoning from effects to causes by which I succeeded in unraveling it."

I was annoyed at this criticism of a work which had been specially designed to please him. I confess, too, that I was irritated by the egotism which seemed to demand that every line of my pamphlet should be devoted to his own special doings. More than once during the years that I had lived with him in Baker Street I had observed that a small vanity underlay my companion's quiet and didactic manner. I made no remark, however, but sat nursing my wounded leg. I had a Jezail bullet through it some time before, and, though it did not prevent me from walking, it ached wearily at every change of the weather.

"My practice has extended recently to the Continent," said Holmes, after a while, filling up his old brier-root pipe. "I was consulted last week by François Le Villard, who, as you probably know, has come rather to the front lately in the French detective service. He has all the Celtic power of quick intuition, but he is deficient in the wide range of exact knowledge which is essential to the higher developments of his art. The case was concerned with a will, and possessed some features of interest. I was able to refer him to two parallel cases, the one at Riga in 1857, and the other at St. Louis in 1871, which have suggested to him the true solution. Here is the letter which I had this morning acknowledging my assistance." He tossed over, as

presionado tanto en mi vida. Incluso lo plasmé en un pequeño escrito con el título un tanto fantástico de "Un estudio en escarlata"».

Él sacudió la cabeza con tristeza. «Le he echado un vistazo», dijo. «Sinceramente, no puedo felicitarle por ello. La detección es, o debería ser, una ciencia exacta y debería tratarse de la misma manera fría e impasible. Usted ha intentado teñirla de romanticismo, lo que produce casi el mismo efecto que si trabajara una historia de amor o una fuga en la quinta proposición de Euclides».

«Pero el romance estaba ahí», le repliqué. «No podía alterar los hechos».

«Algunos hechos deberían suprimirse o al menos debería observarse un justo sentido de la proporción al tratarlos. El único punto del caso que merecía mención era el curioso razonamiento analítico de los efectos a las causas por el que logré desentrañarlo».

Me molestó esta crítica a una obra que había sido diseñada especialmente para complacerle. Confieso también que me irritaba el egoísmo que parecía exigir que cada línea de mi escrito estuviera dedicada a sus propias acciones especiales. Más de una vez, durante los años que había vivido con él en Baker Street, había observado que subyacía una pequeña vanidad en los modales tranquilos y didácticos de mi compañero. Sin embargo, no hice ningún comentario, sino que me senté a curarme la pierna herida. Me la había atravesado una bala Jezail hacía algún tiempo y, aunque no me impedía caminar, me dolía y me daba fatiga con cada cambio de tiempo.

«Mi práctica se ha extendido recientemente al Continente», dijo Holmes, al cabo de un rato, llenando su vieja pipa de raíz de brezo. «La semana pasada me consultó François Le Villard, quien, como probablemente sabrá, ha pasado bastante al frente últimamente en el servicio de detectives francés. Tiene todo el poder celta de la intuición rápida pero es deficiente en la amplia gama de conocimientos exactos que son esenciales para los desarrollos superiores de su arte. El caso se refería a un testamento y poseía algunos rasgos de interés. Pude remitirle a dos casos paralelos, el de Riga en 1857 y el de San Luis en 1871, que le han sugerido la verdadera solución. Aquí tiene la carta que recibí esta mañana reconociendo mi ayuda». Arrojó, mientras hablaba, una hoja arru-

he spoke, a crumpled sheet of foreign notepaper. I glanced my eyes down it, catching a profusion of notes of admiration, with stray "magnifiques," "coup-de-maîtres," and "tours-de-force," all testifying to the ardent admiration of the Frenchman.

"He speaks as a pupil to his master," said I.

"Oh, he rates my assistance too highly," said Sherlock Holmes, lightly. "He has considerable gifts himself. He possesses two out of the three qualities necessary for the ideal detective. He has the power of observation and that of deduction. He is only wanting in knowledge; and that may come in time. He is now translating my small works into French."

"Your works?"

"Oh, didn't you know?" he cried, laughing. "Yes, I have been guilty of several monographs. They are all upon technical subjects. Here, for example, is one 'Upon the Distinction between the Ashes of the Various Tobaccoes.' In it I enumerate a hundred and forty forms of cigar-, cigarette-, and pipe-tobacco, with coloured plates illustrating the difference in the ash. It is a point which is continually turning up in criminal trials, and which is sometimes of supreme importance as a clue. If you can say definitely, for example, that some murder has been done by a man who was smoking an Indian lunkah, it obviously narrows your field of search. To the trained eye there is as much difference between the black ash of a Trichinopoly and the white fluff of bird's-eye as there is between a cabbage and a potato."

"You have an extraordinary genius for minutiæ," I remarked.

"I appreciate their importance. Here is my monograph upon the tracing of footsteps, with some remarks upon the uses of plaster of Paris as a preserver of impresses. Here, too, is a curious little work upon the influence of a trade upon the form of the hand, with lithotypes of the hands of slaters, sailors, corkcutters, compositors, weavers, and diamond-polishers. That is a matter of great practical interest to the scientific detective,—especially in cases of unclaimed bodies, or in discovering the antecedents of criminals. But I weary you with my hobby."

gada de papel de carta extranjero. Pasé los ojos por ella y capté una profusión de notas de admiración, con «magnifiques», «coup-de-maîtres» y «tours-de-force» desparramados, todas ellas testimonio de la ardiente admiración del francés.

«Habla como un alumno a su maestro», dije yo.

«Oh, valora demasiado mi ayuda», dijo Sherlock Holmes, con ligereza. «Él mismo tiene dones considerables. Posee dos de las tres cualidades necesarias para el detective ideal. Tiene el poder de observación y el de deducción. Sólo le falta conocimiento; y eso puede llegar con el tiempo. Ahora está traduciendo mis pequeñas obras al francés».

«¿Sus obras?».

«Oh, ¿no lo sabía?», exclamó riendo. «Sí, he sido culpable de varias monografías. Versan todas sobre temas técnicos. Aquí, por ejemplo, hay una "Sobre la distinción entre las cenizas de los distintos tabacos". En ella enumero ciento cuarenta formas de tabaco de puro, de cigarrillo y de pipa, con láminas de colores que ilustran la diferencia de la ceniza. Es un punto que aparece continuamente en los juicios penales y que a veces tiene una importancia suprema como pista. Si se puede afirmar definitivamente, por ejemplo, que algún asesinato ha sido cometido por un hombre que fumaba un lunkah indio, obviamente se estrecha el campo de búsqueda. Para el ojo entrenado hay tanta diferencia entre la ceniza negra de un Trichinopoly y la pelusa blanca del ojo de perdiz como entre una col y una patata».

«Tiene un genio extraordinario para los detalles», comenté.

«Aprecio su importancia. Aquí está mi monografía sobre el trazado de huellas, con algunas observaciones sobre los usos del yeso de París como conservador de impresiones. Aquí también hay un curioso trabajito sobre la influencia de un oficio en la forma de la mano, con litotipos de las manos de pizarreros, marineros, descorchadores, compositores, tejedores y pulidores de diamantes. Se trata de un asunto de gran interés práctico para el detective científico... especialmente en casos de cadáveres no reclamados o para descubrir los antecedentes de criminales. Pero le canso con mi afición».

"Not at all," I answered, earnestly. "It is of the greatest interest to me, especially since I have had the opportunity of observing your practical application of it. But you spoke just now of observation and deduction. Surely the one to some extent implies the other."

"Why, hardly," he answered, leaning back luxuriously in his arm-chair, and sending up thick blue wreaths from his pipe. "For example, observation shows me that you have been to the Wigmore Street Post-Office this morning, but deduction lets me know that when there you dispatched a telegram."

"Right!" said I. "Right on both points! But I confess that I don't see how you arrived at it. It was a sudden impulse upon my part, and I have mentioned it to no one."

"It is simplicity itself," he remarked, chuckling at my surprise,—"so absurdly simple that an explanation is superfluous; and yet it may serve to define the limits of observation and of deduction. Observation tells me that you have a little reddish mould adhering to your instep. Just opposite the Wigmore Street Office they have taken up the pavement and thrown up some earth which lies in such a way that it is difficult to avoid treading in it in entering. The earth is of this peculiar reddish tint which is found, as far as I know, nowhere else in the neighbourhood. So much is observation. The rest is deduction."

"How, then, did you deduce the telegram?"

"Why, of course I knew that you had not written a letter, since I sat opposite to you all morning. I see also in your open desk there that you have a sheet of stamps and a thick bundle of post-cards. What could you go into the post-office for, then, but to send a wire? Eliminate all other factors, and the one which remains must be the truth."

"In this case it certainly is so," I replied, after a little thought. "The thing, however, is, as you say, of the simplest. Would you think me impertinent if I were to put your theories to a more severe test?"

"On the contrary," he answered, "it would prevent me from taking

«En absoluto», respondí, con seriedad. «Es del mayor interés para mí, especialmente desde que he tenido la oportunidad de observar su aplicación práctica. Pero usted acaba de hablar de observación y deducción. Seguramente la una implica en cierta medida a la otra».

«Pues, difícilmente», contestó, recostándose lujosamente en su sillón y haciendo salir gruesas coronas azules de su pipa. «Por ejemplo, la observación me muestra que usted ha estado en la oficina de correos de Wigmore Street esta mañana, pero la deducción me permite saber que cuando estuvo allí despachó un telegrama».

«¡Correcto!», dije yo. «¡Correcto en ambos puntos! Pero confieso que no veo cómo ha llegado a ello. Fue un impulso repentino por mi parte y no se lo he mencionado a nadie».

«Es la simplicidad misma», comentó riéndose ante mi sorpresa, «tan absurdamente simple que una explicación es superflua; y sin embargo puede servir para definir los límites de la observación y de la deducción. La observación me dice que tiene usted un pequeño moho rojizo adherido al empeine. Justo enfrente de la oficina de Wigmore Street han levantado el pavimento y han echado un poco de tierra que está puesta de tal manera que es difícil evitar pisarla al entrar. La tierra es de ese peculiar tinte rojizo que no se encuentra, que yo sepa, en ningún otro lugar del barrio. Hasta aquí la observación. El resto es deducción».

«¿Cómo dedujo entonces el telegrama?».

«Pues, por supuesto, sabía que no había escrito ninguna carta ya que me he sentado frente a usted toda la mañana. Veo también en su escritorio, allí abierto, que tiene una hoja de sellos y un grueso fajo de tarjetas postales. ¿Para qué iba a ir a la oficina de correos, entonces, sino para enviar un telegrama? Elimine todos los demás factores y el único que queda debe ser la verdad».

«En este caso ciertamente es así», respondí, después de pensarlo un poco. «La cosa, sin embargo, es, como usted dice, de lo más simple. ¿Me consideraría impertinente si sometiera sus teorías a una prueba más severa?».

«Al contrario», respondió, «me impediría tomar una segunda dosis

a second dose of cocaine. I should be delighted to look into any problem which you might submit to me."

"I have heard you say that it is difficult for a man to have any object in daily use without leaving the impress of his individuality upon it in such a way that a trained observer might read it. Now, I have here a watch which has recently come into my possession. Would you have the kindness to let me have an opinion upon the character or habits of the late owner?"

I handed him over the watch with some slight feeling of amusement in my heart, for the test was, as I thought, an impossible one, and I intended it as a lesson against the somewhat dogmatic tone which he occasionally assumed. He balanced the watch in his hand, gazed hard at the dial, opened the back, and examined the works, first with his naked eyes and then with a powerful convex lens. I could hardly keep from smiling at his crestfallen face when he finally snapped the case to and handed it back.

"There are hardly any data," he remarked. "The watch has been recently cleaned, which robs me of my most suggestive facts."

"You are right," I answered. "It was cleaned before being sent to me." In my heart I accused my companion of putting forward a most lame and impotent excuse to cover his failure. What data could he expect from an uncleaned watch?

"Though unsatisfactory, my research has not been entirely barren," he observed, staring up at the ceiling with dreamy, lack-lustre eyes. "Subject to your correction, I should judge that the watch belonged to your elder brother, who inherited it from your father."

"That you gather, no doubt, from the H. W. upon the back?"

"Quite so. The W. suggests your own name. The date of the watch is nearly fifty years back, and the initials are as old as the watch: so it was made for the last generation. Jewelry usually descends to the eldest son, and he is most likely to have the same name as the father. Your father has, if I remember right, been dead many years. It has, therefore, been in the hands of your eldest brother."

de cocaína. Estaré encantado de estudiar cualquier problema que me plantee».

«Le he oído decir que es difícil para un hombre tener cualquier objeto de uso cotidiano sin dejar en él la huella de su individualidad de tal forma que un observador entrenado pueda leerla. Ahora bien, tengo aquí un reloj que ha llegado recientemente a mi poder. ¿Tendría la amabilidad de permitirme tener una opinión sobre el carácter o los hábitos de su difunto propietario?».

Le entregué el reloj con un ligero sentimiento de diversión, ya que la prueba era, tal y como yo lo pensaba, imposible, y pretendía que sirviera de lección contra el tono un tanto dogmático que asumía en ocasiones. Balanceó el reloj en su mano, miró fijamente la esfera, abrió la tapa del fondo y examinó las piezas, primero a simple vista y luego con una potente lente convexa. Yo apenas pude evitar sonreír ante su rostro cabizbajo cuando él finalmente cerró la caja y me lo devolvió.

«Apenas hay datos», comentó. «El reloj ha sido limpiado recientemente, lo que me priva de los datos más sugestivos».

«Tiene razón», respondí. «Lo limpiaron antes de enviármelo». En mi fuero interno acusé a mi compañero de esgrimir una excusa de lo más vana e impotente para encubrir su fracaso. ¿Qué datos podía esperar de un reloj sin limpiar?

«Aunque insatisfactoria, mi investigación no ha sido del todo estéril», observó, mirando al techo con ojos soñadores y sin brillo. «A reserva de su corrección, debo juzgar que el reloj perteneció a su hermano mayor, que lo heredó de su padre».

«¿Eso lo deduce, sin duda, de las iniciales H. W. en la parte de atrás?».

«Así es. La W. sugiere su propio nombre. La fecha del reloj es de hace casi cincuenta años, y las iniciales son tan antiguas como el reloj: así que se hizo para la pasada generación. Las joyas suelen descender al hijo mayor y lo más probable es que tenga el mismo nombre que el padre. Su padre, si no recuerdo mal, lleva muerto muchos años. Por lo tanto, ha estado en manos de su hermano mayor».

"Right, so far," said I. "Anything else?"

"He was a man of untidy habits,—very untidy and careless. He was left with good prospects, but he threw away his chances, lived for some time in poverty with occasional short intervals of prosperity, and finally, taking to drink, he died. That is all I can gather."

I sprang from my chair and limped impatiently about the room with considerable bitterness in my heart.

"This is unworthy of you, Holmes," I said. "I could not have believed that you would have descended to this. You have made inquires into the history of my unhappy brother, and you now pretend to deduce this knowledge in some fanciful way. You cannot expect me to believe that you have read all this from his old watch! It is unkind, and, to speak plainly, has a touch of charlatanism in it."

"My dear doctor," said he, kindly, "pray accept my apologies. Viewing the matter as an abstract problem, I had forgotten how personal and painful a thing it might be to you. I assure you, however, that I never even knew that you had a brother until you handed me the watch."

"Then how in the name of all that is wonderful did you get these facts? They are absolutely correct in every particular."

"Ah, that is good luck. I could only say what was the balance of probability. I did not at all expect to be so accurate."

"But it was not mere guess-work?"

"No, no: I never guess. It is a shocking habit,—destructive to the logical faculty. What seems strange to you is only so because you do not follow my train of thought or observe the small facts upon which large inferences may depend. For example, I began by stating that your brother was careless. When you observe the lower part of that watch-case you notice that it is not only dinted in two places, but it is cut and marked all over from the habit of keeping other hard objects,

«Bien, hasta ahora», dije. «¿Algo más?».

«Era un hombre de hábitos desordenados... muy desordenado y descuidado. Tenía buenas perspectivas pero desperdició sus oportunidades, vivió durante algún tiempo en la pobreza con ocasionales y cortos intervalos de prosperidad y, finalmente, dándose a la bebida, murió. Eso es todo lo que puedo deducir».

Salté de mi silla y cojeé impaciente por la habitación con una considerable amargura en el corazón.

«Esto es indigno de usted, Holmes», le dije. «No puedo creer que usted haya descendido a esto. Ha indagado usted en la historia de mi desdichado hermano y ahora pretende deducir este conocimiento de alguna manera rocambolesca. No puede pretender que crea que ha leído todo esto de su viejo reloj. Es poco amable y, hablando claro, tiene un toque de charlatanería».

«Mi querido doctor», dijo él, amablemente, «le ruego que acepte mis disculpas. Viendo el asunto como un problema abstracto, había olvidado lo personal y doloroso que podía ser para usted. Le aseguro, sin embargo, que ni siquiera sabía que tenía un hermano hasta que me entregó el reloj».

«Entonces, ¿cómo, en nombre de todo lo que es maravilloso, consiguió saber estos hechos? Son absolutamente correctos en todos los aspectos».

«Ah, eso es buena suerte. Sólo podía decir cuál era el balance de probabilidades. No esperaba en absoluto ser tan preciso».

«¿Pero no fue una mera suposición?».

«No, no: nunca adivino. Es un hábito chocante, destructivo para la facultad lógica. Lo que a usted le parece extraño sólo lo es porque no sigue mi hilo de pensamiento ni observa los pequeños hechos de los que pueden depender las grandes inferencias. Por ejemplo, empecé afirmando que su hermano era descuidado. Cuando observa la parte inferior de la caja de ese reloj, se da cuenta de que no sólo está mellada en dos sitios, sino que está cortada y marcada por todas partes por el hábito de guar-

such as coins or keys, in the same pocket. Surely it is no great feat to assume that a man who treats a fifty-guinea watch so cavalierly must be a careless man. Neither is it a very far-fetched inference that a man who inherits one article of such value is pretty well provided for in other respects."

I nodded, to show that I followed his reasoning.

"It is very customary for pawnbrokers in England, when they take a watch, to scratch the number of the ticket with a pin-point upon the inside of the case. It is more handy than a label, as there is no risk of the number being lost or transposed. There are no less than four such numbers visible to my lens on the inside of this case. Inference,—that your brother was often at low water. Secondary inference,—that he had occasional bursts of prosperity, or he could not have redeemed the pledge. Finally, I ask you to look at the inner plate, which contains the key-hole. Look at the thousands of scratches all round the hole,—marks where the key has slipped. What sober man's key could have scored those grooves? But you will never see a drunkard's watch without them. He winds it at night, and he leaves these traces of his unsteady hand. Where is the mystery in all this?"

"It is as clear as daylight," I answered. "I regret the injustice which I did you. I should have had more faith in your marvellous faculty. May I ask whether you have any professional inquiry on foot at present?"

"None. Hence the cocaine. I cannot live without brain-work. What else is there to live for? Stand at the window here. Was ever such a dreary, dismal, unprofitable world? See how the yellow fog swirls down the street and drifts across the dun-coloured houses. What could be more hopelessly prosaic and material? What is the use of having powers, doctor, when one has no field upon which to exert them? Crime is commonplace, existence is commonplace, and no qualities save those which are commonplace have any function upon earth."

I had opened my mouth to reply to this tirade, when with a crisp knock our landlady entered, bearing a card upon the brass salver.

dar otros objetos duros, como monedas o llaves, en el mismo bolsillo. Seguramente no es una gran hazaña suponer que un hombre que trata con tanta displicencia un reloj de cincuenta guineas debe ser alguien descuidado. Tampoco es una deducción muy descabellada que un hombre que hereda un artículo de tal valor esté bastante bien provisto en otros aspectos».

Asentí, para demostrar que seguía su razonamiento.

«Es muy habitual que los prestamistas en Inglaterra, cuando toman un reloj como prenda, rayen el número del billete con una punta de alfiler en el interior de la caja. Es más práctico que una etiqueta, ya que no hay riesgo de que el número se pierda o se transponga. Hay no menos de cuatro números de este tipo visibles para mi lente en el interior de la caja. Inferencia: que su hermano, a menudo, tenía necesidades. Inferencia secundaria: que tuvo estallidos ocasionales de prosperidad o no podría haber redimido la prenda. Por último, le pido que mire la placa interior, que contiene el ojo de la cerradura. Fíjese en los miles de arañazos alrededor del agujero, marcas donde la llave se ha deslizado. ¿Qué llave de hombre sobrio podría haber marcado esos surcos? Pero nunca verá el reloj de un borracho sin ellas. Le da cuerda por la noche y deja estas huellas de su mano inestable. ¿Dónde está el misterio en todo esto?».

«Está tan claro como la luz del día», le contesté. «Lamento la injusticia que cometí con usted. Debería haber tenido más fe en sus maravillosas facultades. ¿Puedo preguntarle si tiene en marcha alguna investigación profesional en estos momentos?»

«Ninguna. De ahí la cocaína. No puedo vivir sin el trabajo cerebral. ¿Qué otra cosa hay para vivir? Párese aquí en la ventana. ¿Hubo alguna vez un mundo tan lúgubre, sombrío y poco provechoso? Vea cómo la niebla amarilla se arremolina por la calle y se desliza por las casas de color pardo. ¿Qué podría ser más desesperadamente prosaico y material? ¿De qué sirve tener poderes, doctor, cuando uno no tiene campo sobre el que ejercerlos? El crimen es vulgar, la existencia es vulgar, y ninguna cualidad salvo las que son vulgares tiene función alguna sobre la tierra».

Había abierto la boca para replicar a esta perorata, cuando con un golpe seco entró nuestra casera, portando una tarjeta sobre la bandeja de latón.

"A young lady for you, sir," she said, addressing my companion.

"Miss Mary Morstan," he read. "Hum! I have no recollection of the name. Ask the young lady to step up, Mrs. Hudson. Don't go, doctor. I should prefer that you remain."

«Una joven para usted, señor», dijo, dirigiéndose a mi acompañante.

«Miss Mary Morstan», leyó. «¡Hum! No recuerdo el nombre. Pídale a la joven que suba, Mrs. Hudson. No se vaya, doctor. Preferiría que se quedara».

CHAPTER II — THE STATEMENT OF THE CASE

Miss Morstan entered the room with a firm step and an outward composure of manner. She was a blonde young lady, small, dainty, well gloved, and dressed in the most perfect taste. There was, however, a plainness and simplicity about her costume which bore with it a suggestion of limited means. The dress was a sombre greyish beige, untrimmed and unbraided, and she wore a small turban of the same dull hue, relieved only by a suspicion of white feather in the side. Her face had neither regularity of feature nor beauty of complexion, but her expression was sweet and amiable, and her large blue eyes were singularly spiritual and sympathetic. In an experience of women which extends over many nations and three separate continents, I have never looked upon a face which gave a clearer promise of a refined and sensitive nature. I could not but observe that as she took the seat which Sherlock Holmes placed for her, her lip trembled, her hand quivered, and she showed every sign of intense inward agitation.

"I have come to you, Mr. Holmes," she said, "because you once enabled my employer, Mrs. Cecil Forrester, to unravel a little domestic complication. She was much impressed by your kindness and skill."

"Mrs. Cecil Forrester," he repeated thoughtfully. "I believe that I was of some slight service to her. The case, however, as I remember it, was a very simple one."

"She did not think so. But at least you cannot say the same of mine. I can hardly imagine anything more strange, more utterly inexplicable, than the situation in which I find myself."

Holmes rubbed his hands, and his eyes glistened. He leaned forward in his chair with an expression of extraordinary concentration upon his clear-cut, hawklike features. "State your case," said he, in brisk, business tones.

I felt that my position was an embarrassing one. "You will, I am sure, excuse me," I said, rising from my chair.

Miss Morstan entró en la habitación con paso firme y una compostura de modales, al menos en lo externo. Era una joven rubia, menuda, delicada, con guantes y vestida con el gusto más perfecto. Sin embargo, había en su atuendo una llaneza y sencillez que llevaban consigo una sugerencia de medios limitados. El vestido era de un sombrío beige grisáceo, sin adornos ni galones, y llevaba un pequeño turbante del mismo tono apagado, aliviado únicamente por una sospecha de pluma blanca en el lateral. Su rostro no tenía ni regularidad de rasgos ni belleza de tez pero su expresión era dulce y amable y sus grandes ojos azules eran singularmente espirituales y simpáticos. En una experiencia de mujeres que se extiende por muchas naciones y tres continentes distintos, nunca he contemplado un rostro que diera una promesa más clara de una naturaleza refinada y sensible. No pude dejar de observar que mientras tomaba asiento en el sillón que Sherlock Holmes le había colocado, le temblaban los labios, le temblaba la mano y mostraba todos los signos de una intensa agitación interior.

«He acudido a usted, Mr. Holmes», le dijo, «porque una vez permitió a mi patrona, Mrs. Cecil Forrester, desentrañar una pequeña complicación doméstica. Ella quedó muy impresionada por su amabilidad y habilidad».

«Mrs. Cecil Forrester», repitió pensativo. «Creo que le presté algún pequeño servicio. El caso, sin embargo, tal como lo recuerdo, era muy sencillo».

«Ella no pensaba así. Pero al menos no puede decir lo mismo del mío. Difícilmente puedo imaginar algo más extraño, más absolutamente inexplicable, que la situación en la que me encuentro».

Holmes se frotó las manos y le brillaron los ojos. Se inclinó hacia delante en su silla con una expresión de extraordinaria concentración en sus rasgos claros y como de halcón. «Exponga su caso», dijo en tono enérgico y comercial.

Sentí que mi posición era embarazosa. «Estoy seguro de que me disculparán», dije, levantándome de la silla.

To my surprise, the young lady held up her gloved hand to detain me. "If your friend," she said, "would be good enough to stop, he might be of inestimable service to me."

I relapsed into my chair.

"Briefly," she continued, "the facts are these. My father was an officer in an Indian regiment who sent me home when I was quite a child. My mother was dead, and I had no relative in England. I was placed, however, in a comfortable boarding establishment at Edinburgh, and there I remained until I was seventeen years of age. In the year 1878 my father, who was senior captain of his regiment, obtained twelve months' leave and came home. He telegraphed to me from London that he had arrived all safe, and directed me to come down at once, giving the Langham Hotel as his address. His message, as I remember, was full of kindness and love. On reaching London I drove to the Langham, and was informed that Captain Morstan was staying there, but that he had gone out the night before and had not yet returned. I waited all day without news of him. That night, on the advice of the manager of the hotel, I communicated with the police, and next morning we advertised in all the papers. Our inquiries led to no result; and from that day to this no word has ever been heard of my unfortunate father. He came home with his heart full of hope, to find some peace, some comfort, and instead—" She put her hand to her throat, and a choking sob cut short the sentence.

"The date?" asked Holmes, opening his note-book.

"He disappeared upon the 3rd of December, 1878,—nearly ten years ago."

"His luggage?"

"Remained at the hotel. There was nothing in it to suggest a clue,— some clothes, some books, and a considerable number of curiosities from the Andaman Islands. He had been one of the officers in charge of the convict-guard there."

"Had he any friends in town?"

Para mi sorpresa, la joven levantó su mano enguantada para detenerme. «Si su amigo», dijo, «tuviera la bondad de detenerse, podría serme de inestimable utilidad».

Volví a recostarme en mi silla.

«Brevemente», continuó ella, «los hechos son éstos. Mi padre era un oficial de un regimiento indio que me envió a casa cuando yo era apenas una niña. Mi madre había muerto y yo no tenía ningún pariente en Inglaterra. Me colocaron, sin embargo, en un cómodo internado en Edimburgo, y allí permanecí hasta los diecisiete años. En el año 1878 mi padre, que era capitán superior de su regimiento, obtuvo un permiso de doce meses y volvió a casa. Me telegrafió desde Londres que había llegado sano y salvo, y me indicó que viniera de inmediato, dando como dirección el Hotel Langham. Su mensaje, según recuerdo, estaba lleno de amabilidad y cariño. Al llegar a Londres me dirigí al Langham, y me informaron de que el Capitán Morstan se alojaba allí, pero que había salido la noche anterior y aún no había regresado. Esperé todo el día sin tener noticias suyas. Esa noche, por consejo del gerente del hotel, me comuniqué con la policía, y a la mañana siguiente lo anunciamos en todos los periódicos. Nuestras pesquisas no condujeron a ningún resultado; y desde aquel día hasta hoy no se ha vuelto a saber nada de mi desdichado padre. Volvió a casa con el corazón lleno de esperanza, para encontrar algo de paz, algo de consuelo, y en lugar de eso...». Se llevó la mano a la garganta y un sollozo ahogado cortó la frase.

«¿La fecha?», preguntó Holmes, abriendo su cuaderno de notas.

«Desapareció el 3 de diciembre de 1878, hace casi diez años».

«¿Su equipaje?».

«Permaneció en el hotel. No había nada en él que sugiriera una pista... algunas ropas, algunos libros y un número considerable de curiosidades de las Islas Andamán. Había sido uno de los oficiales a cargo de la guardia de convictos allí».

«¿Tenía él amigos en la ciudad?».

"Only one that we know of,—Major Sholto, of his own regiment, the 34th Bombay Infantry. The major had retired some little time before, and lived at Upper Norwood. We communicated with him, of course, but he did not even know that his brother officer was in England."

"A singular case," remarked Holmes.

"I have not yet described to you the most singular part. About six years ago—to be exact, upon the 4th of May, 1882—an advertisement appeared in the *Times* asking for the address of Miss Mary Morstan and stating that it would be to her advantage to come forward. There was no name or address appended. I had at that time just entered the family of Mrs. Cecil Forrester in the capacity of governess. By her advice I published my address in the advertisement column. The same day there arrived through the post a small card-board box addressed to me, which I found to contain a very large and lustrous pearl. No word of writing was enclosed. Since then every year upon the same date there has always appeared a similar box, containing a similar pearl, without any clue as to the sender. They have been pronounced by an expert to be of a rare variety and of considerable value. You can see for yourselves that they are very handsome." She opened a flat box as she spoke, and showed me six of the finest pearls that I had ever seen.

"Your statement is most interesting," said Sherlock Holmes. "Has anything else occurred to you?"

"Yes, and no later than to-day. That is why I have come to you. This morning I received this letter, which you will perhaps read for yourself."

"Thank you," said Holmes. "The envelope too, please. Postmark, London, S.W. Date, July 7. Hum! Man's thumb-mark on corner,—probably postman. Best quality paper. Envelopes at sixpence a packet. Particular man in his stationery. No address. 'Be at the third pillar from the left outside the Lyceum Theatre to-night at seven o'clock. If you are distrustful, bring two friends. You are a wronged woman, and shall have justice. Do not bring police. If you do, all will be in vain. Your unknown friend.' Well, really, this is a very pretty little mystery.

«Sólo uno que conozcamos: el Mayor Sholto, de su propio regimiento, el 34 de Infantería de Bombay. El mayor se había retirado hacía poco tiempo y vivía en Upper Norwood. Nos comunicamos con él, por supuesto, pero ni siquiera sabía que su hermano, un oficial, estaba en Inglaterra».

«Un caso singular», comentó Holmes.

«Aún no les he descrito la parte más singular. Hace unos seis años —para ser exactos, el 4 de mayo de 1882— apareció un anuncio en el *Times* en el que se pedía la dirección de Miss Mary Morstan y se afirmaba que le convendría presentarse. No se adjuntaba ni nombre ni dirección. En aquel momento yo acababa de entrar en la familia de Mrs. Cecil Forrester en calidad de institutriz. Por consejo de ella publiqué mi dirección en la columna de anuncios. El mismo día llegó por correo una cajita de cartón dirigida a mí, que encontré que contenía una perla muy grande y lustrosa. No llevaba nada escrito. Desde entonces, todos los años en la misma fecha ha aparecido siempre una caja similar, conteniendo una perla parecida, sin ninguna pista sobre el remitente. Un experto ha declarado que son de una variedad rara y de un valor considerable. Pueden ver por ustedes mismos que son muy bonitas». Abrió una caja plana mientras hablaba y me mostró seis de las perlas más finas que jamás había visto.

«Su declaración es de lo más interesante», dijo Sherlock Holmes. «¿Le ha ocurrido algo más?».

«Sí, y no más tarde que hoy. Por eso he acudido a usted. Esta mañana he recibido esta carta, que tal vez pueda leer usted mismo».

«Gracias», dijo Holmes. «El sobre también, por favor. Matasellos, Londres, S.O. Fecha, 7 de julio. ¡Hum! Marca de pulgar de hombre en la esquina... probablemente el cartero. Papel de la mejor calidad. Sobres a seis peniques el paquete. Hombre particular en su papelería. Sin dirección. "Preséntese en el tercer pilar desde la izquierda fuera del Teatro Lyceum esta noche a las siete. Si desconfía, traiga a dos amigos. Usted es una mujer agraviada y obtendrá justicia. No traiga a la policía. Si lo hace, todo será en vano. Su amigo desconocido". Bueno, realmente, este

What do you intend to do, Miss Morstan?"

"That is exactly what I want to ask you."

"Then we shall most certainly go. You and I and—yes, why, Dr. Watson is the very man. Your correspondent says two friends. He and I have worked together before."

"But would he come?" she asked, with something appealing in her voice and expression.

"I should be proud and happy," said I, fervently, "if I can be of any service."

"You are both very kind," she answered. "I have led a retired life, and have no friends whom I could appeal to. If I am here at six it will do, I suppose?"

"You must not be later," said Holmes. "There is one other point, however. Is this handwriting the same as that upon the pearl-box addresses?"

"I have them here," she answered, producing half a dozen pieces of paper.

"You are certainly a model client. You have the correct intuition. Let us see, now." He spread out the papers upon the table, and gave little darting glances from one to the other. "They are disguised hands, except the letter," he said, presently, "but there can be no question as to the authorship. See how the irrepressible Greek *e* will break out, and see the twirl of the final *s*. They are undoubtedly by the same person. I should not like to suggest false hopes, Miss Morstan, but is there any resemblance between this hand and that of your father?"

"Nothing could be more unlike."

"I expected to hear you say so. We shall look out for you, then, at six. Pray allow me to keep the papers. I may look into the matter before then. It is only half-past three. *Au revoir*, then."

es un pequeño misterio muy bonito. ¿Qué piensa hacer, Miss Morstan?».

«Eso es exactamente lo que quiero preguntarle».

«Entonces sin duda iremos. Usted y yo y... sí, vaya, el Dr. Watson es el hombre adecuado. Su corresponsal dice que vayan dos amigos. Él y yo hemos trabajado juntos antes».

«¿Pero vendría?», preguntó ella, con algo atrayente en su voz y en su expresión.

«Me sentiría orgulloso y feliz», dije, con fervor, «si puedo ser de alguna utilidad».

«Ambos son muy amables», respondió ella. «He llevado una vida retirada y no tengo amigos a los que pueda recurrir. Si estoy aquí a las seis estará bien, supongo».

«No debe llegar más tarde», dijo Holmes. «Sin embargo, hay otra cuestión. ¿Es esta escritura la misma que la de las direcciones de la caja de perlas?».

«Las tengo aquí», respondió ella, extrayendo media docena de papeles.

«Sin duda es usted un cliente modelo. Tiene la intuición correcta. Veámoslo, ahora». Extendió los papeles sobre la mesa y echó pequeñas miradas furtivas de uno a otro. «Son escrituras disimuladas, excepto la carta», dijo, en seguida, «pero no puede haber duda en cuanto a la autoría. Vea cómo brota la incontenible *e* griega y vea el giro de la *s* final. Sin duda son de la misma persona. No quisiera sugerirle falsas esperanzas, Miss Morstan, pero ¿hay algún parecido entre esta escritura y la de su padre?».

«Nada podría ser más distinto».

«Esperaba oírle decir eso. La buscaremos, entonces, a las seis. Le ruego me permita quedarme con los papeles. Puede que investigue el asunto antes de esa hora. Sólo son las tres y media. *Au revoir*, entonces».

"*Au revoir*," said our visitor, and, with a bright, kindly glance from one to the other of us, she replaced her pearl-box in her bosom and hurried away. Standing at the window, I watched her walking briskly down the street, until the grey turban and white feather were but a speck in the sombre crowd.

"What a very attractive woman!" I exclaimed, turning to my companion.

He had lit his pipe again, and was leaning back with drooping eye-lids. "Is she?" he said, languidly. "I did not observe."

"You really are an automaton,—a calculating-machine!" I cried. "There is something positively inhuman in you at times."

He smiled gently. "It is of the first importance," he said, "not to allow your judgment to be biased by personal qualities. A client is to me a mere unit,—a factor in a problem. The emotional qualities are antagonistic to clear reasoning. I assure you that the most winning woman I ever knew was hanged for poisoning three little children for their insurance-money, and the most repellant man of my acquaintance is a philanthropist who has spent nearly a quarter of a million upon the London poor."

"In this case, however—"

"I never make exceptions. An exception disproves the rule. Have you ever had occasion to study character in handwriting? What do you make of this fellow's scribble?"

"It is legible and regular," I answered. "A man of business habits and some force of character."

Holmes shook his head. "Look at his long letters," he said. "They hardly rise above the common herd. That *d* might be an *a*, and that *l* an *e*. Men of character always differentiate their long letters, however illegibly they may write. There is vacillation in his *k*'s and self-esteem in his capitals. I am going out now. I have some few references to make. Let me recommend this book,—one of the most remarkable ever penned. It is Winwood Reade's 'Martyrdom of Man.' I shall be back in an hour."

«*Au revoir*», dijo nuestra visitante y, con una mirada brillante y amable de uno a otro de nosotros, volvió a guardar su caja de perlas en el pecho y se alejó apresuradamente. De pie junto a la ventana, la observé caminar enérgicamente calle abajo, hasta que el turbante gris y la pluma blanca no fueron más que una mancha en la sombría multitud.

«¡Qué mujer tan atractiva!», exclamé, volviéndome hacia mi compañero.

Él había vuelto a encender su pipa y estaba recostado con los párpados caídos. «¿Lo es?», dijo, lánguidamente. «No la he observado».

«¡Realmente usted es un autómata, una máquina calculadora!», grité. «A veces hay algo verdaderamente inhumano en usted».

Él sonrió amablemente. «Es de la mayor importancia», dijo, «no permitir que su juicio se vea sesgado por cualidades personales. Un cliente es para mí una mera unidad, un factor en un problema. Las cualidades emocionales son antagónicas al razonamiento claro. Le aseguro que la mujer más bella que he conocido fue ahorcada por envenenar a tres niños pequeños por el dinero de su seguro y el hombre más repelente que conozco es un filántropo que ha gastado casi un cuarto de millón en los pobres de Londres».

«En este caso, sin embargo...».

«Nunca hago excepciones. Una excepción refuta la regla. ¿Ha tenido ocasión de estudiar el carácter en la escritura? ¿Qué opina de los garabatos de este tipo?».

«Es legible y regular», respondí. «Un hombre de hábitos comerciales y cierta fuerza de carácter».

Holmes sacudió la cabeza. «Mire sus letras largas», dijo. «Apenas se elevan por encima del rebaño común. Esa *d* podría ser una *a*, y esa *l* una *e*. Los hombres de carácter siempre diferencian sus letras largas, por muy ilegiblemente que escriban. Hay vacilación en su *k* y amor propio en sus mayúsculas. Ahora voy a salir. Tengo algunas referencias que buscar. Permítame recomendarle este libro, uno de los más notables jamás escritos. Es *El martirio del hombre* de Winwood Reade. Volveré en una hora».

I sat in the window with the volume in my hand, but my thoughts were far from the daring speculations of the writer. My mind ran upon our late visitor,—her smiles, the deep rich tones of her voice, the strange mystery which overhung her life. If she were seventeen at the time of her father's disappearance she must be seven-and-twenty now,—a sweet age, when youth has lost its self-consciousness and become a little sobered by experience. So I sat and mused, until such dangerous thoughts came into my head that I hurried away to my desk and plunged furiously into the latest treatise upon pathology. What was I, an army surgeon with a weak leg and a weaker banking-account, that I should dare to think of such things? She was a unit, a factor,—nothing more. If my future were black, it was better surely to face it like a man than to attempt to brighten it by mere will-o'-the-wisps of the imagination.

Me senté en la ventana con el volumen en la mano, pero mis pensamientos estaban lejos de las atrevidas especulaciones del escritor. Mi mente discurría sobre nuestra última visita... sus sonrisas, los profundos y ricos tonos de su voz, el extraño misterio que se cernía sobre su vida. Si tenía diecisiete años en el momento de la desaparición de su padre, ahora debía de tener veintisiete, una edad dulce, cuando la juventud ha perdido la conciencia de sí misma y se ha vuelto un poco más sobria por la experiencia. Así que me senté y cavilé, hasta que me vinieron a la cabeza pensamientos tan peligrosos que me apresuré a ir a mi escritorio y me zambullí furiosamente en el último tratado sobre patología. ¿Qué era yo, un cirujano del ejército con una pierna débil y una cuenta bancaria aún más débil, para atreverme a pensar en tales cosas? Era una unidad, un factor... nada más. Si mi futuro era negro, sin duda era mejor afrontarlo como un hombre que intentar iluminarlo con meros testamentos de la imaginación.

CHAPTER III — IN QUEST OF A SOLUTION

It was half-past five before Holmes returned. He was bright, eager, and in excellent spirits,—a mood which in his case alternated with fits of the blackest depression.

"There is no great mystery in this matter," he said, taking the cup of tea which I had poured out for him. "The facts appear to admit of only one explanation."

"What! you have solved it already?"

"Well, that would be too much to say. I have discovered a suggestive fact, that is all. It is, however, *very* suggestive. The details are still to be added. I have just found, on consulting the back files of the *Times*, that Major Sholto, of Upper Norword, late of the 34th Bombay Infantry, died upon the 28th of April, 1882."

"I may be very obtuse, Holmes, but I fail to see what this suggests."

"No? You surprise me. Look at it in this way, then. Captain Morstan disappears. The only person in London whom he could have visited is Major Sholto. Major Sholto denies having heard that he was in London. Four years later Sholto dies. *Within a week of his death* Captain Morstan's daughter receives a valuable present, which is repeated from year to year, and now culminates in a letter which describes her as a wronged woman. What wrong can it refer to except this deprivation of her father? And why should the presents begin immediately after Sholto's death, unless it is that Sholto's heir knows something of the mystery and desires to make compensation? Have you any alternative theory which will meet the facts?"

"But what a strange compensation! And how strangely made! Why, too, should he write a letter now, rather than six years ago? Again, the letter speaks of giving her justice. What justice can she have? It is too much to suppose that her father is still alive. There is no other injustice in her case that you know of."

"There are difficulties; there are certainly difficulties," said Sherlock Holmes, pensively. "But our expedition of to-night will solve

Eran las cinco y media cuando Holmes regresó. Estaba brillante, ansioso y de excelente humor... un estado de ánimo que en su caso alternaba con ataques de la más oscura depresión.

«No hay gran misterio en este asunto», dijo, tomando la taza de té que le había servido. «Los hechos parecen admitir sólo una explicación».

«¡Qué! ¿Ya lo ha resuelto?».

«Bueno, eso sería demasiado decir. He descubierto un hecho sugestivo, eso es todo. Sin embargo, es *muy* sugestivo. Aún faltan los detalles. Acabo de descubrir, consultando los archivos atrasados del *Times*, que el Mayor Sholto, de Upper Norword, antiguo miembro del 34 de Infantería de Bombay, murió el 28 de abril de 1882».

«Puede que sea muy obtuso, Holmes, pero no veo qué sugiere esto».

«¿No? Me sorprende. Mírelo de esta manera, entonces. El Capitán Morstan desaparece. La única persona en Londres a quien pudo haber visitado es el Mayor Sholto. El Mayor Sholto niega haber oído que estaba en Londres. Cuatro años más tarde Sholto muere. *Una semana después de su muerte*, la hija del Capitán Morstan recibe un valioso regalo, que se repite de año en año, y que ahora culmina en una carta que la describe como una mujer agraviada. ¿A qué agravio puede referirse excepto a esta privación de su padre? ¿Y por qué han de empezar los regalos inmediatamente después de la muerte de Sholto, a menos que sea porque el heredero de éste sabe algo del misterio y desea resarcirse? ¿Tiene alguna teoría alternativa que se ajuste a los hechos?».

«¡Pero, qué compensación tan extraña! ¡Y qué extrañamente hecha! ¿Por qué, además, iba a escribir una carta ahora y no hace seis años? Además, la carta habla de hacerle justicia. ¿Qué justicia puede tener ella? Es demasiado suponer que su padre sigue vivo. No hay ninguna otra injusticia en su caso que usted conozca».

«Hay dificultades; ciertamente hay dificultades», dijo Sherlock Holmes, pensativo. «Pero nuestra expedición de esta noche las resolverá

them all. Ah, here is a four-wheeler, and Miss Morstan is inside. Are you all ready? Then we had better go down, for it is a little past the hour."

I picked up my hat and my heaviest stick, but I observed that Holmes took his revolver from his drawer and slipped it into his pocket. It was clear that he thought that our night's work might be a serious one.

Miss Morstan was muffled in a dark cloak, and her sensitive face was composed, but pale. She must have been more than woman if she did not feel some uneasiness at the strange enterprise upon which we were embarking, yet her self-control was perfect, and she readily answered the few additional questions which Sherlock Holmes put to her.

"Major Sholto was a very particular friend of papa's," she said. "His letters were full of allusions to the major. He and papa were in command of the troops at the Andaman Islands, so they were thrown a great deal together. By the way, a curious paper was found in papa's desk which no one could understand. I don't suppose that it is of the slightest importance, but I thought you might care to see it, so I brought it with me. It is here."

Holmes unfolded the paper carefully and smoothed it out upon his knee. He then very methodically examined it all over with his double lens.

"It is paper of native Indian manufacture," he remarked. "It has at some time been pinned to a board. The diagram upon it appears to be a plan of part of a large building with numerous halls, corridors, and passages. At one point is a small cross done in red ink, and above it is '3.37 from left,' in faded pencil-writing. In the left-hand corner is a curious hieroglyphic like four crosses in a line with their arms touching. Beside it is written, in very rough and coarse characters, 'The sign of the four,—Jonathan Small, Mahomet Singh, Abdullah Khan, Dost Akbar.' No, I confess that I do not see how this bears upon the matter. Yet it is evidently a document of importance. It has been kept carefully in a pocket-book; for the one side is as clean as the other."

todas. Ah, aquí está el carruaje, y Miss Morstan está dentro. ¿Tiene todo preparado? Entonces será mejor que bajemos, pues ya se pasa un poco de la hora».

Recogí mi sombrero y mi bastón más pesado, pero observé que Holmes sacaba su revólver del cajón y se lo metía en el bolsillo. Estaba claro que pensaba que el trabajo nuestro para esa noche podía tener una naturaleza seria.

Miss Morstan estaba embozada en una capa oscura y su rostro sensible estaba sereno, pero pálido. Debía de ser más que una mujer si no sentía cierta inquietud ante la extraña empresa en la que nos embarcábamos; sin embargo, su autocontrol era perfecto y respondió con facilidad a las pocas preguntas adicionales que Sherlock Holmes le formuló.

«El Mayor Sholto era un amigo muy particular de papá», dijo. «Sus cartas estaban llenas de alusiones al mayor. Él y papá estaban al mando de las tropas en las Islas Andamán, por lo que se relacionaban mucho. Por cierto, en el escritorio de papá se encontró un curioso papel que nadie pudo entender. No creo que tenga la menor importancia, pero pensé que le interesaría verlo, así que lo traje conmigo. Está aquí».

Holmes desdobló el papel con cuidado y lo alisó sobre su rodilla. Luego lo examinó muy metódicamente por todas partes con su doble lente.

«Es papel de fabricación india», observó. «En algún momento ha estado clavado en una tabla. El diagrama que hay en él parece ser el plano de parte de un gran edificio con numerosas salas, pasillos y pasadizos. En un punto hay una pequeña cruz hecha con tinta roja, y encima pone "3,37 desde la izquierda", en letra en lápiz descolorido. En la esquina izquierda hay un curioso jeroglífico como cuatro cruces en línea con los brazos tocándose. A su lado está escrito, en caracteres muy toscos y groseros, "El signo de los cuatro... Jonathan Small, Mahomet Singh, Abdullah Khan, Dost Akbar". Confieso que no veo qué relación tiene esto con el asunto. Sin embargo, es evidentemente un documento de importancia. Ha sido guardado cuidadosamente en una libreta de bolsillo; porque una cara está tan limpia como la otra».

"It was in his pocket-book that we found it."

"Preserve it carefully, then, Miss Morstan, for it may prove to be of use to us. I begin to suspect that this matter may turn out to be much deeper and more subtle than I at first supposed. I must reconsider my ideas." He leaned back in the cab, and I could see by his drawn brow and his vacant eye that he was thinking intently. Miss Morstan and I chatted in an undertone about our present expedition and its possible outcome, but our companion maintained his impenetrable reserve until the end of our journey.

It was a September evening, and not yet seven o'clock, but the day had been a dreary one, and a dense drizzly fog lay low upon the great city. Mud-coloured clouds drooped sadly over the muddy streets. Down the Strand the lamps were but misty splotches of diffused light which threw a feeble circular glimmer upon the slimy pavement. The yellow glare from the shop-windows streamed out into the steamy, vaporous air, and threw a murky, shifting radiance across the crowd-ed thoroughfare. There was, to my mind, something eerie and ghost-like in the endless procession of faces which flitted across these nar-row bars of light,—sad faces and glad, haggard and merry. Like all human kind, they flitted from the gloom into the light, and so back into the gloom once more. I am not subject to impressions, but the dull, heavy evening, with the strange business upon which we were engaged, combined to make me nervous and depressed. I could see from Miss Morstan's manner that she was suffering from the same feeling. Holmes alone could rise superior to petty influences. He held his open note-book upon his knee, and from time to time he jotted down figures and memoranda in the light of his pocket-lantern.

At the Lyceum Theatre the crowds were already thick at the side-en-trances. In front a continuous stream of hansoms and four-wheelers were rattling up, discharging their cargoes of shirt-fronted men and beshawled, bediamonded women. We had hardly reached the third pillar, which was our rendezvous, before a small, dark, brisk man in the dress of a coachman accosted us.

"Are you the parties who come with Miss Morstan?" he asked.

"I am Miss Morstan, and these two gentlemen are my friends," said she.

«Lo encontramos en su cuaderno de bolsillo».

«Consérvelo con cuidado, entonces, Miss Morstan, pues puede resultarnos útil. Empiezo a sospechar que este asunto puede resultar mucho más profundo y sutil de lo que yo suponía al principio. Debo reconsiderar mis ideas». Él se recostó en el taxi y pude ver por su ceño fruncido y su mirada ausente que estaba pensando intensamente. Miss Morstan y yo charlamos en voz baja sobre nuestra expedición actual y su posible resultado, pero nuestro compañero mantuvo su impenetrable reserva hasta el final de nuestro viaje.

Era una tarde de septiembre y aún no habían dado las siete, pero el día había sido lúgubre y una densa llovizna se cernía sobre la gran ciudad. Nubes color barro caían tristemente sobre las calles embarradas. Abajo, en el Strand, las farolas no eran más que brumosas manchas de luz difusa que arrojaban un débil resplandor circular sobre el viscoso pavimento. El resplandor amarillo de los escaparates se derramaba en el aire húmedo y vaporoso, y arrojaba un resplandor turbio y cambiante sobre la atestada vía pública. A mi modo de ver, había algo espeluznante y fantasmal en la interminable procesión de rostros que revoloteaban por aquellas estrechas barras de luz: rostros tristes y alegres, demacrados y felices. Como toda la humanidad, revoloteaban de la penumbra a la luz y así de nuevo a la penumbra. No soy propenso a impresionarme, pero la tarde aburrida y pesada, con el extraño asunto en el que estábamos enfrascados, se combinaron para ponerme nervioso y deprimido. Por los modales de Miss Morstan pude ver que padecía el mismo sentimiento. Sólo Holmes podía elevarse por encima de las mezquinas influencias. Sostenía su cuaderno de notas abierto sobre la rodilla y de vez en cuando anotaba cifras y notas a la luz de su linterna de bolsillo.

En el Lyceum Theatre la multitud ya era densa en las entradas laterales. Delante, había un flujo continuo de coches de caballos y vehículos de cuatro ruedas que traqueteaban, descargando sus cargamentos de hombres con camisa y mujeres con chales y diamantes. Apenas habíamos llegado al tercer pilar, donde era nuestra cita, cuando un hombre pequeño, moreno y enérgico vestido de cochero nos abordó.

«¿Son ustedes los que vienen con Miss Morstan?», preguntó.

«Yo soy Miss Morstan y estos dos caballeros son mis amigos», dijo ella.

He bent a pair of wonderfully penetrating and questioning eyes upon us. "You will excuse me, miss," he said with a certain dogged manner, "but I was to ask you to give me your word that neither of your companions is a police-officer."

"I give you my word on that," she answered.

He gave a shrill whistle, on which a street Arab led across a four-wheeler and opened the door. The man who had addressed us mounted to the box, while we took our places inside. We had hardly done so before the driver whipped up his horse, and we plunged away at a furious pace through the foggy streets.

The situation was a curious one. We were driving to an unknown place, on an unknown errand. Yet our invitation was either a complete hoax,—which was an inconceivable hypothesis,—or else we had good reason to think that important issues might hang upon our journey. Miss Morstan's demeanor was as resolute and collected as ever. I endeavored to cheer and amuse her by reminiscences of my adventures in Afghanistan; but, to tell the truth, I was myself so excited at our situation and so curious as to our destination that my stories were slightly involved. To this day she declares that I told her one moving anecdote as to how a musket looked into my tent at the dead of night, and how I fired a double-barrelled tiger cub at it. At first I had some idea as to the direction in which we were driving; but soon, what with our pace, the fog, and my own limited knowledge of London, I lost my bearings, and knew nothing, save that we seemed to be going a very long way. Sherlock Holmes was never at fault, however, and he muttered the names as the cab rattled through squares and in and out by tortuous by-streets.

"Rochester Row," said he. "Now Vincent Square. Now we come out on the Vauxhall Bridge Road. We are making for the Surrey side, apparently. Yes, I thought so. Now we are on the bridge. You can catch glimpses of the river."

We did indeed get a fleeting view of a stretch of the Thames with the lamps shining upon the broad, silent water; but our cab dashed on, and was soon involved in a labyrinth of streets upon the other side.

Inclinó sobre nosotros un par de ojos maravillosamente penetrantes e interrogadores. «Me disculpará, señorita», dijo con cierto aire obstinado, «pero iba a pedirle que me diera su palabra de que ninguno de sus acompañantes es policía».

«Le doy mi palabra», respondió ella.

Él dio un silbido estridente, ante el cual un árabe de la calle atravesó un coche de cuatro ruedas y abrió la puerta. El hombre que se había dirigido a nosotros montó en la caja, mientras nosotros ocupábamos nuestros puestos en el interior. Apenas lo habíamos hecho cuando el conductor fustigó a su caballo y nos alejamos a un ritmo endiablado por las calles neblinosas.

La situación era curiosa. Nos dirigíamos a un lugar desconocido, con un recado desconocido. Sin embargo, o bien nuestra invitación era un completo engaño —lo cual era una hipótesis inconcebible— o bien teníamos buenas razones para pensar que de nuestro viaje podían pender cuestiones importantes. El porte de Miss Morstan era tan resuelto y sereno como siempre. Me esforcé por animarla y divertirla con reminiscencias de mis aventuras en Afganistán; pero, a decir verdad, yo mismo estaba tan excitado por nuestra situación y sentía tanta curiosidad por nuestro destino que no estaba muy presente en mis relatos. Hasta el día de hoy ella declara que le conté una conmovedora anécdota sobre cómo un mosquete se asomó a mi tienda en plena noche y cómo le disparé un cachorro de tigre de doble cañón. Al principio yo tenía cierta idea de la dirección en la que íbamos; pero pronto, con nuestro ritmo, la niebla y mi propio conocimiento limitado de Londres, perdí la orientación y no supe nada, salvo que parecía que íbamos muy lejos. Sin embargo, Sherlock Holmes nunca fallaba y murmuraba los nombres mientras el taxi traqueteaba por plazas y entraba y salía por tortuosas callejuelas.

«Rochester Row», dijo. «Ahora Vincent Square. Ahora salimos a Vauxhall Bridge Road. Vamos hacia el lado de Surrey, aparentemente. Sí, eso pensaba. Ahora estamos en el puente. Pueden vislumbrar el río».

En efecto, pudimos ver fugazmente un tramo del Támesis con las lámparas brillando sobre el agua ancha y silenciosa; pero nuestro taxi siguió a toda velocidad y pronto se vio envuelto en un laberinto de calles al otro lado.

"Wordsworth Road," said my companion. "Priory Road. Lark Hall Lane. Stockwell Place. Robert Street. Cold Harbor Lane. Our quest does not appear to take us to very fashionable regions."

We had, indeed, reached a questionable and forbidding neighbourhood. Long lines of dull brick houses were only relieved by the coarse glare and tawdry brilliancy of public houses at the corner. Then came rows of two-storied villas each with a fronting of miniature garden, and then again interminable lines of new staring brick buildings,—the monster tentacles which the giant city was throwing out into the country. At last the cab drew up at the third house in a new terrace. None of the other houses were inhabited, and that at which we stopped was as dark as its neighbours, save for a single glimmer in the kitchen window. On our knocking, however, the door was instantly thrown open by a Hindoo servant clad in a yellow turban, white loose-fitting clothes, and a yellow sash. There was something strangely incongruous in this Oriental figure framed in the commonplace doorway of a third-rate suburban dwelling-house.

"The Sahib awaits you," said he, and even as he spoke there came a high piping voice from some inner room. "Show them in to me, khitmutgar," it cried. "Show them straight in to me."

«Wordsworth Road», dijo mi acompañante. «Priory Road». Lark Hall Lane. Stockwell Place. Robert Street. Cold Harbor Lane. Nuestra búsqueda no parece llevarnos a regiones muy de moda».

Habíamos llegado, en efecto, a un barrio cuestionable y prohibido. Largas hileras de aburridas casas de ladrillo sólo se veían aliviadas por el grosero resplandor y la chabacana brillantez de los bares de la esquina. Luego venían hileras de villas de dos plantas, cada una con una fachada de jardín en miniatura y, de nuevo, interminables líneas de nuevos edificios de ladrillo visto, los monstruosos tentáculos que la gigantesca ciudad estaba lanzando al campo. Por fin el taxi se detuvo ante la tercera casa de una nueva terraza. Ninguna de las otras casas estaba habitada, y aquella en la que nos detuvimos estaba tan oscura como sus vecinas, salvo por un único resplandor en la ventana de la cocina. Al llamar, sin embargo, la puerta fue abierta de golpe por un sirviente hindú ataviado con un turbante amarillo, ropas blancas holgadas y una faja amarilla. Había algo extrañamente incongruente en esta figura oriental enmarcada en la vulgar puerta de una vivienda suburbana de tercera categoría.

«El Sahib les espera», dijo, e incluso mientras hablaba llegó una aguda voz aflautada desde alguna habitación interior. «Hazlos pasar, khitmutgar», gritó. «Hazlos pasar».

We followed the Indian down a sordid and common passage, ill-lit and worse furnished, until he came to a door upon the right, which he threw open. A blaze of yellow light streamed out upon us, and in the centre of the glare there stood a small man with a very high head, a bristle of red hair all round the fringe of it, and a bald, shining scalp which shot out from among it like a mountain-peak from fir-trees. He writhed his hands together as he stood, and his features were in a perpetual jerk, now smiling, now scowling, but never for an instant in repose. Nature had given him a pendulous lip, and a too visible line of yellow and irregular teeth, which he strove feebly to conceal by constantly passing his hand over the lower part of his face. In spite of his obtrusive baldness, he gave the impression of youth. In point of fact he had just turned his thirtieth year.

"Your servant, Miss Morstan," he kept repeating, in a thin, high voice. "Your servant, gentlemen. Pray step into my little sanctum. A small place, miss, but furnished to my own liking. An oasis of art in the howling desert of South London."

We were all astonished by the appearance of the apartment into which he invited us. In that sorry house it looked as out of place as a diamond of the first water in a setting of brass. The richest and glossiest of curtains and tapestries draped the walls, looped back here and there to expose some richly-mounted painting or Oriental vase. The carpet was of amber-and-black, so soft and so thick that the foot sank pleasantly into it, as into a bed of moss. Two great tiger-skins thrown athwart it increased the suggestion of Eastern luxury, as did a huge hookah which stood upon a mat in the corner. A lamp in the fashion of a silver dove was hung from an almost invisible golden wire in the centre of the room. As it burned it filled the air with a subtle and ar-omatic odour.

"Mr. Thaddeus Sholto," said the little man, still jerking and smil-ing. "That is my name. You are Miss Morstan, of course. And these gentlemen—"

"This is Mr. Sherlock Holmes, and this is Dr. Watson."

CAPÍTULO IV — LA HISTORIA DEL CALVO

Seguimos al indio por un pasadizo sórdido y común, mal iluminado y peor amueblado, hasta que llegó a una puerta a la derecha, que abrió de par en par. Un resplandor de luz amarilla se derramó sobre nosotros y en el centro del resplandor se alzaba un hombre pequeño con una cabeza muy alta, una cerda de pelo rojo alrededor de toda la frente, y un cuero cabelludo calvo y brillante que sobresalía de entre ella como un pico de montaña entre los abetos. Se retorcía las manos cuando estaba de pie y sus facciones experimentaban una perpetua sacudida, a veces sonriendo, a veces frunciendo el ceño, pero nunca, ni por un instante, en reposo. La naturaleza le había dotado de un labio colgante y una línea demasiado visible de dientes amarillos e irregulares, que se esforzaba débilmente en disimular pasándose constantemente la mano por la parte inferior de la cara. A pesar de su prominente calvicie, daba la impresión de ser joven. En realidad, acababa de cumplir treinta años.

«Su servidor, Miss Morstan», repetía una y otra vez, con voz fina y aguda. «Su servidor, caballeros. Por favor, pasen a mi pequeño santuario. Un lugar pequeño, señorita, pero amueblado a mi gusto. Un oasis de arte en el aullante desierto del sur de Londres».

Todos estábamos asombrados por el aspecto del apartamento al que nos invitó. En aquella lamentable casa parecía tan fuera de lugar como un diamante de primera agua en un engaste de latón. Los más ricos y brillantes cortinas y tapices cubrían las paredes, enrollados aquí y allá para dejar al descubierto algún cuadro ricamente montado o un jarrón oriental. La alfombra era de color ámbar y negro, tan suave y tan gruesa que el pie se hundía agradablemente en ella, como en un lecho de musgo. Dos grandes pieles de tigre arrojadas sobre ella aumentaban la sugerencia de lujo oriental, al igual que un enorme narguile que estaba sobre una estera en un rincón. Una lámpara en forma de paloma de plata colgaba de un cable dorado casi invisible en el centro de la habitación. Al arder llenaba el aire de un olor sutil y aromático.

«Mr. Thaddeus Sholto», dijo el hombrecillo, todavía sacudiéndose y sonriendo. «Ése es mi nombre. Usted es Miss Morstan, por supuesto. Y estos caballeros...».

«Este es Mr. Sherlock Holmes, y este es el Dr. Watson».

"A doctor, eh?" cried he, much excited. "Have you your stetho-scope? Might I ask you—would you have the kindness? I have grave doubts as to my mitral valve, if you would be so very good. The aortic I may rely upon, but I should value your opinion upon the mitral."

I listened to his heart, as requested, but was unable to find any-thing amiss, save indeed that he was in an ecstasy of fear, for he shiv-ered from head to foot. "It appears to be normal," I said. "You have no cause for uneasiness."

"You will excuse my anxiety, Miss Morstan," he remarked, airily. "I am a great sufferer, and I have long had suspicions as to that valve. I am delighted to hear that they are unwarranted. Had your father, Miss Morstan, refrained from throwing a strain upon his heart, he might have been alive now."

I could have struck the man across the face, so hot was I at this callous and off-hand reference to so delicate a matter. Miss Morstan sat down, and her face grew white to the lips. "I knew in my heart that he was dead," said she.

"I can give you every information," said he, "and, what is more, I can do you justice; and I will, too, whatever Brother Bartholomew may say. I am so glad to have your friends here, not only as an escort to you, but also as witnesses to what I am about to do and say. The three of us can show a bold front to Brother Bartholomew. But let us have no outsiders,—no police or officials. We can settle everything satisfactorily among ourselves, without any interference. Nothing would annoy Brother Bartholomew more than any publicity." He sat down upon a low settee and blinked at us inquiringly with his weak, watery blue eyes.

"For my part," said Holmes, "whatever you may choose to say will go no further."

I nodded to show my agreement.

"That is well! That is well!" said he. "May I offer you a glass of Chianti, Miss Morstan? Or of Tokay? I keep no other wines. Shall I open a flask? No? Well, then, I trust that you have no objection to to-

«¿Un doctor, eh?», gritó él, muy excitado. «¿Tiene su estetoscopio? ¿Puedo preguntarle si tendría la amabilidad? Tengo serias dudas sobre mi válvula mitral; si fuera tan amable. Puedo confiar en la aórtica pero valoraría su opinión sobre la mitral».

Le ausculté el corazón, como me había pedido, pero no pude encontrar nada raro, salvo que estaba en un éxtasis de miedo, pues temblaba de pies a cabeza. «Parece estar normal», le dije. «No tiene motivos para inquietarse».

«Disculpará mi ansiedad, Miss Morstan», comentó, con ligereza. «Sufro mucho, y hace tiempo que tengo sospechas sobre esa válvula. Me alegra oír que son injustificadas. Si su padre, Miss Morstan, se hubiera abstenido de forzar su corazón, ahora podría estar vivo».

Hubiera podido golpear al hombre en la cara, tan enojado estaba yo por esta referencia insensible y despreocupada a un asunto tan delicado. Miss Morstan se sentó y su rostro se puso blanco hasta los labios. «Sabía en mi corazón que estaba muerto», dijo.

«Puedo darle toda la información», dijo, «y, lo que es más, puedo hacerle justicia; y también lo haré, diga lo que diga el Hermano Bartholomew. Me alegro mucho de tener aquí a sus amigos, no sólo como escolta para usted, sino también como testigos de lo que voy a hacer y decir. Los tres podemos mostrar un frente audaz al Hermano Bartholomew. Pero que no venga nadie de fuera, ni policías ni funcionarios. Podemos resolverlo todo satisfactoriamente entre nosotros, sin ninguna interferencia. Nada molestaría más al Hermano Bartholomew que cualquier publicidad». Se sentó en un sofá bajo y nos miró inquisitivamente con sus débiles y acuosos ojos azules.

«Por mi parte», dijo Holmes, «lo que usted decida decir no irá más allá de mí».

Asentí para mostrar mi acuerdo.

«¡Así está bien! ¡Así está bien!», dijo él. «¿Puedo ofrecerle una copa de Chianti, Miss Morstan? ¿O de Tokay? No guardo otros vinos. ¿Abro una botella? ¿No? Bueno, entonces, confío en que no tenga objeción al humo

bacco-smoke, to the mild balsamic odour of the Eastern tobacco. I am a little nervous, and I find my hookah an invaluable sedative." He applied a taper to the great bowl, and the smoke bubbled merrily through the rose-water. We sat all three in a semi-circle, with our heads advanced, and our chins upon our hands, while the strange, jerky little fellow, with his high, shining head, puffed uneasily in the centre.

"When I first determined to make this communication to you," said he, "I might have given you my address, but I feared that you might disregard my request and bring unpleasant people with you. I took the liberty, therefore, of making an appointment in such a way that my man Williams might be able to see you first. I have complete confidence in his discretion, and he had orders, if he were dissatisfied, to proceed no further in the matter. You will excuse these precautions, but I am a man of somewhat retiring, and I might even say refined, tastes, and there is nothing more unæsthetic than a policeman. I have a natural shrinking from all forms of rough materialism. I seldom come in contact with the rough crowd. I live, as you see, with some little atmosphere of elegance around me. I may call myself a patron of the arts. It is my weakness. The landscape is a genuine Corot, and, though a connoisseur might perhaps throw a doubt upon that Salvator Rosa, there cannot be the least question about the Bouguereau. I am partial to the modern French school."

"You will excuse me, Mr. Sholto," said Miss Morstan, "but I am here at your request to learn something which you desire to tell me. It is very late, and I should desire the interview to be as short as possible."

"At the best it must take some time," he answered; "for we shall certainly have to go to Norwood and see Brother Bartholomew. We shall all go and try if we can get the better of Brother Bartholomew. He is very angry with me for taking the course which has seemed right to me. I had quite high words with him last night. You cannot imagine what a terrible fellow he is when he is angry."

"If we are to go to Norwood it would perhaps be as well to start at once," I ventured to remark.

del tabaco, al suave olor balsámico del tabaco oriental. Estoy un poco nervioso y encuentro en mi narguile un sedante inestimable». Aplicó una cerilla a la gran cazoleta, y el humo burbujeó alegremente a través del agua de rosas. Nos sentamos los tres en semicírculo, con las cabezas adelantadas y las barbillas sobre las manos, mientras el extraño y espasmódico hombrecillo, con su cabeza alta y brillante, resoplaba inquieto en el centro.

«Cuando decidí por primera vez comunicarle esto», dijo, «podría haberle dado mi dirección, pero temí que hiciera caso omiso de mi petición y trajera consigo a gente desagradable. Me tomé la libertad, por tanto, de concertar una cita de tal manera que mi criado, Williams, pudiera verle a usted primero. Confío plenamente en su discreción y tenía órdenes, si no estaba satisfecho, de no proceder más allá en el asunto. Me disculpará estas precauciones, pero soy un hombre al que le gusta estar retirado, e incluso podría decir que soy refinado, y no hay nada más antiestético que un policía. Tengo una retracción natural hacia todas las formas de materialismo burdo. Rara vez entro en contacto con la gente ruda. Vivo, como ve, con una pequeña atmósfera de elegancia a mi alrededor. Puedo considerarme un mecenas de las artes. Es mi debilidad. El paisaje es un Corot genuino y, aunque un entendido podría tal vez arrojar una duda sobre ese Salvator Rosa, no puede haber la menor duda sobre el Bouguereau. Tengo debilidad por la escuela francesa moderna».

«Me disculpará, Mr. Sholto», dijo Miss Morstan, «pero estoy aquí a petición suya para enterarme de algo que desea decirme. Es muy tarde y desearía que la entrevista fuera lo más breve posible».

«En el mejor de los casos, nos llevará algún tiempo», respondió; «porque sin duda tendremos que ir a Norwood a ver al Hermano Bartholomew. Iremos todos e intentaremos sacar lo mejor del Hermano Bartholomew. Está muy enfadado conmigo por haber tomado el camino que me ha parecido correcto. Anoche tuve unas palabras bastante subidas de tono con él. No puede imaginarse lo terrible que es cuando está enfadado».

«Si vamos a ir a Norwood, tal vez sería mejor empezar de una vez», me aventuré a comentar.

He laughed until his ears were quite red. "That would hardly do," he cried. "I don't know what he would say if I brought you in that sudden way. No, I must prepare you by showing you how we all stand to each other. In the first place, I must tell you that there are several points in the story of which I am myself ignorant. I can only lay the facts before you as far as I know them myself.

"My father was, as you may have guessed, Major John Sholto, once of the Indian army. He retired some eleven years ago, and came to live at Pondicherry Lodge in Upper Norwood. He had prospered in India, and brought back with him a considerable sum of money, a large collection of valuable curiosities, and a staff of native servants. With these advantages he bought himself a house, and lived in great luxury. My twin-brother Bartholomew and I were the only children.

"I very well remember the sensation which was caused by the disappearance of Captain Morstan. We read the details in the papers, and, knowing that he had been a friend of our father's, we discussed the case freely in his presence. He used to join in our speculations as to what could have happened. Never for an instant did we suspect that he had the whole secret hidden in his own breast,—that of all men he alone knew the fate of Arthur Morstan.

"We did know, however, that some mystery—some positive danger—overhung our father. He was very fearful of going out alone, and he always employed two prize-fighters to act as porters at Pondicherry Lodge. Williams, who drove you to-night, was one of them. He was once light-weight champion of England. Our father would never tell us what it was he feared, but he had a most marked aversion to men with wooden legs. On one occasion he actually fired his revolver at a wooden-legged man, who proved to be a harmless tradesman canvassing for orders. We had to pay a large sum to hush the matter up. My brother and I used to think this a mere whim of my father's, but events have since led us to change our opinion.

"Early in 1882 my father received a letter from India which was a great shock to him. He nearly fainted at the breakfast-table when he opened it, and from that day he sickened to his death. What was in the letter we could never discover, but I could see as he held it that it

Él se rió hasta que sus orejas se pusieron bastante rojas. «Eso apenas si serviría», gritó. «No sé qué diría si la trajera de esa manera tan repentina. No, debo prepararle mostrándole cómo estamos unos con otros. En primer lugar, debo decirle que hay varios puntos en la historia que yo mismo ignoro. Sólo puedo exponerles los hechos hasta donde yo mismo los conozco.

«Mi padre era, como ya habrán adivinado, el Mayor John Sholto, que perteneció al ejército indio. Se retiró hace unos once años y vino a vivir a Pondicherry Lodge, en Upper Norwood. Había prosperado en la India y trajo consigo una considerable suma de dinero, una gran colección de valiosas curiosidades y una plantilla de sirvientes nativos. Con estas ventajas se compró una casa y vivió con gran lujo. Mi hermano gemelo, Bartholomew, y yo éramos los únicos hijos.

«Recuerdo muy bien la sensación que causó la desaparición del Capitán Morstan. Leímos los detalles en los periódicos y, sabiendo que había sido amigo de nuestro padre, discutimos el caso libremente en su presencia. Él solía unirse a nuestras especulaciones sobre lo que podía haber ocurrido. Ni por un instante sospechamos que tenía todo el secreto oculto en su propio pecho, que de todos los hombres sólo él conocía el destino de Arthur Morstan.

«Sabíamos, sin embargo, que algún misterio —algún peligro real— se cernía sobre nuestro padre. Él tenía mucho miedo de salir solo y siempre empleaba a dos boxeadores para que hicieran de porteros en Pondicherry Lodge. Williams, que le llevó a usted esta noche, era uno de ellos. Una vez fue campeón de peso ligero de Inglaterra. Nuestro padre nunca nos dijo qué era lo que temía pero sentía una aversión muy marcada por los hombres con patas de palo. En una ocasión llegó a disparar su revólver contra un hombre con pata de palo, que resultó ser un inofensivo comerciante que buscaba pedidos. Tuvimos que pagar una gran suma para silenciar el asunto. Mi hermano y yo solíamos pensar que se trataba de un mero capricho de mi padre pero los acontecimientos nos han llevado desde entonces a cambiar de opinión.

«A principios de 1882 mi padre recibió una carta de la India que supuso un gran shock para él. Casi se desmayó en la mesa del desayuno cuando la abrió y desde ese día enfermó hasta la muerte. Nunca pudimos descubrir qué contenía la carta pero pude ver mientras la sostenía

was short and written in a scrawling hand. He had suffered for years from an enlarged spleen, but he now became rapidly worse, and towards the end of April we were informed that he was beyond all hope, and that he wished to make a last communication to us.

"When we entered his room he was propped up with pillows and breathing heavily. He besought us to lock the door and to come upon either side of the bed. Then, grasping our hands, he made a remarkable statement to us, in a voice which was broken as much by emotion as by pain. I shall try and give it to you in his own very words.

"'I have only one thing,' he said, 'which weighs upon my mind at this supreme moment. It is my treatment of poor Morstan's orphan. The cursed greed which has been my besetting sin through life has withheld from her the treasure, half at least of which should have been hers. And yet I have made no use of it myself,—so blind and foolish a thing is avarice. The mere feeling of possession has been so dear to me that I could not bear to share it with another. See that chaplet dipped with pearls beside the quinine-bottle. Even that I could not bear to part with, although I had got it out with the design of sending it to her. You, my sons, will give her a fair share of the Agra treasure. But send her nothing—not even the chaplet—until I am gone. After all, men have been as bad as this and have recovered.

"'I will tell you how Morstan died,' he continued. 'He had suffered for years from a weak heart, but he concealed it from every one. I alone knew it. When in India, he and I, through a remarkable chain of circumstances, came into possession of a considerable treasure. I brought it over to England, and on the night of Morstan's arrival he came straight over here to claim his share. He walked over from the station, and was admitted by my faithful old Lal Chowdar, who is now dead. Morstan and I had a difference of opinion as to the division of the treasure, and we came to heated words. Morstan had sprung out of his chair in a paroxysm of anger, when he suddenly pressed his hand to his side, his face turned a dusky hue, and he fell backwards, cutting his head against the corner of the treasure-chest. When I stooped over him I found, to my horror, that he was dead.

que era corta y estaba escrita con letra garabateada. Había sufrido durante años de un agrandamiento del bazo pero ahora empeoró rápidamente y hacia finales de abril nos informaron de que estaba más allá de toda esperanza y que deseaba hacernos una última comunicación.

«Cuando entramos en su habitación estaba apuntalado con almohadas y respiraba con dificultad. Nos rogó que cerráramos la puerta con llave y que nos pusiéramos a ambos lados de la cama. Luego, cogiéndonos de la mano, nos hizo una declaración extraordinaria, con una voz quebrada tanto por la emoción como por el dolor. Intentaré transmitírselos con sus propias palabras.

«"Sólo tengo una cosa", dijo, "que pesa sobre mi mente en este momento supremo. Es mi trato a la pobre huérfana de Morstan. La maldita avaricia que ha sido mi pecado acosador a lo largo de la vida le ha retenido el tesoro, la mitad al menos del cual debería haber sido suyo. Y sin embargo, yo mismo no he hecho uso de él... tan ciega y necia es la avaricia. El mero sentimiento de posesión me ha sido tan querido que no podría soportar compartirlo con alguien. Vean ese rosario bañada en perlas junto a la botella de quinina. Ni siquiera de esa pude soportar separarme, aunque lo había sacado con el designio de enviárselo. Ustedes, hijos míos, le darán una parte justa del tesoro de Agra. Pero no le envíen nada —ni siquiera el rosario— hasta que yo me haya ido. Después de todo, hay hombres que han estado tan mal como yo y se han recuperado.

«"Les contaré cómo murió Morstan", continuó. "Sufría desde hacía años de un corazón débil pero lo ocultaba a todo el mundo. Sólo yo lo sabía. Cuando estábamos en la India, él y yo, por una notable cadena de circunstancias, llegamos a poseer un tesoro considerable. Lo traje a Inglaterra y, la misma noche en que llegó, Morstan vino directamente a reclamar su parte. Vino a pie desde la estación y fue admitido por mi fiel y viejo Lal Chowdar, ya fallecido. Morstan y yo tuvimos una diferencia de opinión en cuanto al reparto del tesoro y llegamos a una discusión acalorada. Morstan había saltado de su silla en un paroxismo de cólera, cuando de repente se llevó la mano al costado, su rostro adquirió un tono mortecino y cayó de espaldas, cortándose la cabeza contra la esquina del cofre del tesoro. Cuando me incliné sobre él descubrí, para mi horror, que estaba muerto.

"'For a long time I sat half distracted, wondering what I should do. My first impulse was, of course, to call for assistance; but I could not but recognise that there was every chance that I would be accused of his murder. His death at the moment of a quarrel, and the gash in his head, would be black against me. Again, an official inquiry could not be made without bringing out some facts about the treasure, which I was particularly anxious to keep secret. He had told me that no soul upon earth knew where he had gone. There seemed to be no necessity why any soul ever should know.

"'I was still pondering over the matter, when, looking up, I saw my servant, Lal Chowdar, in the doorway. He stole in and bolted the door behind him. "Do not fear, Sahib," he said. "No one need know that you have killed him. Let us hide him away, and who is the wiser?" "I did not kill him," said I. Lal Chowdar shook his head and smiled. "I heard it all, Sahib," said he. "I heard you quarrel, and I heard the blow. But my lips are sealed. All are asleep in the house. Let us put him away together." That was enough to decide me. If my own servant could not believe my innocence, how could I hope to make it good before twelve foolish tradesmen in a jury-box? Lal Chowdar and I disposed of the body that night, and within a few days the London papers were full of the mysterious disappearance of Captain Morstan. You will see from what I say that I can hardly be blamed in the matter. My fault lies in the fact that we concealed not only the body, but also the treasure, and that I have clung to Morstan's share as well as to my own. I wish you, therefore, to make restitution. Put your ears down to my mouth. The treasure is hidden in—'

"At this instant a horrible change came over his expression; his eyes stared wildly, his jaw dropped, and he yelled, in a voice which I can never forget, 'Keep him out! For Christ's sake keep him out!' We both stared round at the window behind us upon which his gaze was fixed. A face was looking in at us out of the darkness. We could see the whitening of the nose where it was pressed against the glass. It was a bearded, hairy face, with wild cruel eyes and an expression of con-centrated malevolence. My brother and I rushed towards the window, but the man was gone. When we returned to my father his head had dropped and his pulse had ceased to beat.

«"Durante mucho tiempo estuve sentado, ausente a medias, preguntándome qué debía hacer. Mi primer impulso fue, por supuesto, pedir auxilio; pero no podía dejar de reconocer que había muchas posibilidades de que me acusaran de su asesinato. Su muerte en el momento de una pelea, y el corte en su cabeza, serían oscuros hechos contra mí. Además, una investigación oficial no podría hacerse sin sacar a la luz algunos hechos sobre el tesoro, que yo deseaba especialmente mantener en secreto. Él me había dicho que ningún alma sobre la tierra sabía adónde había ido. No parecía haber necesidad de que ningún alma lo supiera jamás.

«"Todavía estaba cavilando sobre el asunto, cuando, al levantar la vista, vi a mi criado, Lal Chowdar, en el umbral de la puerta. Entró a hurtadillas y cerró la puerta tras de sí. 'No tema, Sahib', me dijo. 'Nadie tiene por qué saber que le ha matado. Escondámoslo y ¿quién sabrá más?'. 'Yo no lo maté', dije. Lal Chowdar sacudió la cabeza y sonrió. 'Lo he oído todo, Sahib', dijo. 'Les oí discutir y oí el golpe. Pero mis labios están sellados. Todos duermen en la casa. Vamos a sacarlo juntos'. Eso bastó para decidirme. Si mi propio criado no podía creer en mi inocencia, ¿cómo podía esperar hacerla valer ante doce tontos comerciantes en un banquillo de jurado? Lal Chowdar y yo nos deshicimos del cadáver aquella noche y a los pocos días los periódicos londinenses estaban llenos de la misteriosa desaparición del Capitán Morstan. Verán, por lo que digo, que difícilmente se me puede culpar en el asunto. Mi culpa radica en que ocultamos no sólo el cadáver, sino también el tesoro, y en que me he aferrado a la parte de Morstan tanto como a la mía propia. Deseo, por tanto, restituir con justicia. Acerquen sus oídos a mi boca. El tesoro está escondido en…".

«En ese instante se produjo un horrible cambio en su expresión; sus ojos miraron desorbitados, se le cayó la mandíbula y gritó, con una voz que nunca podré olvidar: "¡Que se quede fuera! Por el amor de Dios, ¡manténganlo fuera!". Ambos miramos fijamente la ventana que había detrás de nosotros y en la que estaba clavada su mirada. Un rostro nos miraba desde la oscuridad. Podíamos ver el blanqueamiento de la nariz donde se apretaba contra el cristal. Era un rostro barbudo y peludo, con ojos salvajes y crueles y una expresión de concentrada malevolencia. Mi hermano y yo corrimos hacia la ventana pero el hombre había desaparecido. Cuando volvimos junto a mi padre su cabeza había caído y su pulso había dejado de latir.

"We searched the garden that night, but found no sign of the intruder, save that just under the window a single footmark was visible in the flower-bed. But for that one trace, we might have thought that our imaginations had conjured up that wild, fierce face. We soon, however, had another and a more striking proof that there were secret agencies at work all round us. The window of my father's room was found open in the morning, his cupboards and boxes had been rifled, and upon his chest was fixed a torn piece of paper, with the words 'The sign of the four' scrawled across it. What the phrase meant, or who our secret visitor may have been, we never knew. As far as we can judge, none of my father's property had been actually stolen, though everything had been turned out. My brother and I naturally associated this peculiar incident with the fear which haunted my father during his life; but it is still a complete mystery to us."

The little man stopped to relight his hookah and puffed thoughtfully for a few moments. We had all sat absorbed, listening to his extraordinary narrative. At the short account of her father's death Miss Morstan had turned deadly white, and for a moment I feared that she was about to faint. She rallied however, on drinking a glass of water which I quietly poured out for her from a Venetian carafe upon the side-table. Sherlock Holmes leaned back in his chair with an abstracted expression and the lids drawn low over his glittering eyes. As I glanced at him I could not but think how on that very day he had complained bitterly of the commonplaceness of life. Here at least was a problem which would tax his sagacity to the utmost. Mr. Thaddeus Sholto looked from one to the other of us with an obvious pride at the effect which his story had produced, and then continued between the puffs of his overgrown pipe.

"My brother and I," said he, "were, as you may imagine, much excited as to the treasure which my father had spoken of. For weeks and for months we dug and delved in every part of the garden, without discovering its whereabouts. It was maddening to think that the hiding-place was on his very lips at the moment that he died. We could judge the splendour of the missing riches by the chaplet which he had taken out. Over this chaplet my brother Bartholomew and I had some little discussion. The pearls were evidently of great value, and he was averse to part with them, for, between friends, my brother

«Registramos el jardín aquella noche pero no encontramos ninguna señal del intruso, salvo que justo debajo de la ventana se veía una única huella en el parterre. De no ser por ese único rastro podríamos haber pensado que nuestra imaginación había conjurado aquel rostro salvaje y feroz. Pronto, sin embargo, tuvimos otra prueba más sorprendente de que había agencias secretas trabajando a nuestro alrededor. La ventana de la habitación de mi padre fue encontrada abierta por la mañana, sus armarios y cajas habían sido desvalijados y sobre su pecho estaba fijado un trozo de papel rasgado con las palabras "El signo de los cuatro" garabateadas. Nunca supimos qué significaba la frase ni quién podía haber sido nuestro visitante secreto. Por lo que podemos juzgar, ninguna de las propiedades de mi padre había sido realmente robada, aunque todo había sido volcado. Mi hermano y yo asociamos naturalmente este peculiar incidente con el miedo que persiguió a mi padre durante su vida; pero sigue siendo un completo misterio para nosotros».

El hombrecillo se detuvo para volver a encender su narguile y dio una calada pensativa durante unos instantes. Todos nos habíamos sentado absortos, escuchando su extraordinaria narración. Ante el breve relato de la muerte de su padre, Miss Morstan se había puesto mortalmente blanca y por un momento temí que estuviera a punto de desmayarse. Sin embargo, se recuperó al beber un vaso de agua que le serví en silencio de una jarra veneciana que había sobre la mesa auxiliar. Sherlock Holmes se reclinó en su silla con expresión abstraída y los párpados bajos sobre sus ojos brillantes. Mientras lo miraba, no podía dejar de pensar en cómo aquel mismo día se había quejado amargamente de la vulgaridad de la vida. Al menos aquí había un problema que pondría a prueba su sagacidad al máximo. Mr. Thaddeus Sholto nos miró de uno a otro con evidente orgullo por el efecto que había producido su historia, y luego continuó entre caladas de su desmesurada pipa.

«Mi hermano y yo», dijo, «estábamos, como pueden imaginarse, muy excitados en cuanto al tesoro del que había hablado mi padre. Durante semanas y meses cavamos y rebuscamos en todos los rincones del jardín, sin descubrir su paradero. Era enloquecedor pensar que el escondite estaba en sus mismos labios en el momento en que murió. Podíamos juzgar el esplendor de las riquezas desaparecidas por el rosario que había sacado. Sobre este rosario mi Hermano Bartholomew y yo tuvimos alguna pequeña discusión. Las perlas eran evidentemente de gran valor y él era reacio a desprenderse de ellas, pues, entre amigos,

was himself a little inclined to my father's fault. He thought, too, that if we parted with the chaplet it might give rise to gossip and finally bring us into trouble. It was all that I could do to persuade him to let me find out Miss Morstan's address and send her a detached pearl at fixed intervals, so that at least she might never feel destitute."

"It was a kindly thought," said our companion, earnestly. "It was extremely good of you."

The little man waved his hand deprecatingly. "We were your trustees," he said. "That was the view which I took of it, though Brother Bartholomew could not altogether see it in that light. We had plenty of money ourselves. I desired no more. Besides, it would have been such bad taste to have treated a young lady in so scurvy a fashion. *'Le mauvais goût mène au crime.'* The French have a very neat way of putting these things. Our difference of opinion on this subject went so far that I thought it best to set up rooms for myself: so I left Pondicherry Lodge, taking the old khitmutgar and Williams with me. Yesterday, however, I learn that an event of extreme importance has occurred. The treasure has been discovered. I instantly communicated with Miss Morstan, and it only remains for us to drive out to Norwood and demand our share. I explained my views last night to Brother Bartholomew: so we shall be expected, if not welcome, visitors."

Mr. Thaddeus Sholto ceased, and sat twitching on his luxurious settee. We all remained silent, with our thoughts upon the new development which the mysterious business had taken. Holmes was the first to spring to his feet.

"You have done well, sir, from first to last," said he. "It is possible that we may be able to make you some small return by throwing some light upon that which is still dark to you. But, as Miss Morstan remarked just now, it is late, and we had best put the matter through without delay."

Our new acquaintance very deliberately coiled up the tube of his hookah, and produced from behind a curtain a very long befrogged topcoat with Astrakhan collar and cuffs. This he buttoned tightly up,

mi hermano era él mismo un poco proclive a la falta de mi padre. Pensó, además, que si nos separábamos del rosario podría dar lugar a habladurías y, finalmente, traernos problemas. Fue todo lo que pude hacer para persuadirle de que me permitiera averiguar la dirección de Miss Morstan y enviarle una perla suelta a intervalos fijos, para que al menos nunca se sintiera desamparada».

«Fue un pensamiento amable», dijo nuestra compañera, con seriedad. «Fue extremadamente bueno por su parte».

El hombrecillo hizo un gesto de desaprobación con la mano. «Éramos sus fideicomisarios», dijo. «Ése era el punto de vista que yo tenía, aunque el Hermano Bartholomew no podía verlo del todo bajo esa luz. Nosotros mismos teníamos mucho dinero. Yo no deseaba más. Además, habría sido de muy mal gusto tratar a una joven de una manera tan despreciable. *Le mauvais goût mène au crime"*. Los franceses tienen una manera muy pulcra de decir estas cosas. Nuestra diferencia de opinión sobre este tema llegó tan lejos que pensé que lo mejor era instalarme por mi cuenta: así que abandoné Pondicherry Lodge, llevándome conmigo al viejo khitmutgar y a Williams. Ayer, sin embargo, me enteré de que había ocurrido un acontecimiento de extrema importancia. Se ha descubierto el tesoro. Me comuniqué al instante con Miss Morstan y sólo nos queda ir hasta Norwood y exigir nuestra parte. Anoche expliqué mi punto de vista al Hermano Bartholomew... así que seremos visitantes esperados, si no bienvenidos».

Mr. Thaddeus Sholto cesó y se sentó retorciéndose en su lujoso sofá. Todos permanecimos en silencio, con nuestros pensamientos puestos en el nuevo desarrollo que había tomado el misterioso asunto. Holmes fue el primero en ponerse en pie.

«Ha hecho bien, señor, desde el principio hasta el final», dijo. «Es posible que podamos hacerle algún pequeño beneficio arrojando algo de luz sobre lo que aún le resulta oscuro. Pero, como acaba de señalar Miss Morstan, es tarde, y será mejor que resolvamos el asunto sin demora».

Nuestro nuevo conocido enrolló con prontitud el tubo de su narguile y sacó de detrás de una cortina un larguísimo abrigo con cuello y puños de astracán. Éste lo abotonó hasta arriba, a pesar de la noche extrema-

in spite of the extreme closeness of the night, and finished his attire by putting on a rabbit-skin cap with hanging lappets which covered the ears, so that no part of him was visible save his mobile and peaky face. "My health is somewhat fragile," he remarked, as he led the way down the passage. "I am compelled to be a valetudinarian."

Our cab was awaiting us outside, and our programme was evidently prearranged, for the driver started off at once at a rapid pace. Thaddeus Sholto talked incessantly, in a voice which rose high above the rattle of the wheels.

"Bartholomew is a clever fellow," said he. "How do you think he found out where the treasure was? He had come to the conclusion that it was somewhere indoors: so he worked out all the cubic space of the house, and made measurements everywhere, so that not one inch should be unaccounted for. Among other things, he found that the height of the building was seventy-four feet, but on adding together the heights of all the separate rooms, and making every allowance for the space between, which he ascertained by borings, he could not bring the total to more than seventy feet. There were four feet unaccounted for. These could only be at the top of the building. He knocked a hole, therefore, in the lath-and-plaster ceiling of the highest room, and there, sure enough, he came upon another little garret above it, which had been sealed up and was known to no one. In the centre stood the treasure-chest, resting upon two rafters. He lowered it through the hole, and there it lies. He computes the value of the jewels at not less than half a million sterling."

At the mention of this gigantic sum we all stared at one another open-eyed. Miss Morstan, could we secure her rights, would change from a needy governess to the richest heiress in England. Surely it was the place of a loyal friend to rejoice at such news; yet I am ashamed to say that selfishness took me by the soul, and that my heart turned as heavy as lead within me. I stammered out some few halting words of congratulation, and then sat downcast, with my head drooped, deaf to the babble of our new acquaintance. He was clearly a confirmed hypochondriac, and I was dreamily conscious that he was pouring forth interminable trains of symptoms, and imploring information as to the composition and action of innumerable quack nostrums, some of which he bore about in a leather case in his pocket. I trust

damente oscura, y completó su atuendo poniéndose una gorra de piel de conejo con orejeras colgantes, de modo que no se veía ninguna parte de él salvo su rostro móvil y picudo. «Mi salud es algo frágil», comentó, mientras nos guiaba por el pasadizo. «Me veo obligado a ser valetudinario».

Nuestro taxi nos esperaba fuera y nuestro programa estaba evidentemente preestablecido, pues el conductor arrancó enseguida a gran velocidad. Thaddeus Sholto hablaba sin cesar, con una voz que se elevaba por encima del traqueteo de las ruedas.

«Bartholomew es un tipo listo», dijo. «¿Cómo creen que averiguó dónde estaba el tesoro? Había llegado a la conclusión de que estaba en algún lugar del interior: así que calculó todo el espacio cúbico de la casa e hizo mediciones por todas partes, para que no quedara ni una pulgada sin contar. Entre otras cosas, averiguó que la altura del edificio era de setenta y cuatro pies, pero al sumar las alturas de todas las habitaciones separadas y, teniendo en cuenta el espacio entre ellas, que comprobó mediante sondeos, no pudo hacer que el total superara los setenta pies. Quedaban cuatro pies sin contar. Éstos sólo podían estar en la parte superior del edificio. Hizo un agujero, por tanto, en el techo de listones y yeso de la habitación más alta, y allí, efectivamente, se encontró con otra pequeña buhardilla por encima, que había sido sellada y nadie conocía. En el centro estaba el cofre del tesoro, apoyado sobre dos vigas. Lo bajó por el agujero y allí yace. Calcula el valor de las joyas en no menos de medio millón de libras esterlinas».

Ante la mención de esta gigantesca suma todos nos miramos con los ojos abiertos. Miss Morstan, si conseguíamos sus derechos, pasaría de ser una institutriz necesitada a ser la heredera más rica de Inglaterra. Seguramente era propio de un amigo leal alegrarse ante semejante noticia; sin embargo, me avergüenza decir que el egoísmo me tomó por el alma y que mi corazón se volvió tan pesado como el plomo en mi interior. Balbuceé algunas palabras entrecortadas de felicitación y luego me senté abatido, con la cabeza caída, sordo a los balbuceos de nuestro nuevo conocido. Era claramente un hipocondríaco empedernido y yo era consciente entre sueños de que estaba vertiendo interminables cadenas de síntomas e implorando información sobre la composición y acción de innumerables panaceas de curanderos, algunas de los cuales

that he may not remember any of the answers which I gave him that night. Holmes declares that he overheard me caution him against the great danger of taking more than two drops of castor oil, while I recommended strychnine in large doses as a sedative. However that may be, I was certainly relieved when our cab pulled up with a jerk and the coachman sprang down to open the door.

"This, Miss Morstan, is Pondicherry Lodge," said Mr. Thaddeus Sholto, as he handed her out.

llevaba en un estuche de cuero en el bolsillo. Con seguridad, no recuerdo ninguna de las respuestas que le di aquella noche. Holmes declara que me oyó advertirle contra el gran peligro de tomar más de dos gotas de aceite de ricino, mientras que yo le recomendaba estricnina en grandes dosis como sedante. Sea como fuere, me sentí ciertamente aliviado cuando nuestro taxi se detuvo de un tirón y el cochero bajó de un salto para abrir la puerta.

«Esto, Miss Morstan, es el Pondicherry Lodge», dijo Mr. Thaddeus Sholto al ayudarla a descender.

CHAPTER V — THE TRAGEDY OF PONDICHERRY LODGE

It was nearly eleven o'clock when we reached this final stage of our night's adventures. We had left the damp fog of the great city behind us, and the night was fairly fine. A warm wind blew from the westward, and heavy clouds moved slowly across the sky, with half a moon peeping occasionally through the rifts. It was clear enough to see for some distance, but Thaddeus Sholto took down one of the side-lamps from the carriage to give us a better light upon our way.

Pondicherry Lodge stood in its own grounds, and was girt round with a very high stone wall topped with broken glass. A single narrow iron-clamped door formed the only means of entrance. On this our guide knocked with a peculiar postman-like rat-tat.

"Who is there?" cried a gruff voice from within.

"It is I, McMurdo. You surely know my knock by this time."

There was a grumbling sound and a clanking and jarring of keys. The door swung heavily back, and a short, deep-chested man stood in the opening, with the yellow light of the lantern shining upon his protruded face and twinkling distrustful eyes.

"That you, Mr. Thaddeus? But who are the others? I had no orders about them from the master."

"No, McMurdo? You surprise me! I told my brother last night that I should bring some friends."

"He ain't been out o' his room to-day, Mr. Thaddeus, and I have no orders. You know very well that I must stick to regulations. I can let you in, but your friends must just stop where they are."

This was an unexpected obstacle. Thaddeus Sholto looked about him in a perplexed and helpless manner. "This is too bad of you, McMurdo!" he said. "If I guarantee them, that is enough for you. There is the young lady, too. She cannot wait on the public road at this hour."

Eran casi las once cuando llegamos a esta etapa final de nuestras aventuras nocturnas. Habíamos dejado atrás la húmeda niebla de la gran ciudad y la noche era bastante agradable. Soplaba un viento cálido del oeste y pesadas nubes se movían lentamente por el cielo, una media luna asomando de vez en cuando entre las grietas. Estaba lo bastante despejado como para ver a cierta distancia, pero Thaddeus Sholto descolgó una de las lámparas laterales del carruaje para iluminar mejor nuestro camino.

Pondicherry Lodge se alzaba en sus propios terrenos y estaba rodeado por un muro de piedra muy alto rematado con cristales rotos. Una única y estrecha puerta con abrazaderas de hierro constituía el único medio de entrada. Nuestro guía llamó a la puerta con un peculiar golpe de cartero.

«¿Quién es?», gritó una voz ronca desde el interior.

«Soy yo, McMurdo. Seguro que ya conoce mi forma de llamar».

Se oyó un gruñido y un tintineo y traqueteo de llaves. La puerta giró pesadamente hacia atrás y un hombre bajo y de pecho profundo se plantó en la abertura, con la luz amarilla de la linterna brillando sobre su rostro saliente y sus ojos parpadeantes y desconfiados.

«¿Es usted, Mr. Thaddeus? ¿Pero quiénes son los otros? No recibí órdenes sobre ellos del amo».

«¿No, McMurdo? Me sorprende. Anoche le dije a mi hermano que iba a traer algunos amigos».

«Él no ha salido de su habitación hoy, Mr. Thaddeus, y no tengo órdenes. Sabe muy bien que debo atenerme a las normas. Puedo dejarle entrar, pero sus amigos deben quedarse donde están».

Se trataba de un obstáculo inesperado. Thaddeus Sholto miró a su alrededor perplejo e impotente. «¡Eso está muy mal de su parte, McMurdo!», dijo. «Si yo se lo garantizo, eso debería ser suficiente para usted. También está la joven. Ella no puede esperar en la vía pública a esta hora».

"Very sorry, Mr. Thaddeus," said the porter, inexorably. "Folk may be friends o' yours, and yet no friends o' the master's. He pays me well to do my duty, and my duty I'll do. I don't know none o' your friends."

"Oh, yes you do, McMurdo," cried Sherlock Holmes, genially. "I don't think you can have forgotten me. Don't you remember the amateur who fought three rounds with you at Alison's rooms on the night of your benefit four years back?"

"Not Mr. Sherlock Holmes!" roared the prize-fighter. "God's truth! how could I have mistook you? If instead o' standin' there so quiet you had just stepped up and given me that cross-hit of yours under the jaw, I'd ha' known you without a question. Ah, you're one that has wasted your gifts, you have! You might have aimed high, if you had joined the fancy."

"You see, Watson, if all else fails me I have still one of the scientific professions open to me," said Holmes, laughing. "Our friend won't keep us out in the cold now, I am sure."

"In you come, sir, in you come,—you and your friends," he answered. "Very sorry, Mr. Thaddeus, but orders are very strict. Had to be certain of your friends before I let them in."

Inside, a gravel path wound through desolate grounds to a huge clump of a house, square and prosaic, all plunged in shadow save where a moonbeam struck one corner and glimmered in a garret window. The vast size of the building, with its gloom and its deathly silence, struck a chill to the heart. Even Thaddeus Sholto seemed ill at ease, and the lantern quivered and rattled in his hand.

"I cannot understand it," he said. "There must be some mistake. I distinctly told Bartholomew that we should be here, and yet there is no light in his window. I do not know what to make of it."

"Does he always guard the premises in this way?" asked Holmes.

"Yes; he has followed my father's custom. He was the favourite

«Lo siento mucho, Mr. Thaddeus», dijo el portero, inexorable. «La gente puede ser amiga suya, pero no del amo. Me paga bien para que cumpla con mi deber, y mi deber cumpliré. No conozco a ninguno de sus amigos».

«Oh, sí que lo hace, McMurdo», exclamó Sherlock Holmes, gentilmente. «No creo que pueda haberme olvidado. ¿No recuerda al aficionado que peleó tres rondas con usted en las habitaciones de Alison la noche de su beneficencia, hace cuatro años?».

«¡No... Mr. Sherlock Holmes!», rugió el boxeador. «¡Santo cielo! ¿Cómo he podido confundirle? Si en vez de quedarse ahí tan tranquilo hubiera dado un paso al frente y me hubiera dado ese golpe cruzado suyo bajo la mandíbula, le habría reconocido sin dudarlo. ¡Ah, usted ha desperdiciado sus dones, así es! Podría haber apuntado alto, si se hubiera unido a nosotros».

«Ya ve, Watson, si todo lo demás me falla aún tengo abierta una de las profesiones científicas», dijo Holmes, riendo. «Nuestro amigo no nos dejará ahora al margen, estoy seguro».

«Adentro, señor, adentro... usted y sus amigos», respondió. «Lo siento mucho, Mr. Thaddeus, pero las órdenes son muy estrictas. Tenía que estar seguro de sus amigos antes de dejarles entrar».

En el interior, un camino de grava serpenteaba a través de unos terrenos desolados hasta llegar a una enorme casa maciza, cuadrada y prosaica, sumido en su totalidad en la sombra salvo donde un rayo de luna golpeaba una esquina y brillaba en una ventana de la buhardilla. El enorme tamaño del edificio, con su penumbra y su silencio sepulcral, producía un escalofrío en el corazón. Incluso Thaddeus Sholto parecía sentirse incómodo y la linterna temblaba y traqueteaba en su mano.

«No puedo entenderlo», dijo. «Debe haber algún malentendido. Le dije claramente a Bartholomew que estaríamos aquí y, sin embargo, no hay luz en su ventana. No sé qué pensar de ello».

«¿Siempre vigila la propiedad de esta manera?», preguntó Holmes.

«Sí; ha seguido la costumbre de mi padre. Era el hijo favorito, ¿sabe?,

son, you know, and I sometimes think that my father may have told him more than he ever told me. That is Bartholomew's window up there where the moonshine strikes. It is quite bright, but there is no light from within, I think."

"None," said Holmes. "But I see the glint of a light in that little window beside the door."

"Ah, that is the housekeeper's room. That is where old Mrs. Bernstone sits. She can tell us all about it. But perhaps you would not mind waiting here for a minute or two, for if we all go in together and she has no word of our coming she may be alarmed. But hush! what is that?"

He held up the lantern, and his hand shook until the circles of light flickered and wavered all round us. Miss Morstan seized my wrist, and we all stood with thumping hearts, straining our ears. From the great black house there sounded through the silent night the saddest and most pitiful of sounds,—the shrill, broken whimpering of a frightened woman.

"It is Mrs. Bernstone," said Sholto. "She is the only woman in the house. Wait here. I shall be back in a moment." He hurried for the door, and knocked in his peculiar way. We could see a tall old woman admit him, and sway with pleasure at the very sight of him.

"Oh, Mr. Thaddeus, sir, I am so glad you have come! I am so glad you have come, Mr. Thaddeus, sir!" We heard her reiterated rejoicings until the door was closed and her voice died away into a muffled monotone.

Our guide had left us the lantern. Holmes swung it slowly round, and peered keenly at the house, and at the great rubbish-heaps which cumbered the grounds. Miss Morstan and I stood together, and her hand was in mine. A wondrous subtle thing is love, for here were we two who had never seen each other before that day, between whom no word or even look of affection had ever passed, and yet now in an hour of trouble our hands instinctively sought for each other. I have marvelled at it since, but at the time it seemed the most natural thing that I should go out to her so, and, as she has often told me, there was

y a veces pienso que mi padre puede haberle contado más de lo que nunca me contó a mí. Esa es la ventana de Bartholomew, allá arriba, donde da la luz de la luna. Es bastante luminosa, pero no hay luz desde dentro, creo».

«Ninguna», dijo Holmes. «Pero veo el destello de una luz en esa ventanita junto a la puerta».

«Ah, esa es la habitación del ama de llaves. Ahí es donde se sienta la vieja Mrs. Bernstone. Ella puede contárnoslo todo. Pero quizás no les importaría esperar aquí un minuto o dos, porque si entramos todos juntos y ella no tiene noticia de nuestra llegada puede alarmarse. Pero ¡calla! ¿qué es eso?».

Levantó el farol y su mano tembló hasta que los círculos de luz parpadearon y vacilaron a nuestro alrededor. Miss Morstan me agarró de la muñeca y todos permanecimos de pie con el corazón palpitante, aguzando el oído. Desde la gran casa negra sonaba a través de la silenciosa noche el más triste y lastimero de los sonidos... el quejido agudo y entrecortado de una mujer asustada.

«Es Mrs. Bernstone», dijo Sholto. «Es la única mujer de la casa. Esperen aquí. Volveré en un momento». Se dio prisa y fue hacia la puerta y llamó a su peculiar manera. Pudimos ver cómo una anciana alta le admitía y se balanceaba de placer con sólo verle.

«¡Oh, Mr. Thaddeus, señor, me alegro tanto de que haya venido! ¡Me alegro tanto de que haya venido, Mr. Thaddeus, señor!». Oímos sus reiterados regocijos hasta que se cerró la puerta y su voz se apagó en una apagada voz monótona.

Nuestro guía nos había dejado la linterna. Holmes la hizo girar lentamente y observó con atención la casa y los grandes montones de basura que abarrotaban los terrenos. Miss Morstan y yo estábamos juntos, y su mano estaba en la mía. El amor es algo maravillosamente sutil, porque aquí estábamos, dos personas que nunca nos habíamos visto antes de aquel día, entre las que nunca había habido una palabra ni siquiera una mirada de afecto, y sin embargo ahora, en un momento problemático, nuestras manos se buscaban instintivamente. Me he maravillado de ello desde entonces, pero en aquel momento me pareció lo más natural

in her also the instinct to turn to me for comfort and protection. So we stood hand in hand, like two children, and there was peace in our hearts for all the dark things that surrounded us.

"What a strange place!" she said, looking round.

"It looks as though all the moles in England had been let loose in it. I have seen something of the sort on the side of a hill near Ballarat, where the prospectors had been at work."

"And from the same cause," said Holmes. "These are the traces of the treasure-seekers. You must remember that they were six years looking for it. No wonder that the grounds look like a gravel-pit."

At that moment the door of the house burst open, and Thaddeus Sholto came running out, with his hands thrown forward and terror in his eyes.

"There is something amiss with Bartholomew!" he cried. "I am frightened! My nerves cannot stand it." He was, indeed, half blubbering with fear, and his twitching feeble face peeping out from the great Astrakhan collar had the helpless appealing expression of a terrified child.

"Come into the house," said Holmes, in his crisp, firm way.

"Yes, do!" pleaded Thaddeus Sholto. "I really do not feel equal to giving directions."

We all followed him into the housekeeper's room, which stood upon the left-hand side of the passage. The old woman was pacing up and down with a scared look and restless picking fingers, but the sight of Miss Morstan appeared to have a soothing effect upon her.

"God bless your sweet calm face!" she cried, with an hysterical sob. "It does me good to see you. Oh, but I have been sorely tried this day!"

que yo acudiera así a ella y, como ella me ha contado a menudo, también había en ella el instinto de acudir a mí en busca de consuelo y protección. Así que permanecimos cogidos de la mano, como dos niños, y había paz en nuestros corazones a pesar de todas las cosas oscuras que nos rodeaban.

«¡Qué lugar tan extraño!», dijo ella, mirando a su alrededor.

«Parece como si todos los topos de Inglaterra se hubieran soltado aquí. He visto algo parecido en la ladera de una colina cerca de Ballarat, donde los prospectores habían estado trabajando».

«Y por la misma causa», dijo Holmes. «Éstas son las huellas de los buscadores del tesoro. Debe recordar que estuvieron seis años buscándolo. No es de extrañar que el terreno parezca una gravera».

En ese momento la puerta de la casa se abrió de golpe y Thaddeus Sholto salió corriendo, con las manos echadas hacia delante y el terror en los ojos.

«¡Algo le pasa a Bartholomew!», gritó. «¡Estoy asustado! Mis nervios no lo soportan». Estaba, en efecto, lloriqueando a medias, de miedo, y su rostro crispado y débil que asomaba por el gran collar de astracán tenía la expresión impotente y atrayente de un niño aterrorizado.

«Entre en la casa», dijo Holmes, a su manera crujiente y firme.

«¡Sí, venga!», suplicó Thaddeus Sholto. «Realmente no me siento capacitado para dar indicaciones».

Todos le seguimos hasta la habitación del ama de llaves, que estaba a la izquierda del pasillo. La anciana paseaba arriba y abajo con mirada asustada e inquietos dedos, pero la visión de Miss Morstan pareció tener un efecto tranquilizador sobre ella.

«¡Dios bendiga su dulce y tranquilo rostro!», gritó, con un sollozo histérico. «Me hace bien verla. Oh, ¡pero he sido dolorosamente probada este día!».

Our companion patted her thin, work-worn hand, and murmured some few words of kindly womanly comfort which brought the colour back into the other's bloodless cheeks.

"Master has locked himself in and will not answer me," she explained. "All day I have waited to hear from him, for he often likes to be alone; but an hour ago I feared that something was amiss, so I went up and peeped through the key-hole. You must go up, Mr. Thaddeus,—you must go up and look for yourself. I have seen Mr. Bartholomew Sholto in joy and in sorrow for ten long years, but I never saw him with such a face on him as that."

Sherlock Holmes took the lamp and led the way, for Thaddeus Sholto's teeth were chattering in his head. So shaken was he that I had to pass my hand under his arm as we went up the stairs, for his knees were trembling under him. Twice as we ascended Holmes whipped his lens out of his pocket and carefully examined marks which appeared to me to be mere shapeless smudges of dust upon the cocoa-nut matting which served as a stair-carpet. He walked slowly from step to step, holding the lamp, and shooting keen glances to right and left. Miss Morstan had remained behind with the frightened housekeeper.

The third flight of stairs ended in a straight passage of some length, with a great picture in Indian tapestry upon the right of it and three doors upon the left. Holmes advanced along it in the same slow and methodical way, while we kept close at his heels, with our long black shadows streaming backwards down the corridor. The third door was that which we were seeking. Holmes knocked without receiving any answer, and then tried to turn the handle and force it open. It was locked on the inside, however, and by a broad and powerful bolt, as we could see when we set our lamp up against it. The key being turned, however, the hole was not entirely closed. Sherlock Holmes bent down to it, and instantly rose again with a sharp intaking of the breath.

"There is something devilish in this, Watson," said he, more moved than I had ever before seen him. "What do you make of it?"

I stooped to the hole, and recoiled in horror. Moonlight was

Nuestra compañera le dio unas palmaditas en su mano delgada y desgastada por el trabajo y murmuró unas palabras de amable consuelo femenino que devolvieron el color a las mejillas exangües de la otra.

«El amo se ha encerrado y no me contesta», me explicó ella. «Todo el día he esperado noticias suyas, pues a menudo le gusta estar solo; pero hace una hora temí que algo anduviera mal, así que subí y espié por el ojo de la cerradura. Debe subir, Mr. Thaddeus... debe subir y mirar usted mismo. He visto a Mr. Bartholomew Sholto en la alegría y en la tristeza durante diez largos años, pero nunca lo vi con una cara como ésa».

Sherlock Holmes cogió la lámpara y abrió el camino, pues a Thaddeus Sholto le castañeteaban los dientes en la cabeza. Tan agitado estaba que tuve que pasarle la mano por debajo del brazo mientras subíamos las escaleras, pues le temblaban las rodillas. Dos veces mientras ascendíamos Holmes sacó su lente del bolsillo y examinó cuidadosamente unas marcas que a mí me parecieron meras manchas informes de polvo sobre la estera color cacao que servía de alfombra a la escalera. Caminaba lentamente de peldaño en peldaño, sosteniendo la lámpara y lanzando agudas miradas a derecha e izquierda. Miss Morstan se había quedado atrás con la asustada ama de llaves.

El tercer tramo de escaleras desembocaba en un pasillo recto de cierta longitud, con un gran cuadro en tapiz indio a la derecha del mismo y tres puertas a la izquierda. Holmes avanzó por él de la misma forma lenta y metódica, mientras nosotros nos manteníamos pegados a sus talones, con nuestras largas sombras negras retrocediendo por el pasillo. La tercera puerta era la que buscábamos. Holmes llamó sin recibir respuesta y luego intentó girar el picaporte y hacer fuerza para abrirla. Sin embargo, estaba cerrada por dentro y, por un cerrojo ancho y potente, como pudimos comprobar al apoyar nuestra lámpara contra él. Al girar la llave, sin embargo, el agujero no se cerró del todo. Sherlock Holmes se inclinó hacia él, y al instante volvió a levantarse con una aguda inspiración.

«Hay algo diabólico en esto, Watson», dijo, más conmovido de lo que le había visto nunca. «¿Qué opina de ello?».

Me agaché hacia el agujero y retrocedí horrorizado. La luz de la luna

streaming into the room, and it was bright with a vague and shifty radiance. Looking straight at me, and suspended, as it were, in the air, for all beneath was in shadow, there hung a face,—the very face of our companion Thaddeus. There was the same high, shining head, the same circular bristle of red hair, the same bloodless countenance. The features were set, however, in a horrible smile, a fixed and unnatural grin, which in that still and moonlit room was more jarring to the nerves than any scowl or contortion. So like was the face to that of our little friend that I looked round at him to make sure that he was indeed with us. Then I recalled to mind that he had mentioned to us that his brother and he were twins.

"This is terrible!" I said to Holmes. "What is to be done?"

"The door must come down," he answered, and, springing against it, he put all his weight upon the lock. It creaked and groaned, but did not yield. Together we flung ourselves upon it once more, and this time it gave way with a sudden snap, and we found ourselves within Bartholomew Sholto's chamber.

It appeared to have been fitted up as a chemical laboratory. A double line of glass-stoppered bottles was drawn up upon the wall opposite the door, and the table was littered over with Bunsen burners, test-tubes, and retorts. In the corners stood carboys of acid in wicker baskets. One of these appeared to leak or to have been broken, for a stream of dark-coloured liquid had trickled out from it, and the air was heavy with a peculiarly pungent, tar-like odour. A set of steps stood at one side of the room, in the midst of a litter of lath and plaster, and above them there was an opening in the ceiling large enough for a man to pass through. At the foot of the steps a long coil of rope was thrown carelessly together.

By the table, in a wooden arm-chair, the master of the house was seated all in a heap, with his head sunk upon his left shoulder, and that ghastly, inscrutable smile upon his face. He was stiff and cold, and had clearly been dead many hours. It seemed to me that not only his features but all his limbs were twisted and turned in the most fantastic fashion. By his hand upon the table there lay a peculiar instrument,—a brown, close-grained stick, with a stone head like a ham-

entraba a raudales en la habitación y brillaba con un resplandor vago y trémulo. Mirándome directamente y suspendido, por así decirlo, en el aire, pues todo lo que había debajo estaba en la sombra, colgaba un rostro, el mismo rostro de nuestro compañero Thaddeus. Tenía la misma cabeza alta y brillante, el mismo mechón circular de pelo rojo, el mismo semblante exangüe. Sin embargo, los rasgos se engarzaban en una horrible sonrisa, una mueca fija y antinatural, que en aquella habitación quieta e iluminada por la luna sacudía más los nervios que cualquier ceño fruncido o contorsión. Tan parecido era aquel rostro al de nuestro pequeño amigo que miré a su alrededor para cerciorarme de que efectivamente estaba con nosotros. Entonces recordé que nos había mencionado que su hermano y él eran gemelos.

«¡Esto es terrible!», le dije a Holmes. «¿Qué hay que hacer?».

«La puerta debe ser tirada abajo», respondió, y, saltando contra ella, puso todo su peso sobre la cerradura. Esta crujió y gimió, pero no cedió. Juntos nos lanzamos sobre ella una vez más, y esta vez cedió con un repentino chasquido y nos encontramos dentro de la cámara de Bartholomew Sholto.

Parecía haber sido acondicionada como laboratorio químico. En la pared opuesta a la puerta había una doble hilera de botellas con tapón de cristal y la mesa estaba repleta de mecheros Bunsen, tubos de ensayo y retortas. En las esquinas había garrafas de ácido en cestas de mimbre. Una de ellas parecía tener una fuga o haberse roto, pues un chorro de líquido de color oscuro se había escurrido de ella, y el aire estaba cargado de un olor peculiarmente acre y parecido al alquitrán. A un lado de la habitación, en medio de un amasijo de listones y yeso, había unos escalones y sobre ellos una abertura en el techo lo bastante grande como para que pasara un hombre. Al pie de los escalones había un largo rollo de cuerda tirado descuidadamente.

Junto a la mesa, en un sillón de madera, estaba sentado el señor de la casa, todo retraído, con la cabeza hundida sobre el hombro izquierdo y aquella sonrisa espantosa e inescrutable en el rostro. Estaba rígido y frío y era evidente que llevaba muerto muchas horas. Me pareció que no sólo sus facciones sino todos sus miembros estaban retorcidos y girados de la manera más fantástica. Junto a su mano, sobre la mesa, yacía un instrumento peculiar: un bastón marrón de grano apretado, con

mer, rudely lashed on with coarse twine. Beside it was a torn sheet of note-paper with some words scrawled upon it. Holmes glanced at it, and then handed it to me.

"You see," he said, with a significant raising of the eyebrows.

In the light of the lantern I read, with a thrill of horror, "The sign of the four."

"In God's name, what does it all mean?" I asked.

"It means murder," said he, stooping over the dead man. "Ah, I expected it. Look here!" He pointed to what looked like a long, dark thorn stuck in the skin just above the ear.

"It looks like a thorn," said I.

"It is a thorn. You may pick it out. But be careful, for it is poisoned."

I took it up between my finger and thumb. It came away from the skin so readily that hardly any mark was left behind. One tiny speck of blood showed where the puncture had been.

"This is all an insoluble mystery to me," said I. "It grows darker instead of clearer."

"On the contrary," he answered, "it clears every instant. I only require a few missing links to have an entirely connected case."

We had almost forgotten our companion's presence since we entered the chamber. He was still standing in the doorway, the very picture of terror, wringing his hands and moaning to himself. Suddenly, however, he broke out into a sharp, querulous cry.

"The treasure is gone!" he said. "They have robbed him of the treasure! There is the hole through which we lowered it. I helped him to do it! I was the last person who saw him! I left him here last night, and I heard him lock the door as I came downstairs."

una cabeza de piedra como un martillo, rudamente atado con un cordel grueso. Junto a él había una hoja de papel de carta rasgada con algunas palabras garabateadas. Holmes le echó un vistazo y luego me la entregó.

«Verá», dijo, con una significativa elevación de las cejas.

A la luz de la linterna leí, con un estremecimiento de horror: «El signo de los cuatro».

«En nombre de Dios, ¿qué significa todo esto?», pregunté.

«Significa asesinato», dijo él, inclinándose sobre el muerto. «Ah, me lo esperaba. Mire aquí». Señaló lo que parecía una espina larga y oscura clavada en la piel justo encima de la oreja.

«Parece una espina», dije.

«Es una espina. Puede cogerla. Pero tenga cuidado, porque está envenenada».

La cogí entre el dedo y el pulgar. Se desprendió de la piel con tanta facilidad que apenas quedó marca. Una pequeña mancha de sangre mostraba dónde había sido el pinchazo.

«Todo esto es un misterio insoluble para mí», dije. «Se oscurece en lugar de aclararse».

«Al contrario», respondió él, «se aclara a cada instante. Sólo necesito encontrar unos pocos eslabones perdidos para tener un caso totalmente conectado».

Casi habíamos olvidado la presencia de nuestro compañero desde que entramos en la habitación. Seguía de pie en la puerta, la viva imagen del terror, retorciéndose las manos y gimiendo para sus adentros. De repente, sin embargo, prorrumpió en un grito agudo y quejumbroso.

«¡El tesoro ha desaparecido!», dijo. «¡Le han robado el tesoro! Ahí está el agujero por el que lo bajamos. ¡Yo le ayudé a hacerlo! ¡Fui la última persona que lo vio! Le dejé aquí anoche y le oí cerrar la puerta cuando bajaba las escaleras».

"What time was that?"

"It was ten o'clock. And now he is dead, and the police will be called in, and I shall be suspected of having had a hand in it. Oh, yes, I am sure I shall. But you don't think so, gentlemen? Surely you don't think that it was I? Is it likely that I would have brought you here if it were I? Oh, dear! oh, dear! I know that I shall go mad!" He jerked his arms and stamped his feet in a kind of convulsive frenzy.

"You have no reason for fear, Mr. Sholto," said Holmes, kindly, putting his hand upon his shoulder. "Take my advice, and drive down to the station to report this matter to the police. Offer to assist them in every way. We shall wait here until your return."

The little man obeyed in a half-stupefied fashion, and we heard him stumbling down the stairs in the dark.

«¿Qué hora era?».

«Eran las diez. Y ahora está muerto, y llamarán a la policía, y yo seré sospechoso de haber tenido algo que ver. Oh, sí, estoy seguro de que así será. ¿Pero no lo creen, caballeros? ¿Seguro que no creen que haya sido yo? ¿Es probable que les hubiera traído aquí si hubiera sido yo? ¡Oh, Dios mío! ¡Oh, Dios mío! Sé que me volveré loco». Sacudió los brazos y zapateó en una especie de frenesí convulsivo.

«No tiene motivos para temer, Mr. Sholto», dijo Holmes, amablemente, poniéndole la mano en el hombro. «Siga mi consejo y vaya hasta la estación para informar de este asunto a la policía. Ofrézcase a ayudarles en todo. Esperaremos aquí hasta su regreso».

El hombrecillo obedeció medio estupefacto y le oímos bajar las escaleras a trompicones en la oscuridad.

CHAPTER VI — SHERLOCK HOLMES GIVES A DEMONSTRATION

"Now, Watson," said Holmes, rubbing his hands, "we have half an hour to ourselves. Let us make good use of it. My case is, as I have told you, almost complete; but we must not err on the side of over-confidence. Simple as the case seems now, there may be something deeper underlying it."

"Simple!" I ejaculated.

"Surely," said he, with something of the air of a clinical professor expounding to his class. "Just sit in the corner there, that your footprints may not complicate matters. Now to work! In the first place, how did these folk come, and how did they go? The door has not been opened since last night. How of the window?" He carried the lamp across to it, muttering his observations aloud the while, but addressing them to himself rather than to me. "Window is snibbed on the inner side. Framework is solid. No hinges at the side. Let us open it. No water-pipe near. Roof quite out of reach. Yet a man has mounted by the window. It rained a little last night. Here is the print of a foot in mould upon the sill. And here is a circular muddy mark, and here again upon the floor, and here again by the table. See here, Watson! This is really a very pretty demonstration."

I looked at the round, well-defined muddy discs. "This is not a footmark," said I.

"It is something much more valuable to us. It is the impression of a wooden stump. You see here on the sill is the boot-mark, a heavy boot with the broad metal heel, and beside it is the mark of the timber-toe."

"It is the wooden-legged man."

"Quite so. But there has been some one else,—a very able and efficient ally. Could you scale that wall, doctor?"

I looked out of the open window. The moon still shone brightly on that angle of the house. We were a good sixty feet from the ground, and, look where I would, I could see no foothold, nor as much as a crevice in the brick-work.

CAPÍTULO VI — SHERLOCK HOLMES HACE UNA DEMOSTRACIÓN

«Ahora, Watson», dijo Holmes frotándose las manos, «tenemos media hora para nosotros. Hagamos buen uso de ella. Mi caso está, como le he dicho, casi completo; pero no debemos pecar de exceso de confianza. Por simple que parezca el caso ahora, puede haber algo más profundo subyacente».

«¡Simple!», exclamé.

«Con seguridad», dijo él, con algo del aire de un profesor clínico exponiendo a su clase. «Siéntese ahí en el rincón, para que sus pisadas no compliquen las cosas. Ahora, ¡a trabajar! En primer lugar, ¿cómo ha venido esta gente y cómo se ha ido? La puerta no ha sido abierta desde anoche. ¿Y la ventana?». Llevó la lámpara hasta ella, murmurando sus observaciones en voz alta mientras tanto pero dirigiéndoselas a sí mismo más que a mí. «La ventana está trabada por el lado interior. El marco es sólido. No tiene bisagras laterales. Abrámosla. No hay tubería de agua cerca. El tejado está fuera de nuestro alcance. Sin embargo, un hombre ha montado junto a la ventana. Anoche llovió un poco. Aquí está la huella de un pie enmohecido sobre el alféizar. Y aquí hay una marca circular de barro, y aquí otra vez en el suelo, y aquí otra vez junto a la mesa. ¡Mire aquí, Watson! Esta es realmente una demostración muy buena».

Miré los discos de barro redondos y bien definidos. «Esto no es una marca de pisada», dije.

«Es algo mucho más valioso para nosotros. Es la huella de un tocón de madera. Vea aquí en el umbral está la marca de la bota, una bota pesada con el tacón ancho de metal y al lado está la marca del dedo de madera».

«Es el hombre de la pata de palo».

«Así es. Pero ha habido alguien más, un aliado muy capaz y eficiente. ¿Podría escalar ese muro, doctor?».

Miré por la ventana abierta. La luna aún brillaba en aquel ángulo de la casa. Estábamos a unos sesenta pies del suelo y, mirara donde mirara, no podía ver ningún punto de apoyo, ni siquiera una grieta en los ladrillos.

"It is absolutely impossible," I answered.

"Without aid it is so. But suppose you had a friend up here who lowered you this good stout rope which I see in the corner, securing one end of it to this great hook in the wall. Then, I think, if you were an active man, You might swarm up, wooden leg and all. You would depart, of course, in the same fashion, and your ally would draw up the rope, untie it from the hook, shut the window, snib it on the inside, and get away in the way that he originally came. As a minor point it may be noted," he continued, fingering the rope, "that our wooden-legged friend, though a fair climber, was not a professional sailor. His hands were far from horny. My lens discloses more than one blood-mark, especially towards the end of the rope, from which I gather that he slipped down with such velocity that he took the skin off his hand."

"This is all very well," said I, "but the thing becomes more unintelligible than ever. How about this mysterious ally? How came he into the room?"

"Yes, the ally!" repeated Holmes, pensively. "There are features of interest about this ally. He lifts the case from the regions of the commonplace. I fancy that this ally breaks fresh ground in the annals of crime in this country,—though parallel cases suggest themselves from India, and, if my memory serves me, from Senegambia."

"How came he, then?" I reiterated. "The door is locked, the window is inaccessible. Was it through the chimney?"

"The grate is much too small," he answered. "I had already considered that possibility."

"How then?" I persisted.

"You will not apply my precept," he said, shaking his head. "How often have I said to you that when you have eliminated the impossible whatever remains, *however improbable*, must be the truth? We know that he did not come through the door, the window, or the chimney. We also know that he could not have been concealed in the room, as there is no concealment possible. Whence, then, did he come?"

«Es absolutamente imposible», le contesté.

«Así es… sin ayuda. Pero suponga que tuviera un amigo aquí arriba que le bajara esta buena cuerda robusta que veo en la esquina, asegurando un extremo a este gran gancho de la pared. Entonces, creo, si fuera un hombre activo, podría subir, con pata de palo y todo. Usted se marcharía, por supuesto, de la misma manera, y su aliado recogería la cuerda, la desataría del gancho, cerraría la ventana, la mordisquearía por dentro y se marcharía por donde vino originalmente. Como punto menor cabe señalar», continuó él, tocando la cuerda, «que nuestro amigo con pata de palo, aunque era un buen escalador, no era un marinero profesional. Sus manos estaban lejos de ser callosas. Mi lente revela más de una marca de sangre, especialmente hacia el final de la cuerda, de lo que deduzco que se deslizó hacia abajo con tal velocidad que se arrancó la piel de la mano».

«Todo esto está muy bien», dije, «pero la cosa se vuelve más ininteligible que nunca. ¿Qué hay de este misterioso aliado? ¿Cómo entró en la habitación?».

«¡Sí, el aliado!», repitió Holmes, pensativo. «Hay rasgos de interés en este aliado. Eleva el caso por sobre las regiones de lo común. Me parece que este aliado abre nuevos caminos en los anales del crimen en este país, aunque se sugieren casos paralelos en la India y, si no me falla la memoria, de Senegambia».

«¿Cómo entró, entonces?», reiteré. «La puerta está cerrada, la ventana es inaccesible. ¿Fue por la chimenea?».

«La rejilla es demasiado pequeña», respondió. «Ya había considerado esa posibilidad».

«¿Cómo entonces?», insistí.

«Usted no aplicará mi precepto», dijo, sacudiendo la cabeza. «¿Cuántas veces le he dicho que cuando se ha eliminado lo imposible lo que queda, *por improbable que sea*, debe ser la verdad? Sabemos que no entró por la puerta, la ventana o la chimenea. También sabemos que no pudo ocultarse en la habitación, ya que no hay escondrijo posible. ¿Por dónde, entonces, entró?».

"He came through the hole in the roof," I cried.

"Of course he did. He must have done so. If you will have the kindness to hold the lamp for me, we shall now extend our researches to the room above,—the secret room in which the treasure was found."

He mounted the steps, and, seizing a rafter with either hand, he swung himself up into the garret. Then, lying on his face, he reached down for the lamp and held it while I followed him.

The chamber in which we found ourselves was about ten feet one way and six the other. The floor was formed by the rafters, with thin lath-and-plaster between, so that in walking one had to step from beam to beam. The roof ran up to an apex, and was evidently the inner shell of the true roof of the house. There was no furniture of any sort, and the accumulated dust of years lay thick upon the floor.

"Here you are, you see," said Sherlock Holmes, putting his hand against the sloping wall. "This is a trap-door which leads out on to the roof. I can press it back, and here is the roof itself, sloping at a gentle angle. This, then, is the way by which Number One entered. Let us see if we can find any other traces of his individuality."

He held down the lamp to the floor, and as he did so I saw for the second time that night a startled, surprised look come over his face. For myself, as I followed his gaze my skin was cold under my clothes. The floor was covered thickly with the prints of a naked foot,—clear, well defined, perfectly formed, but scarce half the size of those of an ordinary man.

"Holmes," I said, in a whisper, "a child has done the horrid thing."

He had recovered his self-possession in an instant. "I was staggered for the moment," he said, "but the thing is quite natural. My memory failed me, or I should have been able to foretell it. There is nothing more to be learned here. Let us go down."

"What is your theory, then, as to those footmarks?" I asked, eagerly, when we had regained the lower room once more.

«Entró por el agujero en el techo», grité.

«Por supuesto que lo hizo. Tiene que haberlo hecho. Si tiene la amabilidad de sostenerme la lámpara, ahora ampliaremos nuestras investigaciones a la habitación de arriba, la habitación secreta en la que se encontró el tesoro».

Subió los escalones y, agarrando una viga con ambas manos, se balanceó hasta la buhardilla. Luego, tumbado boca abajo, tomó la lámpara y la sostuvo mientras yo le seguía.

La cámara en la que nos encontrábamos medía unos diez pies en un sentido y seis en el otro. El suelo estaba formado por las vigas, con finos listones y yeso entre ellas, de modo que al caminar había que pasar de viga en viga. El tejado llegaba hasta un vértice y era evidentemente la cáscara interior del verdadero tejado de la casa. No había muebles de ningún tipo y el polvo acumulado por años yacía espeso sobre el suelo.

«Aquí está, ya ve», dijo Sherlock Holmes, apoyando la mano contra la pared inclinada. «Ésta es una trampilla que da al tejado. Puedo presionarla hacia atrás, y aquí está el propio tejado, inclinado en un suave ángulo. Ésta es, pues, la vía por la que entró el Número Uno. Veamos si podemos encontrar algún otro rastro de su individualidad».

Bajó la lámpara hasta el suelo y, al hacerlo, vi por segunda vez aquella noche que una expresión de asombro y sorpresa se dibujaba en su rostro. En cuanto a mí, mientras seguía su mirada se me heló la piel bajo la ropa. El suelo estaba cubierto densamente con las huellas de un pie desnudo, claras, bien definidas, perfectamente formadas, pero apenas de la mitad del tamaño de las de un hombre corriente.

«Holmes», dije, en un susurro, «un niño ha hecho algo horrible».

Él había recuperado la compostura en un instante. «Me tambaleé por un momento», dijo, «pero la cosa es muy natural. Me falló la memoria, o habría sido capaz de preverlo. No hay nada más por aprender aquí. Bajemos».

«¿Cuál es su teoría, entonces, en cuanto a esas huellas?», pregunté, ansioso, cuando habíamos vuelto a la habitación inferior.

"My dear Watson, try a little analysis yourself," said he, with a touch of impatience. "You know my methods. Apply them, and it will be instructive to compare results."

"I cannot conceive anything which will cover the facts," I answered.

"It will be clear enough to you soon," he said, in an off-hand way. "I think that there is nothing else of importance here, but I will look." He whipped out his lens and a tape measure, and hurried about the room on his knees, measuring, comparing, examining, with his long thin nose only a few inches from the planks, and his beady eyes gleaming and deep-set like those of a bird. So swift, silent, and furtive were his movements, like those of a trained blood-hound picking out a scent, that I could not but think what a terrible criminal he would have made had he turned his energy and sagacity against the law, instead of exerting them in its defence. As he hunted about, he kept muttering to himself, and finally he broke out into a loud crow of delight.

"We are certainly in luck," said he. "We ought to have very little trouble now. Number One has had the misfortune to tread in the creosote. You can see the outline of the edge of his small foot here at the side of this evil-smelling mess. The carboy has been cracked, You see, and the stuff has leaked out."

"What then?" I asked.

"Why, we have got him, that's all," said he. "I know a dog that would follow that scent to the world's end. If a pack can track a trailed herring across a shire, how far can a specially-trained hound follow so pungent a smell as this? It sounds like a sum in the rule of three. The answer should give us the—But halloa! here are the accredited representatives of the law."

Heavy steps and the clamour of loud voices were audible from below, and the hall door shut with a loud crash.

"Before they come," said Holmes, "just put your hand here on this poor fellow's arm, and here on his leg. What do you feel?"

«Mi querido Watson, intente usted mismo un pequeño análisis», dijo él, con un toque de impaciencia. «Ya conoce mis métodos. Aplíquelos y será instructivo comparar los resultados».

«No puedo concebir nada que cubra los hechos», respondí.

«Pronto lo tendrá bastante claro», dijo, con aire despreocupado. «Creo que aquí no hay nada más importante, pero miraré». Sacó sus lentes y una cinta métrica y se apresuró a recorrer la habitación de rodillas, midiendo, comparando, examinando, con su larga y delgada nariz a sólo unas pulgadas de las tablas, y sus ojos brillantes y hundidos como los de un pájaro. Tan rápidos, silenciosos y furtivos eran sus movimientos, como los de un sabueso entrenado en la búsqueda de un rastro, que no pude dejar de pensar en el terrible criminal que habría sido si hubiera vuelto su energía y sagacidad contra la ley, en lugar de ejercerlas en su defensa. Mientras cazaba de un lado a otro no dejaba de murmurar para sí mismo y, finalmente, prorrumpió en un sonoro cacareo de placer.

«Sin duda estamos de suerte», dijo. «Ahora deberíamos tener muy pocos problemas. Número Uno ha tenido la desgracia de pisar en la creosota. Puede ver el contorno del borde de su pequeño pie aquí al lado de este desastre maloliente. La garrafa se ha agrietado, como ve, y la cosa se ha filtrado».

«¿Y entonces?», pregunté.

«Pues ya lo tenemos, eso es todo», dijo. «Conozco a un perro que seguiría ese olor hasta el fin del mundo. Si una jauría puede rastrear un arenque a través de una comarca, ¿hasta dónde puede un sabueso especialmente adiestrado seguir un olor tan penetrante como éste? Parece simple como una suma en la regla de tres. La respuesta debería darnos la... ¡Pero, vaya! aquí están los representantes acreditados de la ley».

Desde abajo se oyeron pasos pesados y el clamor de grandes voces y la puerta del vestíbulo se cerró con un fuerte estruendo.

«Antes de que vengan», dijo Holmes, «ponga su mano aquí en el brazo de este pobre hombre, y aquí en su pierna. ¿Qué siente?».

"The muscles are as hard as a board," I answered.

"Quite so. They are in a state of extreme contraction, far exceeding the usual *rigor mortis*. Coupled with this distortion of the face, this Hippocratic smile, or *'risus sardonicus,'* as the old writers called it, what conclusion would it suggest to your mind?"

"Death from some powerful vegetable alkaloid," I answered,—"some strychnine-like substance which would produce tetanus."

"That was the idea which occurred to me the instant I saw the drawn muscles of the face. On getting into the room I at once looked for the means by which the poison had entered the system. As you saw, I discovered a thorn which had been driven or shot with no great force into the scalp. You observe that the part struck was that which would be turned towards the hole in the ceiling if the man were erect in his chair. Now examine the thorn."

I took it up gingerly and held it in the light of the lantern. It was long, sharp, and black, with a glazed look near the point as though some gummy substance had dried upon it. The blunt end had been trimmed and rounded off with a knife.

"Is that an English thorn?" he asked.

"No, it certainly is not."

"With all these data you should be able to draw some just inference. But here are the regulars; so the auxiliary forces may beat a retreat."

As he spoke, the steps which had been coming nearer sounded loudly on the passage, and a very stout, portly man in a grey suit strode heavily into the room. He was red-faced, burly and plethoric, with a pair of very small twinkling eyes which looked keenly out from between swollen and puffy pouches. He was closely followed by an inspector in uniform, and by the still palpitating Thaddeus Sholto.

«Los músculos están duros como una tabla», le contesté.

«Exactamente. Están en un estado de contracción extrema, muy superior al *rigor mortis* habitual. Unido a esta distorsión del rostro, esta sonrisa hipocrática, o *"risus sardonicus",* como la llamaban los antiguos escritores, ¿qué conclusión le viene a la mente?».

«Muerte por algún poderoso alcaloide vegetal», respondí, «alguna sustancia parecida a la estricnina que produjera el tétanos».

«Esa fue la idea que se me ocurrió en el instante en que vi los músculos contraídos de la cara. Al entrar en la habitación busqué inmediatamente el medio por el que el veneno había entrado en el organismo. Como usted vio, descubrí una espina que había sido clavada o disparada con no mucha fuerza en el cuero cabelludo. Observará que la parte golpeada era la que estaría vuelta hacia el agujero del techo si el hombre estuviera erguido en su silla. Ahora examine la espina».

La cogí con cautela y la sostuve a la luz de la linterna. Era larga, afilada y negra, con un aspecto vidrioso cerca de la punta, como si alguna sustancia gomosa se hubiera secado sobre ella. El extremo romo había sido recortado y redondeado con un cuchillo.

«¿Es una espina inglesa?», preguntó.

«No, desde luego que no».

«Con todos estos datos debería ser capaz de extraer alguna inferencia justa. Pero aquí están los regulares; así que las fuerzas auxiliares pueden batirse en retirada».

Mientras hablaba, los pasos que se acercaban sonaron con fuerza en el pasillo y un hombre robusto y corpulento, vestido con un traje gris, entró pesadamente en la habitación. Tenía la cara roja, era fornido y pletórico, con un par de ojos muy pequeños y centelleantes que miraban agudamente desde unas bolsas hinchadas y redondeadas. Le seguían de cerca un inspector de uniforme y el aún palpitante Thaddeus Sholto.

"Here's a business!" he cried, in a muffled, husky voice. "Here's a pretty business! But who are all these? Why, the house seems to be as full as a rabbit-warren!"

"I think you must recollect me, Mr. Athelney Jones," said Holmes, quietly.

"Why, of course I do!" he wheezed. "It's Mr. Sherlock Holmes, the theorist. Remember you! I'll never forget how you lectured us all on causes and inferences and effects in the Bishopgate jewel case. It's true you set us on the right track; but you'll own now that it was more by good luck than good guidance."

"It was a piece of very simple reasoning."

"Oh, come, now, come! Never be ashamed to own up. But what is all this? Bad business! Bad business! Stern facts here,—no room for theories. How lucky that I happened to be out at Norwood over another case! I was at the station when the message arrived. What d'you think the man died of?"

"Oh, this is hardly a case for me to theorise over," said Holmes, dryly.

"No, no. Still, we can't deny that you hit the nail on the head sometimes. Dear me! Door locked, I understand. Jewels worth half a million missing. How was the window?"

"Fastened; but there are steps on the sill."

"Well, well, if it was fastened the steps could have nothing to do with the matter. That's common sense. Man might have died in a fit; but then the jewels are missing. Ha! I have a theory. These flashes come upon me at times.—Just step outside, sergeant, and you, Mr. Sholto. Your friend can remain.—What do you think of this, Holmes? Sholto was, on his own confession, with his brother last night. The brother died in a fit, on which Sholto walked off with the treasure. How's that?"

"On which the dead man very considerately got up and locked the

«¡Aquí hay algo!», gritó, con voz apagada y ronca. «¡Aquí sí que hay algo! Pero, ¿quiénes son todos estos? Vaya, ¡la casa parece estar tan llena como una conejera!».

«Creo que debe acordarse de mí, Mr. Athelney Jones», dijo Holmes, en voz baja.

«¡Claro que sí!», resolló él. «Mr. Sherlock Holmes, el teórico. ¡Me acuerdo de usted! Nunca olvidaré cómo nos sermoneó a todos sobre causas e inferencias y efectos en el caso de la joya de Bishopgate. Es cierto que nos puso sobre la pista correcta; pero ahora reconocerá que fue más por buena suerte que por buena orientación».

«Fue un razonamiento muy simple».

«¡Oh, vamos, ahora, vamos! No se avergüence de confesar. Pero, ¿qué es todo esto? ¡Algo malo! ¡Algo malo! Hay graves hechos aquí... no hay lugar para teorías. ¡Qué suerte que estaba en Norwood por otro caso! Estaba en la estación cuando llegó el mensaje. ¿De qué cree que murió el hombre?».

«Oh, este no es un caso para que yo teorice sobre él», dijo Holmes, secamente.

«No, no. Aun así, no podemos negar que a veces da en el clavo. ¡Dios mío! Puerta cerrada, entiendo. Faltan joyas por valor de medio millón. ¿Cómo estaba la ventana?».

«Cerrada; pero hay pisadas en el alféizer».

«Bueno, bueno, si estaba cerrada las pisadas no pueden tener nada que ver con el asunto. Es de sentido común. El hombre podría haber muerto en un ataque; pero entonces faltan las joyas. ¡Ja! Tengo una teoría. Estos flashes me vienen a veces... Sólo salga, sargento, y usted, Mr. Sholto. Su amigo puede quedarse... ¿Qué opina de esto, Holmes? Sholto estuvo, según confesión propia, con su hermano anoche. El hermano murió en un ataque, en el que Sholto se marchó con el tesoro. ¿Qué le parece?».

«Y entonces el muerto, muy considerado, se levantó y cerró la puerta

door on the inside."

"Hum! There's a flaw there. Let us apply common sense to the matter. This Thaddeus Sholto *was* with his brother; there *was* a quarrel; so much we know. The brother is dead and the jewels are gone. So much also we know. No one saw the brother from the time Thaddeus left him. His bed had not been slept in. Thaddeus is evidently in a most disturbed state of mind. His appearance is—well, not attractive. You see that I am weaving my web round Thaddeus. The net begins to close upon him."

"You are not quite in possession of the facts yet," said Holmes. "This splinter of wood, which I have every reason to believe to be poisoned, was in the man's scalp where you still see the mark; this card, inscribed as you see it, was on the table; and beside it lay this rather curious stone-headed instrument. How does all that fit into your theory?"

"Confirms it in every respect," said the fat detective, pompously. "House is full of Indian curiosities. Thaddeus brought this up, and if this splinter be poisonous Thaddeus may as well have made murderous use of it as any other man. The card is some hocus-pocus,—a blind, as like as not. The only question is, how did he depart? Ah, of course, here is a hole in the roof." With great activity, considering his bulk, he sprang up the steps and squeezed through into the garret, and immediately afterwards we heard his exulting voice proclaiming that he had found the trap-door.

"He can find something," remarked Holmes, shrugging his shoulders. "He has occasional glimmerings of reason. *Il n'y a pas des sots si incommodes que ceux qui ont de l'esprit !*"

"You see!" said Athelney Jones, reappearing down the steps again. "Facts are better than mere theories, after all. My view of the case is confirmed. There is a trap-door communicating with the roof, and it is partly open."

"It was I who opened it."

"Oh, indeed! You did notice it, then?" He seemed a little crestfallen

por dentro».

«¡Hum! Ahí hay un fallo. Apliquemos el sentido común al asunto. Este tal Thaddeus Sholto *estaba* con su hermano; *hubo* una pelea; eso es lo que sabemos. El hermano ha muerto y las joyas han desaparecido. Eso también lo sabemos. Nadie vio al hermano desde el momento en que Thaddeus lo dejó. No se había acostado en su cama. Thaddeus está evidentemente en un estado mental muy perturbado. Su aspecto es... bueno, no es atractivo. Ya ve que estoy tejiendo mi red alrededor de Thaddeus. La red empieza a cerrarse sobre él».

«Todavía no está usted en posesión de todos los hechos», dijo Holmes. «Esta astilla de madera, que tengo todas las razones para creer que está envenenada, estaba en el cuero cabelludo del hombre donde aún se ve la marca; esta tarjeta, inscrita como usted la ve, estaba sobre la mesa; y junto a ella yacía este instrumento con cabeza de piedra bastante curioso. ¿Cómo encaja todo eso en su teoría?».

«La confirma en todos los aspectos», dijo el detective gordo, pomposamente. «La casa está llena de curiosidades indias. Thaddeus trajo esto, y si esta astilla es venenosa Thaddeus puede tan bien haber hecho un uso asesino de ella como cualquier otro hombre. La carta es un abracadabra... un subterfugio, puede ser. La única pregunta es, ¿cómo partió? Ah, por supuesto, aquí hay un agujero en el techo». Con gran esfuerzo, teniendo en cuenta su corpulencia, subió de un salto los escalones y se coló en la buhardilla, e inmediatamente después oímos su voz exultante proclamando que había encontrado la trampilla.

«Puede encontrar algo», comentó Holmes, encogiéndose de hombros. «Tiene ocasionales destellos de razón. *Il n'y a pas des sots si incommodes que ceux qui ont de l'esprit !*».

«¡Ya ve!», dijo Athelney Jones, reapareciendo de nuevo por los escalones. «Los hechos son mejores que las meras teorías, después de todo. Mi visión del caso se confirma. Hay una trampilla que comunica con el tejado y está parcialmente abierta».

«Yo fui quien la abrió».

«¡Ah, sí! ¿Se dio cuenta, entonces?». Parecía un poco cabizbajo ante

at the discovery. "Well, whoever noticed it, it shows how our gentleman got away. Inspector!"

"Yes, sir," from the passage.

"Ask Mr. Sholto to step this way.—Mr. Sholto, it is my duty to inform you that anything which you may say will be used against you. I arrest you in the Queen's name as being concerned in the death of your brother."

"There, now! Didn't I tell you!" cried the poor little man, throwing out his hands, and looking from one to the other of us.

"Don't trouble yourself about it, Mr. Sholto," said Holmes. "I think that I can engage to clear you of the charge."

"Don't promise too much, Mr. Theorist,—don't promise too much!" snapped the detective. "You may find it a harder matter than you think."

"Not only will I clear him, Mr. Jones, but I will make you a free present of the name and description of one of the two people who were in this room last night. His name, I have every reason to believe, is Jonathan Small. He is a poorly-educated man, small, active, with his right leg off, and wearing a wooden stump which is worn away upon the inner side. His left boot has a coarse, square-toed sole, with an iron band round the heel. He is a middle-aged man, much sunburned, and has been a convict. These few indications may be of some assistance to you, coupled with the fact that there is a good deal of skin missing from the palm of his hand. The other man—"

"Ah! the other man—?" asked Athelney Jones, in a sneering voice, but impressed none the less, as I could easily see, by the precision of the other's manner.

"Is a rather curious person," said Sherlock Holmes, turning upon his heel. "I hope before very long to be able to introduce you to the pair of them.—A word with you, Watson."

He led me out to the head of the stair. "This unexpected occur-

el descubrimiento. «Bueno, quien lo haya notado, demuestra cómo se escapó nuestro caballero. ¡Inspector!».

«Sí, señor», dijeron desde el pasillo.

«Pídale a Mr. Sholto que venga por aquí... Mr. Sholto, es mi deber informarle de que cualquier cosa que diga será utilizada en su contra. Le arresto en nombre de la Reina como implicado en la muerte de su hermano».

«¡Ya está! ¿No se los dije?», gritó el pobre hombrecillo, extendiendo las manos y mirando de uno a otro de nosotros.

«No se preocupe por ello, Mr. Sholto», dijo Holmes. «Creo que puedo comprometerme a librarle de la acusación».

«¡No prometa demasiado, Mr. Teórico, no prometa demasiado!», espetó el detective. «Puede que le resulte un asunto más difícil de lo que cree».

«No sólo le libraré, Mr. Jones, sino que le regalaré el nombre y la descripción de una de las dos personas que estuvieron anoche en esta habitación. Su nombre, tengo todas las razones para creerlo, es Jonathan Small. Es un hombre poco instruido, pequeño, activo, con la pierna derecha amputada y que lleva un muñón de madera desgastado por la parte interior. Su bota izquierda tiene una suela tosca, de punta cuadrada, con una banda de hierro alrededor del talón. Es un hombre de mediana edad, muy quemado por el sol, y ha sido un convicto. Estos pocos indicios pueden servirle de ayuda, unidos al hecho de que le falta bastante piel en la palma de la mano. El otro hombre...».

«¡Ah! el otro hombre...», preguntó Athelney Jones, con voz burlona, pero impresionado no obstante, como pude comprobar fácilmente, por la precisión de los modales del otro.

«Es una persona bastante curiosa», dijo Sherlock Holmes, girando sobre sus talones. «Espero poder presentárselos antes de que pase mucho tiempo... Quiero decirle algo, Watson».

Me condujo a la cabecera de la escalera. «Este suceso inesperado»,

rence," he said, "has caused us rather to lose sight of the original purpose of our journey."

"I have just been thinking so," I answered. "It is not right that Miss Morstan should remain in this stricken house."

"No. You must escort her home. She lives with Mrs. Cecil Forrester, in Lower Camberwell: so it is not very far. I will wait for you here if you will drive out again. Or perhaps you are too tired?"

"By no means. I don't think I could rest until I know more of this fantastic business. I have seen something of the rough side of life, but I give you my word that this quick succession of strange surprises tonight has shaken my nerve completely. I should like, however, to see the matter through with you, now that I have got so far."

"Your presence will be of great service to me," he answered. "We shall work the case out independently, and leave this fellow Jones to exult over any mare's-nest which he may choose to construct. When you have dropped Miss Morstan I wish you to go on to No. 3, Pinchin Lane, down near the water's edge at Lambeth. The third house on the right-hand side is a bird-stuffer's: Sherman is the name. You will see a weasel holding a young rabbit in the window. Knock old Sherman up, and tell him, with my compliments, that I want Toby at once. You will bring Toby back in the cab with you."

"A dog, I suppose."

"Yes,—a queer mongrel, with a most amazing power of scent. I would rather have Toby's help than that of the whole detective force of London."

"I shall bring him, then," said I. "It is one now. I ought to be back before three, if I can get a fresh horse."

"And I," said Holmes, "shall see what I can learn from Mrs. Bernstone, and from the Indian servant, who, Mr. Thaddeus tell me, sleeps in the next garret. Then I shall study the great Jones's methods and listen to his not too delicate sarcasms. '*Wir sind gewohnt das die Menschen verhöhnen was sie nicht verstehen.*' Goethe is always pithy."

dijo, «nos ha hecho perder bastante de vista el propósito original de nuestro viaje».

«Acabo de pensarlo», respondí. «No está bien que Miss Morstan permanezca en esta casa asolada».

«No. Debe acompañarla a casa. Vive con Mrs. Cecil Forrester, en Lower Camberwell, así que no está muy lejos. Le esperaré aquí si quiere volver a salir. ¿O quizás esté demasiado cansado?».

«De ninguna manera. No creo que pueda descansar hasta saber más de este fantástico asunto. He visto algo del lado duro de la vida pero le doy mi palabra de que esta rápida sucesión de extrañas sorpresas en esta noche me ha sacudido los nervios por completo. Me gustaría, sin embargo, ver el asunto con usted, ahora que he llegado tan lejos».

«Su presencia me será de gran utilidad», respondió. «Resolveremos el caso de forma independiente y dejaremos que ese tal Jones se regocije con cualquier falso descubrimiento que decida construir. Cuando haya dejado a Miss Morstan, deseo que se dirija al número 3 de Pinchin Lane, cerca de la orilla del agua en Lambeth. La tercera casa a mano derecha es de un pajarero... Sherman es el nombre. Verá una comadreja sosteniendo un conejo joven en la ventana. Llame al viejo Sherman y dígale, con mis saludos, que quiero a Toby de inmediato. Traerá a Toby en el taxi con usted».

«Un perro, supongo».

«Sí... un mestizo raro, con un poder olfativo de lo más asombroso. Preferiría contar con la ayuda de Toby que con la de todo el cuerpo de detectives de Londres».

«Lo traeré, entonces», dije. «Ya es la una. Debería estar de vuelta antes de las tres, si puedo conseguir un caballo fresco».

«Y yo», dijo Holmes, «veré lo que puedo aprender de Mrs. Bernstone y del criado indio que, según me ha dicho Mr. Thaddeus, duerme en la buhardilla de al lado. Luego estudiaré los métodos del gran Jones y escucharé sus no demasiado delicados sarcasmos. *"Wir sind gewohnt das die Menschen verhöhnen was sie nicht verstehen".* Goethe siempre es conciso y expresivo».

CHAPTER VII — THE EPISODE OF THE BARREL

The police had brought a cab with them, and in this I escorted Miss Morstan back to her home. After the angelic fashion of women, she had borne trouble with a calm face as long as there was some one weaker than herself to support, and I had found her bright and placid by the side of the frightened housekeeper. In the cab, however, she first turned faint, and then burst into a passion of weeping,— so sorely had she been tried by the adventures of the night. She has told me since that she thought me cold and distant upon that journey. She little guessed the struggle within my breast, or the effort of self-restraint which held me back. My sympathies and my love went out to her, even as my hand had in the garden. I felt that years of the conventionalities of life could not teach me to know her sweet, brave nature as had this one day of strange experiences. Yet there were two thoughts which sealed the words of affection upon my lips. She was weak and helpless, shaken in mind and nerve. It was to take her at a disadvantage to obtrude love upon her at such a time. Worse still, she was rich. If Holmes's researches were successful, she would be an heiress. Was it fair, was it honourable, that a half-pay surgeon should take such advantage of an intimacy which chance had brought about? Might she not look upon me as a mere vulgar fortune-seeker? I could not bear to risk that such a thought should cross her mind. This Agra treasure intervened like an impassable barrier between us.

It was nearly two o'clock when we reached Mrs. Cecil Forrester's. The servants had retired hours ago, but Mrs. Forrester had been so interested by the strange message which Miss Morstan had received that she had sat up in the hope of her return. She opened the door herself, a middle-aged, graceful woman, and it gave me joy to see how tenderly her arm stole round the other's waist and how motherly was the voice in which she greeted her. She was clearly no mere paid dependant, but an honoured friend. I was introduced, and Mrs. Forrester earnestly begged me to step in and tell her our adventures. I explained, however, the importance of my errand, and promised faithfully to call and report any progress which we might make with the case. As we drove away I stole a glance back, and I still seem to see that little group on the step, the two graceful, clinging figures, the half-opened door, the hall-light shining through stained glass, the

La policía había traído un taxi y en él acompañé a Miss Morstan de vuelta a su casa. Siguiendo el modo angelical de las mujeres, ella había soportado los problemas con semblante tranquilo siempre que había alguien más débil que ella a quien apoyar, y yo la había encontrado radiante y plácida al lado de la asustada ama de llaves. En el taxi, sin embargo, primero se desmayó y luego estalló en una pasión de llanto, tan duramente había sido probada por las aventuras de la noche. Me ha contado desde entonces que me creyó frío y distante durante aquel viaje. Poco adivinó la lucha que había dentro de mi pecho o el esfuerzo de autocontrol que me contuvo. Mi simpatía y mi amor se dirigieron hacia ella, igual que lo había hecho mi mano en el jardín. Sentí que años de convencionalismos de la vida no podrían enseñarme a conocer su naturaleza dulce y valiente como lo había hecho este único día de extrañas experiencias. Sin embargo, hubo dos pensamientos que sellaron las palabras de afecto en mis labios. Estaba débil e indefensa, sacudida en la mente y en sus nervios. Era tomarla en desventaja imponerle el amor en un momento así. Peor aún, era rica. Si las investigaciones de Holmes tenían éxito, sería una heredera. ¿Era justo, era honorable, que un cirujano a media paga se aprovechara así de una intimidad que el azar había propiciado? ¿No podría ella considerarme un simple y vulgar buscador de fortuna? No podía arriesgarme a que tal pensamiento se cruzara por su mente. Este tesoro de Agra se interponía como una barrera infranqueable entre nosotros.

Eran casi las dos cuando llegamos a casa de Mrs. Cecil Forrester. Los criados se habían retirado hacía horas, pero Mrs. Forrester se había interesado tanto por el extraño mensaje que había recibido Miss Morstan que se había quedado sentada con la esperanza de que regresara. Abrió la puerta ella misma, una mujer de mediana edad y agraciada, y me dio alegría ver con qué ternura su brazo rodeaba la cintura de la otra y qué maternal era la voz con que la saludaba. Estaba claro que no era una mera dependiente a sueldo, sino una amiga de honor. Me presentaron y Mrs. Forrester me rogó encarecidamente que entrara y le contara nuestras aventuras. Le expliqué, sin embargo, la importancia de mi recado, y prometí visitarla fielmente para informarle de cualquier progreso que pudiéramos hacer con el caso. Mientras nos alejábamos eché una mirada atrás y todavía me parece ver aquel grupito en el escalón, las dos gráciles y aferradas figuras, la puerta entreabierta, la luz del vestíbulo

barometer, and the bright stair-rods. It was soothing to catch even that passing glimpse of a tranquil English home in the midst of the wild, dark business which had absorbed us.

And the more I thought of what had happened, the wilder and darker it grew. I reviewed the whole extraordinary sequence of events as I rattled on through the silent gas-lit streets. There was the original problem: that at least was pretty clear now. The death of Captain Morstan, the sending of the pearls, the advertisement, the letter,—we had had light upon all those events. They had only led us, however, to a deeper and far more tragic mystery. The Indian treasure, the curious plan found among Morstan's baggage, the strange scene at Major Sholto's death, the rediscovery of the treasure immediately followed by the murder of the discoverer, the very singular accompaniments to the crime, the footsteps, the remarkable weapons, the words upon the card, corresponding with those upon Captain Morstan's chart,—here was indeed a labyrinth in which a man less singularly endowed than my fellow-lodger might well despair of ever finding the clue.

Pinchin Lane was a row of shabby two-storied brick houses in the lower quarter of Lambeth. I had to knock for some time at No. 3 before I could make my impression. At last, however, there was the glint of a candle behind the blind, and a face looked out at the upper window.

"Go on, you drunken vagabone," said the face. "If you kick up any more row I'll open the kennels and let out forty-three dogs upon you."

"If you'll let one out it's just what I have come for," said I.

"Go on!" yelled the voice. "So help me gracious, I have a wiper in the bag, an' I'll drop it on your 'ead if you don't hook it."

"But I want a dog," I cried.

"I won't be argued with!" shouted Mr. Sherman. "Now stand clear, for when I say 'three,' down goes the wiper."

brillando a través de los cristales, el barómetro y las brillantes barras de la escalera. Era reconfortante vislumbrar siquiera de pasada un tranquilo hogar inglés en medio del salvaje y oscuro asunto que nos había absorbido.

Y cuanto más pensaba en lo que había ocurrido, más salvaje y oscuro se volvía. Repasé toda la extraordinaria secuencia de acontecimientos mientras avanzaba por las silenciosas calles iluminadas por el gas. Estaba el problema original… eso al menos estaba bastante claro ahora. La muerte del Capitán Morstan, el envío de las perlas, el anuncio, la carta… todos esos acontecimientos estaban más claros. Sin embargo, sólo nos habían conducido a un misterio más profundo y mucho más trágico. El tesoro indio, el curioso plano hallado entre el equipaje de Morstan, la extraña escena de la muerte del Mayor Sholto, el redescubrimiento del tesoro seguido inmediatamente del asesinato del descubridor, los singularísimos hechos alrededor del crimen, las pisadas, las notables armas, las palabras de la carta que se correspondían con las de la carta del Capitán Morstan, he aquí, en verdad, un laberinto en el que un hombre menos singularmente dotado que mi compañero de piso bien podría desesperar de hallar jamás la pista.

Pinchin Lane era una hilera de destartaladas casas de ladrillo de dos plantas en el barrio bajo de Lambeth. Tuve que llamar durante algún tiempo al número 3 antes de ser escuchado. Por fin, sin embargo, se oyó el destello de una vela tras la persiana y un rostro se asomó a la ventana superior.

«Vete, vagabundo borracho», dijo la cara. «Si armas más jaleo abriré las perreras y soltaré cuarenta y tres perros sobre ti».

«Si deja salir a uno es justo lo que he venido a buscar», le dije.

«¡Vamos!», gritó la voz. «Ayúdame gracioso, tengo una víbora en la bolsa, y te la tiraré por la cabeza si no lo agarras bien».

«Pero yo quiero un perro», grité.

«¡No discutas conmigo!», gritó Mr. Sherman. «Ahora apártate, porque cuando diga "tres", baja la víbora».

"Mr. Sherlock Holmes—" I began, but the words had a most magical effect, for the window instantly slammed down, and within a minute the door was unbarred and open. Mr. Sherman was a lanky, lean old man, with stooping shoulders, a stringy neck, and blue-tinted glasses.

"A friend of Mr. Sherlock is always welcome," said he. "Step in, sir. Keep clear of the badger; for he bites. Ah, naughty, naughty, would you take a nip at the gentleman?" This to a stoat which thrust its wicked head and red eyes between the bars of its cage. "Don't mind that, sir: it's only a slow-worm. It hain't got no fangs, so I gives it the run o' the room, for it keeps the beetles down. You must not mind my bein' just a little short wi' you at first, for I'm guyed at by the children, and there's many a one just comes down this lane to knock me up. What was it that Mr. Sherlock Holmes wanted, sir?"

"He wanted a dog of yours."

"Ah! that would be Toby."

"Yes, Toby was the name."

"Toby lives at No. 7 on the left here." He moved slowly forward with his candle among the queer animal family which he had gathered round him. In the uncertain, shadowy light I could see dimly that there were glancing, glimmering eyes peeping down at us from every cranny and corner. Even the rafters above our heads were lined by solemn fowls, who lazily shifted their weight from one leg to the other as our voices disturbed their slumbers.

Toby proved to be an ugly, long-haired, lop-eared creature, half spaniel and half lurcher, brown-and-white in colour, with a very clumsy waddling gait. It accepted after some hesitation a lump of sugar which the old naturalist handed to me, and, having thus sealed an alliance, it followed me to the cab, and made no difficulties about accompanying me. It had just struck three on the Palace clock when I found myself back once more at Pondicherry Lodge. The ex-prize-fighter McMurdo had, I found, been arrested as an accessory, and both he and Mr. Sholto had been marched off to the station. Two con-

«Mr. Sherlock Holmes...», empecé a decir, pero las palabras tuvieron un efecto de lo más mágico, pues la ventana se cerró de golpe al instante y en menos de un minuto la puerta estaba descorrida y abierta. Mr. Sherman era un anciano larguirucho y delgado, de hombros encorvados, cuello fibroso y gafas tintadas de azul.

«Un amigo de Mr. Sherlock siempre es bienvenido», dijo él. «Pase, señor. Manténgase alejado del tejón, porque muerde. Ah, travieso, travieso, ¿le darías un pellizco al caballero?». Esto le dijo a un armiño que asomaba su malvada cabeza y sus ojos rojos entre los barrotes de su jaula. «No se preocupe por eso, señor: es sólo un lución. No tiene colmillos, así que le dejo la habitación libre, porque mantiene a raya a los escarabajos. Espero que no le haya molestado que al principio haya sido un poco corto de genio con usted, porque los niños se burlan de mí, y hay muchos que bajan por este sendero para golpearme. ¿Qué era lo que quería Mr. Sherlock Holmes, señor?».

«Quería un perro suyo».

«¡Ah! Ese debe ser Toby».

«Sí, Toby era el nombre».

«Toby vive en el nº 7, aquí a la izquierda». Avanzó lentamente con su vela entre la extraña familia animal que había reunido a su alrededor. En la luz incierta y sombría pude ver tenuemente que había ojos brillantes y centelleantes que nos miraban desde todos los rincones y grietas. Incluso las vigas por encima de nuestras cabezas estaban bordeadas por solemnes aves de corral, que perezosamente cambiaban su peso de una pata a otra cuando nuestras voces perturbaban su sueño.

Toby resultó ser una criatura fea, de pelo largo y orejas caídas, mitad spaniel y mitad perro de caza, de color marrón y blanco, con un andar de pato muy torpe. Aceptó tras algunas vacilaciones un terrón de azúcar que me entregó el viejo naturalista y, habiendo sellado así una alianza, me siguió hasta el taxi y no puso ninguna dificultad en acompañarme. Acababan de dar las tres en el reloj del Palacio cuando me encontré de nuevo en Pondicherry Lodge. Descubrí que el ex-pugilista McMurdo había sido arrestado como cómplice y tanto él como Mr. Sholto habían sido conducidos a la comisaría. Dos alguaciles custodiaban la estrecha puer-

stables guarded the narrow gate, but they allowed me to pass with the dog on my mentioning the detective's name.

Holmes was standing on the door-step, with his hands in his pockets, smoking his pipe.

"Ah, you have him there!" said he. "Good dog, then! Atheney Jones has gone. We have had an immense display of energy since you left. He has arrested not only friend Thaddeus, but the gatekeeper, the housekeeper, and the Indian servant. We have the place to ourselves, but for a sergeant upstairs. Leave the dog here, and come up."

We tied Toby to the hall table, and re-ascended the stairs. The room was as he had left it, save that a sheet had been draped over the central figure. A weary-looking police-sergeant reclined in the corner.

"Lend me your bull's-eye, sergeant," said my companion. "Now tie this bit of card round my neck, so as to hang it in front of me. Thank you. Now I must kick off my boots and stockings.—Just you carry them down with you, Watson. I am going to do a little climbing. And dip my handkerchief into the creasote. That will do. Now come up into the garret with me for a moment."

We clambered up through the hole. Holmes turned his light once more upon the footsteps in the dust.

"I wish you particularly to notice these footmarks," he said. "Do you observe anything noteworthy about them?"

"They belong," I said, "to a child or a small woman."

"Apart from their size, though. Is there nothing else?"

"They appear to be much as other footmarks."

"Not at all. Look here! This is the print of a right foot in the dust. Now I make one with my naked foot beside it. What is the chief difference?"

ta pero me permitieron pasar con el perro cuando mencioné el nombre del detective.

Holmes estaba de pie en el umbral de la puerta, con las manos en los bolsillos, fumando su pipa.

«¡Ah, ahí está!», dijo él. «¡Buen perro, entonces! Atheney Jones se ha ido. Hemos tenido un inmenso despliegue de energía desde que se fue. No sólo ha arrestado al amigo Thaddeus, sino también al portero, al ama de llaves y al criado indio. Tenemos el lugar para nosotros solos, salvo por un sargento en el piso de arriba. Deje aquí al perro y suba».

Atamos a Toby a la mesa del vestíbulo y volvimos a subir las escaleras. La habitación estaba tal como yo la había dejado, salvo que se había colocado una sábana sobre la figura central. Un sargento de policía de aspecto cansado estaba recostado en un rincón.

«Présteme su linterna, sargento», dijo mi compañero. «Ahora áteme este trozo de cartón al cuello, para colgarlo delante de mí. Gracias. Ahora debo quitarme las botas y las medias... Bájelas usted, Watson. Voy a hacer un poco de escalada. Y mojar mi pañuelo en la creosota. Con eso alcanzará. Ahora suba a la buhardilla conmigo un momento».

Trepamos por el agujero. Holmes volvió a encender su luz sobre las pisadas en el polvo.

«Deseo que se fije especialmente en estas huellas», dijo. «¿Observa algo digno de mención en ellas?».

«Pertenecen», le dije, «a un niño o a una mujer pequeña».

«Aparte de su tamaño, sin embargo. ¿No hay nada más?».

«Parecen ser muy parecidas a otras marcas de pisadas».

«Para nada. Mire aquí. Esta es la huella de un pie derecho en el polvo. Ahora hago una con mi pie desnudo al lado. ¿Cuál es la principal diferencia?».

"Your toes are all cramped together. The other print has each toe distinctly divided."

"Quite so. That is the point. Bear that in mind. Now, would you kindly step over to that flap-window and smell the edge of the wood-work? I shall stay here, as I have this handkerchief in my hand."

I did as he directed, and was instantly conscious of a strong tarry smell.

"That is where he put his foot in getting out. If *you* can trace him, I should think that Toby will have no difficulty. Now run downstairs, loose the dog, and look out for Blondin."

By the time that I got out into the grounds Sherlock Holmes was on the roof, and I could see him like an enormous glow-worm crawling very slowly along the ridge. I lost sight of him behind a stack of chimneys, but he presently reappeared, and then vanished once more upon the opposite side. When I made my way round there I found him seated at one of the corner eaves.

"That you, Watson?" he cried.

"Yes."

"This is the place. What is that black thing down there?"

"A water-barrel."

"Top on it?"

"Yes."

"No sign of a ladder?"

"No."

"Confound the fellow! It's a most break-neck place. I ought to be able to come down where he could climb up. The water-pipe feels pretty firm. Here goes, anyhow."

«Los dedos de sus pies están todos apretados. La otra huella tiene cada dedo claramente dividido».

«Así es. Esa es la cuestión. Téngalo en cuenta. Ahora, ¿tendría la amabilidad de acercarse a esa ventana abatible y oler el borde de la carpintería? Yo me quedaré aquí, ya que tengo este pañuelo en la mano».

Hice lo que me indicó y al instante fui consciente de un fuerte olor a alquitrán.

«Ahí es donde puso el pie para salir. Si *usted* puedes seguirle el rastro, creo que Toby no tendrá ninguna dificultad. Ahora baje corriendo, suelte al perro y busque a Blondin».

Cuando salí al terreno, Sherlock Holmes ya estaba en el tejado y pude verle como una enorme luciérnaga que se arrastraba muy despacio por la cresta. Le perdí de vista detrás de una pila de chimeneas, pero en seguida reapareció, y luego se desvaneció una vez más en el lado opuesto. Cuando di la vuelta lo encontré sentado en uno de los aleros de la esquina.

«¿Es usted, Watson?», gritó.

«Sí».

«Este es el lugar. ¿Qué es esa cosa negra de ahí abajo?».

«Un barril de agua».

«¿Tapado?».

«Sí».

«¿No hay señales de una escalera?».

«No».

«¡Maldito sea! Es un lugar verdaderamente peligroso. Yo debería poder bajar por donde él pudo subir. La tubería de agua se siente bastante firme. Ahí voy, de todos modos».

There was a scuffling of feet, and the lantern began to come steadily down the side of the wall. Then with a light spring he came on to the barrel, and from there to the earth.

"It was easy to follow him," he said, drawing on his stockings and boots. "Tiles were loosened the whole way along, and in his hurry he had dropped this. It confirms my diagnosis, as you doctors express it."

The object which he held up to me was a small pocket or pouch woven out of coloured grasses and with a few tawdry beads strung round it. In shape and size it was not unlike a cigarette-case. Inside were half a dozen spines of dark wood, sharp at one end and rounded at the other, like that which had struck Bartholomew Sholto.

"They are hellish things," said he. "Look out that you don't prick yourself. I'm delighted to have them, for the chances are that they are all he has. There is the less fear of you or me finding one in our skin before long. I would sooner face a Martini bullet, myself. Are you game for a six-mile trudge, Watson?"

"Certainly," I answered.

"Your leg will stand it?"

"Oh, yes."

"Here you are, doggy! Good old Toby! Smell it, Toby, smell it!" He pushed the creasote handkerchief under the dog's nose, while the creature stood with its fluffy legs separated, and with a most comical cock to its head, like a connoisseur sniffing the *bouquet* of a famous vintage. Holmes then threw the handkerchief to a distance, fastened a stout cord to the mongrel's collar, and led him to the foot of the water-barrel. The creature instantly broke into a succession of high, tremulous yelps, and, with his nose on the ground, and his tail in the air, pattered off upon the trail at a pace which strained his leash and kept us at the top of our speed.

The east had been gradually whitening, and we could now see

Se oyó un ruido de pies y la linterna empezó a bajar con paso firme por el lado de la pared. Luego, con un ligero salto, llegó al barril, y de allí a la tierra.

«Fue fácil seguirle», dijo, calzándose las medias y las botas. «Las baldosas se soltaron a lo largo de todo el camino y en su prisa se le había caído esto. Confirma mi diagnóstico, como lo expresan ustedes los médicos».

El objeto que me tendió era un pequeño bolsillo o bolsa tejida con hierbas de colores y con unas cuantas cuentas de mal gusto ensartadas alrededor. En forma y tamaño se parecía a una pitillera. En su interior había media docena de espinas de madera oscura, afiladas en un extremo y redondeadas en el otro, como la que había alcanzado a Bartholomew Sholto.

«Son cosas infernales», dijo él. «Tenga cuidado de no pincharse. Estoy encantado de tenerlas, porque lo más probable es que sean todo lo que tiene. Hay menos temor de que usted o yo encontremos una en nuestra piel dentro de poco. Preferiría enfrentarme a una bala Martini que a esto. ¿Está preparado para una caminata de seis millas, Watson?».

«Desde luego», respondí.

«¿Su pierna lo soportará?».

«Oh, sí».

«¡Aquí estás, perrito! ¡El bueno de Toby! ¡Huélelo, Toby, huélelo!». Empujó el pañuelo de creasota bajo la nariz del perro, mientras la criatura permanecía de pie con sus esponjosas patas separadas y con un ladeo de lo más cómico en la cabeza, como un entendido olfateando el *bouquet* de una famosa cosecha. Holmes arrojó entonces el pañuelo a cierta distancia, ató una robusta cuerda al cuello del mestizo y lo condujo al pie del barril de agua. La criatura prorrumpió al instante en una sucesión de aullidos agudos y temblorosos y, con el hocico en el suelo y la cola en el aire, se alejó por el sendero a un ritmo que tensó su correa y nos mantuvo a toda velocidad.

El este se había ido aclarando gradualmente y ahora podíamos ver

some distance in the cold grey light. The square, massive house, with its black, empty windows and high, bare walls, towered up, sad and forlorn, behind us. Our course led right across the grounds, in and out among the trenches and pits with which they were scarred and intersected. The whole place, with its scattered dirt-heaps and ill-grown shrubs, had a blighted, ill-omened look which harmonized with the black tragedy which hung over it.

On reaching the boundary wall Toby ran along, whining eagerly, underneath its shadow, and stopped finally in a corner screened by a young beech. Where the two walls joined, several bricks had been loosened, and the crevices left were worn down and rounded upon the lower side, as though they had frequently been used as a ladder. Holmes clambered up, and, taking the dog from me, he dropped it over upon the other side.

"There's the print of wooden-leg's hand," he remarked, as I mounted up beside him. "You see the slight smudge of blood upon the white plaster. What a lucky thing it is that we have had no very heavy rain since yesterday! The scent will lie upon the road in spite of their eight-and-twenty hours' start."

I confess that I had my doubts myself when I reflected upon the great traffic which had passed along the London road in the interval. My fears were soon appeased, however. Toby never hesitated or swerved, but waddled on in his peculiar rolling fashion. Clearly, the pungent smell of the creasote rose high above all other contending scents.

"Do not imagine," said Holmes, "that I depend for my success in this case upon the mere chance of one of these fellows having put his foot in the chemical. I have knowledge now which would enable me to trace them in many different ways. This, however, is the readiest and, since fortune has put it into our hands, I should be culpable if I neglected it. It has, however, prevented the case from becoming the pretty little intellectual problem which it at one time promised to be. There might have been some credit to be gained out of it, but for this too palpable clue."

a cierta distancia en la fría luz gris. La casa cuadrada y maciza, con sus ventanas negras y vacías y sus muros altos y desnudos, se alzaba, triste y desamparada, detrás de nosotros. Nuestro rumbo nos llevaba justo a través de los terrenos, entrando y saliendo entre las trincheras y fosos con los que estaban marcados e intersectados. Todo el lugar, con sus montones de tierra esparcidos y sus arbustos mal crecidos, tenía un aspecto asolado y de mal agüero que armonizaba con la negra tragedia que se cernía sobre él.

Al llegar al muro limítrofe, Toby corrió, gimoteando ansiosamente bajo su sombra y se detuvo finalmente en un rincón protegido por una joven haya. Donde los dos muros se unían, varios ladrillos se habían desprendido y las hendiduras que quedaban estaban desgastadas y redondeadas por la parte inferior, como si hubieran sido utilizadas con frecuencia como escalera. Holmes trepó y, tomando el perro que yo le alcanzaba, lo dejó caer al otro lado.

«Ahí está la huella de la mano de Pata de Palo», comentó, mientras yo montaba a su lado. «Se ve la ligera mancha de sangre sobre el yeso blanco. ¡Qué suerte que no hayamos tenido lluvias muy fuertes desde ayer! El olor yacerá en el camino a pesar de las veintiocho horas transcurridas».

Confieso que yo mismo tuve mis dudas cuando reflexioné sobre el gran tráfico que había pasado por la carretera de Londres en el intervalo. Sin embargo, mis temores se apaciguaron pronto. Toby no vaciló ni se desvió en ningún momento, sino que siguió adelante con su peculiar forma de andar. Evidentemente, el penetrante olor de la creosota se elevaba por encima de todos los demás olores.

«No se imagine», dijo Holmes, «que dependo para mi éxito en este caso de la mera casualidad de que uno de estos tipos haya metido el pie en el químico. Ahora dispongo de conocimientos que me permitirían seguirles la pista de muchas maneras diferentes. Este, sin embargo, es el más rápido y, puesto que la fortuna lo ha puesto en nuestras manos, sería culpable si lo descuidara. Sin embargo, ha impedido que el caso se convirtiera en el pequeño y bonito problema intelectual que en su día prometía ser. Podría haberle sacado algún mérito, de no ser por esta pista demasiado palpable».

"There is credit, and to spare," said I. "I assure you, Holmes, that I marvel at the means by which you obtain your results in this case, even more than I did in the Jefferson Hope Murder. The thing seems to me to be deeper and more inexplicable. How, for example, could you describe with such confidence the wooden-legged man?"

"Pshaw, my dear boy! it was simplicity itself. I don't wish to be theatrical. It is all patent and above-board. Two officers who are in command of a convict-guard learn an important secret as to buried treasure. A map is drawn for them by an Englishman named Jonathan Small. You remember that we saw the name upon the chart in Captain Morstan's possession. He had signed it in behalf of himself and his associates,—the sign of the four, as he somewhat dramatically called it. Aided by this chart, the officers—or one of them—gets the treasure and brings it to England, leaving, we will suppose, some condition under which he received it unfulfilled. Now, then, why did not Jonathan Small get the treasure himself? The answer is obvious. The chart is dated at a time when Morstan was brought into close association with convicts. Jonathan Small did not get the treasure because he and his associates were themselves convicts and could not get away."

"But that is mere speculation," said I.

"It is more than that. It is the only hypothesis which covers the facts. Let us see how it fits in with the sequel. Major Sholto remains at peace for some years, happy in the possession of his treasure. Then he receives a letter from India which gives him a great fright. What was that?"

"A letter to say that the men whom he had wronged had been set free."

"Or had escaped. That is much more likely, for he would have known what their term of imprisonment was. It would not have been a surprise to him. What does he do then? He guards himself against a wooden-legged man,—a white man, mark you, for he mistakes a white tradesman for him, and actually fires a pistol at him. Now, only one white man's name is on the chart. The others are Hindoos or Mohammedans. There is no other white man. Therefore we may say

«Hay mérito y de sobra», dije yo. «Le aseguro, Holmes, que me maravillan los medios por los que obtiene sus resultados en este caso, incluso más de lo que me maravillaron en el asesinato de Jefferson Hope. La cosa me parece más profunda e inexplicable. ¿Cómo, por ejemplo, pudo describir con tanta confianza al hombre de la pata de palo?».

«¡Oh, mi querido muchacho! Es la simplicidad misma. No deseo ser teatral. Todo es patente y evidente. Dos oficiales que están al mando de una guardia de convictos se enteran de un importante secreto sobre un tesoro enterrado. Un inglés llamado Jonathan Small les dibuja un mapa. Recordará que vimos su nombre en la carta que poseía el Capitán Morstan. Lo había firmado en su nombre y en el de sus asociados... el signo de los cuatro, como él lo llamaba de forma un tanto dramática. Ayudado por esta carta, el oficial —o uno de ellos— consigue el tesoro y lo lleva a Inglaterra, dejando, supondremos, incumplida alguna condición bajo la cual lo recibió. Ahora bien, entonces, ¿por qué Jonathan Small no consiguió el tesoro por sí mismo? La respuesta es obvia. La carta está fechada en una época en la que Morstan se relacionaba estrechamente con los convictos. Jonathan Small no consiguió el tesoro porque él y sus asociados eran a su vez convictos y no pudieron escapar».

«Pero eso es mera especulación», dije yo.

«Es más que eso. Es la única hipótesis que cubre los hechos. Veamos cómo encaja con la secuela. El Mayor Sholto permanece en paz durante algunos años, feliz en la posesión de su tesoro. Entonces recibe una carta de la India que le da un gran susto. ¿De qué se trata?».

«Una carta para decir que los hombres a los que había agraviado habían sido liberados».

«O se habían escapado. Eso es mucho más probable, pues él habría sabido cuál era su pena de prisión. No habría sido una sorpresa para él. ¿Qué hace entonces? Se pone en guardia contra un hombre con pata de palo, un hombre blanco, fíjese, porque confunde a un comerciante blanco con él, y de hecho le dispara con una pistola. Ahora bien, en la carta sólo figura el nombre de un hombre blanco. Los demás son hindúes o mahometanos. No hay ningún otro hombre blanco. Por lo tanto,

with confidence that the wooden-legged man is identical with Jonathan Small. Does the reasoning strike you as being faulty?"

"No: it is clear and concise."

"Well, now, let us put ourselves in the place of Jonathan Small. Let us look at it from his point of view. He comes to England with the double idea of regaining what he would consider to be his rights and of having his revenge upon the man who had wronged him. He found out where Sholto lived, and very possibly he established communications with some one inside the house. There is this butler, Lal Rao, whom we have not seen. Mrs. Bernstone gives him far from a good character. Small could not find out, however, where the treasure was hid, for no one ever knew, save the major and one faithful servant who had died. Suddenly Small learns that the major is on his death-bed. In a frenzy lest the secret of the treasure die with him, he runs the gauntlet of the guards, makes his way to the dying man's window, and is only deterred from entering by the presence of his two sons. Mad with hate, however, against the dead man, he enters the room that night, searches his private papers in the hope of discovering some memorandum relating to the treasure, and finally leaves a memento of his visit in the short inscription upon the card. He had doubtless planned beforehand that should he slay the major he would leave some such record upon the body as a sign that it was not a common murder, but, from the point of view of the four associates, something in the nature of an act of justice. Whimsical and bizarre conceits of this kind are common enough in the annals of crime, and usually afford valuable indications as to the criminal. Do you follow all this?"

"Very clearly."

"Now, what could Jonathan Small do? He could only continue to keep a secret watch upon the efforts made to find the treasure. Possibly he leaves England and only comes back at intervals. Then comes the discovery of the garret, and he is instantly informed of it. We again trace the presence of some confederate in the household. Jonathan, with his wooden leg, is utterly unable to reach the lofty room of Bartholomew Sholto. He takes with him, however, a rather curious

podemos afirmar con seguridad que el hombre con la pierna de madera es idéntico a Jonathan Small. ¿Le parece que el razonamiento es defectuoso?».

«No... es claro y conciso».

«Bien, ahora, pongámonos en el lugar de Jonathan Small. Veámoslo desde su punto de vista. Viene a Inglaterra con la doble idea de recuperar lo que consideraría sus derechos y de vengarse del hombre que le había agraviado. Averiguó dónde vivía Sholto y muy posiblemente estableció comunicación con alguien dentro de la casa. Está ese mayordomo, Lal Rao, al que no hemos visto. Mrs. Bernstone no piensa para nada que tenga buen carácter. Sin embargo, Small no pudo averiguar dónde estaba escondido el tesoro, pues nadie lo sabía, salvo el mayor y un fiel sirviente que había muerto. De repente, Small se entera de que el mayor está en su lecho de muerte. En un frenesí para que el secreto del tesoro no muera con él, se expone a los guardias, se abre paso hasta la ventana del moribundo y sólo es disuadido de entrar por la presencia de sus dos hijos. Loco de odio, sin embargo, contra el muerto, entra esa noche en la habitación, registra sus papeles privados con la esperanza de descubrir algún memorándum relacionado con el tesoro y finalmente deja un recuerdo de su visita en la breve inscripción de la tarjeta. Sin duda había planeado de antemano que si asesinaba al mayor dejaría algún registro de este tipo sobre el cuerpo como señal de que no se trataba de un asesinato común, sino que venía desde el vínculo con los cuatro asociados... algo en la naturaleza de un acto de justicia. Caprichos y extravagancias de este tipo son bastante comunes en los anales del crimen y suelen proporcionar indicios valiosos sobre el criminal. ¿Sigue todo esto?».

«Muy claramente».

«Ahora bien, ¿qué podía hacer Jonathan Small? Sólo podría seguir vigilando en secreto los esfuerzos realizados para encontrar el tesoro. Posiblemente abandone Inglaterra y sólo regrese a intervalos. Entonces llega el descubrimiento de la buhardilla y es informado de ello al instante. Volvemos a rastrear la presencia de algún confederado en la casa. Jonathan, con su pata de palo, es totalmente incapaz de alcanzar la elevada habitación de Bartholomew Sholto. Lleva con él, sin embargo, a un

associate, who gets over this difficulty, but dips his naked foot into creasote, whence comes Toby, and a six-mile limp for a half-pay officer with a damaged tendo Achillis."

"But it was the associate, and not Jonathan, who committed the crime."

"Quite so. And rather to Jonathan's disgust, to judge by the way he stamped about when he got into the room. He bore no grudge against Bartholomew Sholto, and would have preferred if he could have been simply bound and gagged. He did not wish to put his head in a halter. There was no help for it, however: the savage instincts of his companion had broken out, and the poison had done its work: so Jonathan Small left his record, lowered the treasure-box to the ground, and followed it himself. That was the train of events as far as I can decipher them. Of course as to his personal appearance he must be middle-aged, and must be sunburned after serving his time in such an oven as the Andamans. His height is readily calculated from the length of his stride, and we know that he was bearded. His hairiness was the one point which impressed itself upon Thaddeus Sholto when he saw him at the window. I don't know that there is anything else."

"The associate?"

"Ah, well, there is no great mystery in that. But you will know all about it soon enough. How sweet the morning air is! See how that one little cloud floats like a pink feather from some gigantic flamingo. Now the red rim of the sun pushes itself over the London cloud-bank. It shines on a good many folk, but on none, I dare bet, who are on a stranger errand than you and I. How small we feel with our petty ambitions and strivings in the presence of the great elemental forces of nature! Are you well up in your Jean Paul?"

"Fairly so. I worked back to him through Carlyle."

"That was like following the brook to the parent lake. He makes one curious but profound remark. It is that the chief proof of man's real greatness lies in his perception of his own smallness. It argues, you see, a power of comparison and of appreciation which is in itself

socio bastante curioso, que supera esta dificultad, pero sumerge su pie desnudo en creosota, y allí viene Toby, y una cojera de seis millas para un oficial a medio sueldo con un tendón de Aquiles dañado».

«Pero fue el socio, y no Jonathan, quien cometió el crimen».

«Así es. Y más bien para disgusto de Jonathan, a juzgar por la forma en que pataleó cuando entró en la habitación. No le guardaba rencor a Bartholomew Sholto y hubiera preferido que simplemente le ataran y amordazaran. No deseaba que le pusieran la soga al cuello. Sin embargo, no había remedio... los instintos salvajes de su compañero se habían desatado y el veneno había hecho su trabajo... así que Jonathan Small dejó su registro, bajó la caja del tesoro al suelo y lo siguió él mismo. Ése fue el curso de los acontecimientos hasta donde puedo descifrarlos. Por supuesto, en cuanto a su aspecto personal debe ser de mediana edad y debe estar quemado por el sol después de haber cumplido su condena en un horno como el de las Andamán. Su estatura se calcula fácilmente por la longitud de su zancada y sabemos que era barbudo. Su vellosidad fue el único punto que impresionó a Thaddeus Sholto cuando lo vio en la ventana. No sé si hay algo más».

«¿El socio?».

«Ah, bueno, no hay gran misterio en ello. Pero pronto lo sabrá todo. ¡Qué dulce es el aire de la mañana! Vea cómo esa pequeña nube flota como una pluma rosa de algún flamenco gigantesco. Ahora el borde rojo del sol se empuja sobre el banco de nubes de Londres. Brilla sobre mucha gente pero sobre nadie, me atrevería a apostar, que esté en una misión más extraña que usted y yo. ¡Qué pequeños nos sentimos con nuestras mezquinas ambiciones y esfuerzos en presencia de las grandes fuerzas elementales de la naturaleza! ¿Conoce bien a Jean Paul?».

«Bastante. Lo leí a través de Carlyle».

«Fue como seguir el arroyo hasta el lago madre. Hace una observación curiosa pero profunda. Dice que la principal prueba de la verdadera grandeza del hombre reside en su percepción de su propia pequeñez. Argumenta, como ve, un poder de comparación y de apreciación que es

a proof of nobility. There is much food for thought in Richter. You have not a pistol, have you?"

"I have my stick."

"It is just possible that we may need something of the sort if we get to their lair. Jonathan I shall leave to you, but if the other turns nasty I shall shoot him dead." He took out his revolver as he spoke, and, having loaded two of the chambers, he put it back into the right-hand pocket of his jacket.

We had during this time been following the guidance of Toby down the half-rural villa-lined roads which lead to the metropolis. Now, however, we were beginning to come among continuous streets, where labourers and dockmen were already astir, and slatternly women were taking down shutters and brushing door-steps. At the square-topped corner public houses business was just beginning, and rough-looking men were emerging, rubbing their sleeves across their beards after their morning wet. Strange dogs sauntered up and stared wonderingly at us as we passed, but our inimitable Toby looked neither to the right nor to the left, but trotted onwards with his nose to the ground and an occasional eager whine which spoke of a hot scent.

We had traversed Streatham, Brixton, Camberwell, and now found ourselves in Kennington Lane, having borne away through the side-streets to the east of the Oval. The men whom we pursued seemed to have taken a curiously zigzag road, with the idea probably of escaping observation. They had never kept to the main road if a parallel side-street would serve their turn. At the foot of Kennington Lane they had edged away to the left through Bond Street and Miles Street. Where the latter street turns into Knight's Place, Toby ceased to advance, but began to run backwards and forwards with one ear cocked and the other drooping, the very picture of canine indecision. Then he waddled round in circles, looking up to us from time to time, as if to ask for sympathy in his embarrassment.

"What the deuce is the matter with the dog?" growled Holmes. "They surely would not take a cab, or go off in a balloon."

en sí mismo una prueba de nobleza. Hay mucho alimento para la reflexión en Richter. Usted no tiene una pistola, ¿verdad?».

«Tengo mi bastón».

«Es posible que necesitemos algo así si llegamos a su guarida. A Jonathan se lo dejaré a usted pero si el otro se pone desagradable le dispararé a matar». Sacó su revólver mientras hablaba y, tras cargar dos de las recámaras, volvió a guardarlo en el bolsillo derecho de su chaqueta.

Durante este tiempo habíamos estado siguiendo la guía de Toby por las carreteras casi rurales bordeadas de villas que conducen a la metrópoli. Ahora, sin embargo, empezábamos a adentrarnos en calles continuas, donde los obreros y los estibadores ya estaban despiertos y las mujeres perezosas bajaban las persianas y cepillaban los umbrales de las puertas. En las tabernas de las esquinas los negocios acababan de empezar a trabajar y hombres de aspecto rudo salían frotándose la barba con las mangas después del primer trago. Perros extraños se acercaban y nos miraban asombrados a nuestro paso pero nuestro inimitable Toby no miraba ni a derecha ni a izquierda, sino que seguía trotando con el hocico pegado al suelo y emitiendo de vez en cuando un ansioso quejido que indicaba un fuerte olor.

Habíamos atravesado Streatham, Brixton, Camberwell y ahora nos encontrábamos en Kennington Lane, tras habernos alejado por las calles laterales al este de Oval. Los hombres a los que perseguíamos parecían haber tomado un camino curiosamente zigzagueante, con la idea probablemente de escapar a la observación. Nunca se habían mantenido en la carretera principal si una calle lateral paralela les servía para seguir. Al pie de Kennington Lane se habían desviado hacia la izquierda por Bond Street y Miles Street. Donde esta última calle se convierte en Knight's Place, Toby dejó de avanzar, pero empezó a correr hacia delante y hacia atrás con una oreja ladeada y la otra caída, la viva imagen de la indecisión canina. Luego se paseó en círculos, mirándonos de vez en cuando, como para pedirnos compasión por su desconcierto.

«¿Qué demonios le pasa al perro?», gruñó Holmes. «Seguro que no cogerían un taxi ni se irían en globo».

"Perhaps they stood here for some time," I suggested.

"Ah! it's all right. He's off again," said my companion, in a tone of relief.

He was indeed off, for after sniffing round again he suddenly made up his mind, and darted away with an energy and determination such as he had not yet shown. The scent appeared to be much hotter than before, for he had not even to put his nose on the ground, but tugged at his leash and tried to break into a run. I could see by the gleam in Holmes's eyes that he thought we were nearing the end of our journey.

Our course now ran down Nine Elms until we came to Broderick and Nelson's large timber-yard, just past the White Eagle tavern. Here the dog, frantic with excitement, turned down through the side-gate into the enclosure, where the sawyers were already at work. On the dog raced through sawdust and shavings, down an alley, round a passage, between two wood-piles, and finally, with a triumphant yelp, sprang upon a large barrel which still stood upon the hand-trolley on which it had been brought. With lolling tongue and blinking eyes, Toby stood upon the cask, looking from one to the other of us for some sign of appreciation. The staves of the barrel and the wheels of the trolley were smeared with a dark liquid, and the whole air was heavy with the smell of creasote.

Sherlock Holmes and I looked blankly at each other, and then burst simultaneously into an uncontrollable fit of laughter.

«Quizá estuvieron aquí algún tiempo», sugerí.

«¡Ah! Todo bien. Se ha vuelto a poner en marcha», dijo mi acompañante, en tono de alivio.

En efecto, estaba de nuevo en camino, pues tras olfatear de nuevo a su alrededor se decidió de repente y salió corriendo con una energía y una determinación como no había mostrado hasta entonces. El olor parecía ser mucho más intenso que antes, porque ni siquiera tuvo que poner la nariz en el suelo sino que tiró de su correa e intentó echar a correr. Pude ver por el brillo de los ojos de Holmes que pensaba que nos acercábamos al final de nuestro viaje.

Nuestro rumbo discurrió ahora por Nine Elms hasta que llegamos al gran aserradero Broderick and Nelson's, justo después de la taberna White Eagle. Aquí el perro, frenético de excitación, bajó por la puerta lateral al recinto, donde los aserradores ya estaban trabajando. El perro siguió corriendo entre serrín y virutas, por un callejón, rodeando un pasadizo, entre dos pilas de leña y, finalmente, con un aullido triunfal, saltó sobre un gran barril que aún estaba sobre el carro de mano en el que lo habían traído. Con la lengua desencajada y los ojos parpadeantes, Toby se detuvo sobre el barril, mirando de uno a otro de nosotros en busca de alguna señal de agradecimiento. Las duelas del barril y las ruedas del carro estaban embadurnadas de un líquido oscuro y todo el aire estaba cargado de olor a creosota.

Sherlock Holmes y yo nos miramos inexpresivamente y luego estallamos simultáneamente en una carcajada incontrolable.

"What now?" I asked. "Toby has lost his character for infallibility."

"He acted according to his lights," said Holmes, lifting him down from the barrel and walking him out of the timber-yard. "If you consider how much creasote is carted about London in one day, it is no great wonder that our trail should have been crossed. It is much used now, especially for the seasoning of wood. Poor Toby is not to blame."

"We must get on the main scent again, I suppose."

"Yes. And, fortunately, we have no distance to go. Evidently what puzzled the dog at the corner of Knight's Place was that there were two different trails running in opposite directions. We took the wrong one. It only remains to follow the other."

There was no difficulty about this. On leading Toby to the place where he had committed his fault, he cast about in a wide circle and finally dashed off in a fresh direction.

"We must take care that he does not now bring us to the place where the creasote-barrel came from," I observed.

"I had thought of that. But you notice that he keeps on the pavement, whereas the barrel passed down the roadway. No, we are on the true scent now."

It tended down towards the river-side, running through Belmont Place and Prince's Street. At the end of Broad Street it ran right down to the water's edge, where there was a small wooden wharf. Toby led us to the very edge of this, and there stood whining, looking out on the dark current beyond.

"We are out of luck," said Holmes. "They have taken to a boat here." Several small punts and skiffs were lying about in the water and on the edge of the wharf. We took Toby round to each in turn, but, though he sniffed earnestly, he made no sign.

Close to the rude landing-stage was a small brick house, with a

«¿Y ahora qué?», pregunté. «Toby ha perdido su carácter infalible».

«Actuó de acuerdo con su entendimiento», dijo Holmes, bajándolo del barril y sacándolo del aserradero. «Si tiene en cuenta la cantidad de creosota que se transporta por Londres en un día, no es de extrañar que se haya cruzado en nuestro camino. Ahora se utiliza mucho, sobre todo para preparar la madera. El pobre Toby no tiene la culpa».

«Debemos volver a la pista principal, supongo».

«Sí. Y, afortunadamente, no tenemos que recorrer mucha distancia. Evidentemente, lo que desconcertó al perro en la esquina de Knight's Place fue que había dos senderos diferentes que corrían en direcciones opuestas. Tomamos el equivocado. Sólo nos queda seguir el otro».

No hubo ninguna dificultad al respecto. Al conducir a Toby al lugar donde había cometido su falta, dio vueltas en un amplio círculo y finalmente salió corriendo en una nueva dirección.

«Debemos tener cuidado de que no nos lleve ahora al lugar de donde salió el barril de creosota», observé.

«Ya pensé eso. Pero, como puede darse cuenta, se mantiene en el pavimento, mientras que el barril pasó por la calzada. No, ahora estamos en el verdadero rastro».

El rastro tendía hacia la orilla del río, atravesando Belmont Place y Prince's Street. Al final de Broad Street corrió hasta el borde del agua, donde había un pequeño embarcadero de madera. Toby nos llevó hasta el mismo borde de éste y allí se quedó lloriqueando, mirando la oscura corriente que había más allá.

«No tenemos suerte», dijo Holmes. «Han cogido un barco aquí». Varias bateas y esquifes pequeños estaban tirados en el agua y en el borde del muelle. Llevamos a Toby a cada uno de ellos por turno, pero, aunque olfateó con seriedad, no dio ninguna señal.

Cerca del rudimentario embarcadero había una pequeña casa de

wooden placard slung out through the second window. "Mordecai Smith" was printed across it in large letters, and, underneath, "Boats to hire by the hour or day." A second inscription above the door informed us that a steam launch was kept,—a statement which was confirmed by a great pile of coke upon the jetty. Sherlock Holmes looked slowly round, and his face assumed an ominous expression.

"This looks bad," said he. "These fellows are sharper than I expected. They seem to have covered their tracks. There has, I fear, been preconcerted management here."

He was approaching the door of the house, when it opened, and a little, curly-headed lad of six came running out, followed by a stoutish, red-faced woman with a large sponge in her hand.

"You come back and be washed, Jack," she shouted. "Come back, you young imp; for if your father comes home and finds you like that, he'll let us hear of it."

"Dear little chap!" said Holmes, strategically. "What a rosy-cheeked young rascal! Now, Jack, is there anything you would like?"

The youth pondered for a moment. "I'd like a shillin'," said he.

"Nothing you would like better?"

"I'd like two shillin' better," the prodigy answered, after some thought.

"Here you are, then! Catch!—A fine child, Mrs. Smith!"

"Lor' bless you, sir, he is that, and forward. He gets a'most too much for me to manage, 'specially when my man is away days at a time."

"Away, is he?" said Holmes, in a disappointed voice. "I am sorry for that, for I wanted to speak to Mr. Smith."

"He's been away since yesterday mornin', sir, and, truth to tell, I

ladrillo, con un cartel de madera asomando por la segunda ventana. «Mordecai Smith» estaba impreso a lo ancho en grandes letras y, debajo, «Se alquilan botes por horas o días». Una segunda inscripción sobre la puerta informaba de que se guardaba una lancha de vapor, afirmación confirmada por un gran montón de coque sobre el embarcadero. Sherlock Holmes miró lentamente a su alrededor y su rostro adoptó una expresión ominosa.

«Esto huele mal», dijo. «Estos tipos son más astutos de lo que esperaba. Parece que han cubierto sus huellas. Me temo que aquí ha habido una gestión ya concertada».

Él se acercaba a la puerta de la casa cuando ésta se abrió y salió corriendo un chiquillo de seis años y cabeza rizada, seguido de una mujer corpulenta y de cara roja con una gran esponja en la mano.

«Vuelve y lávate, Jack», gritó. «Vuelve, joven diablillo; porque si tu padre vuelve a casa y te encuentra así, nos lo hará saber».

«¡Querido muchachito!», dijo Holmes, estratégicamente. «¡Qué joven bribón de mejillas sonrosadas! Ahora, Jack, ¿hay algo que te gustaría?».

El joven reflexionó un momento. «Me gustaría un chelín», dijo.

«¿Nada te gustaría más?».

«Me gustarían más dos chelines», respondió el prodigio, después de pensarlo un poco.

«¡Aquí los tienes, entonces! ¡Atrápalos...! ¡Un buen niño, Mrs. Smith!».

«Dios le bendiga, señor, él es eso sin duda, e inteligente. Es casi demasiado para mí para manejar, especialmente cuando mi marido está lejos por unos días».

«¿Se ha ido?», dijo Holmes, con voz decepcionada. «Lo lamento, pues quería hablar con Mr. Smith».

«Ha estado fuera desde ayer por la mañana, señor, y, a decir verdad,

am beginnin' to feel frightened about him. But if it was about a boat, sir, maybe I could serve as well."

"I wanted to hire his steam launch."

"Why, bless you, sir, it is in the steam launch that he has gone. That's what puzzles me; for I know there ain't more coals in her than would take her to about Woolwich and back. If he'd been away in the barge I'd ha' thought nothin'; for many a time a job has taken him as far as Gravesend, and then if there was much doin' there he might ha' stayed over. But what good is a steam launch without coals?"

"He might have bought some at a wharf down the river."

"He might, sir, but it weren't his way. Many a time I've heard him call out at the prices they charge for a few odd bags. Besides, I don't like that wooden-legged man, wi' his ugly face and outlandish talk. What did he want always knockin' about here for?"

"A wooden-legged man?" said Holmes, with bland surprise.

"Yes, sir, a brown, monkey-faced chap that's called more'n once for my old man. It was him that roused him up yesternight, and, what's more, my man knew he was comin', for he had steam up in the launch. I tell you straight, sir, I don't feel easy in my mind about it."

"But, my dear Mrs. Smith," said Holmes, shrugging his shoulders, "You are frightening yourself about nothing. How could you possibly tell that it was the wooden-legged man who came in the night? I don't quite understand how you can be so sure."

"His voice, sir. I knew his voice, which is kind o' thick and foggy. He tapped at the winder,—about three it would be. 'Show a leg, matey,' says he: 'time to turn out guard.' My old man woke up Jim,—that's my eldest,—and away they went, without so much as a word to me. I could hear the wooden leg clackin' on the stones."

"And was this wooden-legged man alone?"

empiezo a sentir miedo por él. Pero si se tratara de un barco, señor, tal vez yo podría serle de ayuda».

«Quería alquilar su lancha de vapor».

«Pues, bendito sea usted, señor, él se ha ido en la lancha de vapor. Eso es lo que me desconcierta; porque sé que no hay más carbón en ella que el que le llevaría hasta Woolwich y de vuelta aquí. Si se hubiera ido en la barcaza no habría pensado nada; porque muchas veces un trabajo le ha llevado hasta Gravesend y entonces, si había mucho que hacer allí, podría haberse quedado. Pero, ¿de qué sirve una lancha de vapor sin carbón?».

«Podría haber comprado algo en un embarcadero río abajo».

«Podría, señor, pero no es su estilo. Muchas veces le he oído quejarse por los precios que cobran por unos cuantos sacos. Además, no me gusta ese hombre de pata de palo, con su fea cara y su palabrería extravagante. ¿Para qué quiere andar siempre por aquí?».

«¿Un hombre con pata de palo?», dijo Holmes, con anodina sorpresa.

«Sí, señor, un tipo moreno con cara de mono que ha visitado más de una vez a mi viejo. Fue él quien le despertó ayer por la noche y, lo que es más, mi marido sabía que venía, porque tenía vapor en la lancha. Se lo digo sin rodeos, señor, no me siento tranquila al respecto».

«Pero, mi querida Mrs. Smith», dijo Holmes encogiéndose de hombros, «se está asustando por nada. ¿Cómo puede saber que era el hombre de la pierna de madera el que vino por la noche? No entiendo cómo puede estar tan segura».

«Su voz, señor. Conocía su voz, que es algo gruesa y brumosa. Dio unos golpecitos en la manivela... a eso de las tres sería. "Muestra una pierna, compañero", dijo: "hora de salir de guardia". Mi viejo despertó a Jim —ese es mi hijo mayor— y se fueron, sin siquiera dirigirme una palabra. Podía oír la pata de palo repiqueteando en las piedras».

«¿Y este hombre con pierna de madera estaba solo?».

"Couldn't say, I am sure, sir. I didn't hear no one else."

"I am sorry, Mrs. Smith, for I wanted a steam launch, and I have heard good reports of the—Let me see, what is her name?"

"The *Aurora*, sir."

"Ah! She's not that old green launch with a yellow line, very broad in the beam?"

"No, indeed. She's as trim a little thing as any on the river. She's been fresh painted, black with two red streaks."

"Thanks. I hope that you will hear soon from Mr. Smith. I am going down the river; and if I should see anything of the *Aurora* I shall let him know that you are uneasy. A black funnel, you say?"

"No, sir. Black with a white band."

"Ah, of course. It was the sides which were black. Good-morning, Mrs. Smith.—There is a boatman here with a wherry, Watson. We shall take it and cross the river.

"The main thing with people of that sort," said Holmes, as we sat in the sheets of the wherry, "is never to let them think that their information can be of the slightest importance to you. If you do, they will instantly shut up like an oyster. If you listen to them under protest, as it were, you are very likely to get what you want."

"Our course now seems pretty clear," said I.

"What would you do, then?"

"I would engage a launch and go down the river on the track of the *Aurora*."

"My dear fellow, it would be a colossal task. She may have touched at any wharf on either side of the stream between here and Green-wich. Below the bridge there is a perfect labyrinth of landing-places for miles. It would take you days and days to exhaust them, if you set

«No podría decirlo, se lo aseguro, señor. No oí a nadie más».

«Lo siento, Mrs. Smith, porque quería una lancha de vapor, y he oído buenos informes de la... déjeme ver, ¿cómo se llama?».

«El *Aurora*, señor».

«¡Ah! ¿No es esa vieja lancha verde con una línea amarilla, muy ancha en la manga?».

«No, para nada. Es la cosita más elegante del río. Ha sido recién pintada, negra con dos rayas rojas».

«Gracias. Espero que tenga pronto noticias de Mr. Smith. Voy río abajo y si veo algo del *Aurora* le haré saber a él que usted está intranquila. ¿Una chimenea negra, dice?».

«No, señor. Negra con una banda blanca».

«Ah, por supuesto. Eran los lados los que estaban negros. Buenos días, Mrs. Smith... Hay un barquero aquí con una barcaza, Watson. La tomaremos y cruzaremos el río.

«Lo principal con gente de ese tipo», dijo Holmes, mientras nos sentábamos en las espacios de la barcaza, «es no dejarles pensar nunca que su información puede tener la menor importancia para usted. Si lo hace, se callarán al instante como una ostra. Si les escucha para ser corregido, por así decirlo, es muy probable que consiga lo que quiere».

«Nuestro rumbo parece ahora bastante claro», dije.

«¿Qué haría entonces?».

«Yo contrataría una lancha y bajaría por el río siguiendo la pista del *Aurora*».

«Mi querido amigo, sería una tarea colosal. Podría haber parado en cualquier embarcadero a ambos lados de la corriente entre aquí y Greenwich. Por debajo del puente hay un perfecto laberinto de desembarcaderos a lo largo de millas. Le llevaría días y días agotarlos, si se

about it alone."

"Employ the police, then."

"No. I shall probably call Athelney Jones in at the last moment. He is not a bad fellow, and I should not like to do anything which would injure him professionally. But I have a fancy for working it out myself, now that we have gone so far."

"Could we advertise, then, asking for information from wharfingers?"

"Worse and worse! Our men would know that the chase was hot at their heels, and they would be coff out of the country. As it is, they are likely enough to leave, but as long as they think they are perfectly safe they will be in no hurry. Jones's energy will be of use to us there, for his view of the case is sure to push itself into the daily press, and the runaways will think that every one is off on the wrong scent."

"What are we to do, then?" I asked, as we landed near Millbank Penitentiary.

"Take this hansom, drive home, have some breakfast, and get an hour's sleep. It is quite on the cards that we may be afoot to-night again. Stop at a telegraph-office, cabby! We will keep Toby, for he may be of use to us yet."

We pulled up at the Great Peter Street post-office, and Holmes despatched his wire. "Whom do you think that is to?" he asked, as we resumed our journey.

"I am sure I don't know."

"You remember the Baker Street division of the detective police force whom I employed in the Jefferson Hope case?"

"Well," said I, laughing.

"This is just the case where they might be invaluable. If they fail,

pusiera a ello solo».

«Emplee a la policía, entonces».

«No. Probablemente llamaré a Athelney Jones en el último momento. No es un mal compañero, y no me gustaría hacer nada que pudiera perjudicarle profesionalmente. Pero me apetece resolverlo por mí mismo, ahora que hemos llegado tan lejos».

«¿Podríamos hacer publicidad, entonces, pidiendo información a los estibadores?».

«¡Peor aún! Nuestros hombres sabrían que le estamos pisando los talones y saldrían del país. Tal como están las cosas, es bastante probable que se marchen, pero mientras piensen que están perfectamente a salvo no tendrán ninguna prisa. La energía de Jones nos será de utilidad en eso, porque su visión del caso seguramente llegará a los diarios y los fugitivos pensarán que todo el mundo está siguiendo el rastro equivocado».

«¿Qué vamos a hacer, entonces?», pregunté, mientras desembarcábamos cerca de la penitenciaría de Millbank.

«Tomar este carruaje, ir a casa, desayunar algo y dormir una hora. Es bastante probable que volvamos a estar de pie esta noche. ¡Pare en una oficina de telégrafos, taxista! Nos quedaremos con Toby, pues aún puede sernos útil».

Paramos en la oficina de correos de Great Peter Street y Holmes despachó su telegrama. «¿A quién cree que va dirigido?», preguntó, mientras reanudábamos el viaje.

«Puedo decir con seguridad que no lo sé».

«¿Recuerda la división de Baker Street de la policía de detectives que empleé en el caso de Jefferson Hope?».

«Bueno...», dije, riendo.

«Este es justo el caso en el que podrían ser inestimables. Si fallan,

I have other resources; but I shall try them first. That wire was to my dirty little lieutenant, Wiggins, and I expect that he and his gang will be with us before we have finished our breakfast."

It was between eight and nine o'clock now, and I was conscious of a strong reaction after the successive excitements of the night. I was limp and weary, befogged in mind and fatigued in body. I had not the professional enthusiasm which carried my companion on, nor could I look at the matter as a mere abstract intellectual problem. As far as the death of Bartholomew Sholto went, I had heard little good of him, and could feel no intense antipathy to his murderers. The treasure, however, was a different matter. That, or part of it, belonged rightfully to Miss Morstan. While there was a chance of recovering it I was ready to devote my life to the one object. True, if I found it it would probably put her forever beyond my reach. Yet it would be a petty and selfish love which would be influenced by such a thought as that. If Holmes could work to find the criminals, I had a tenfold stronger reason to urge me on to find the treasure.

A bath at Baker Street and a complete change freshened me up wonderfully. When I came down to our room I found the breakfast laid and Homes pouring out the coffee.

"Here it is," said he, laughing, and pointing to an open newspaper. "The energetic Jones and the ubiquitous reporter have fixed it up between them. But you have had enough of the case. Better have your ham and eggs first."

I took the paper from him and read the short notice, which was headed "Mysterious Business at Upper Norwood."

"About twelve o'clock last night," said the *Standard*, "Mr. Bartholomew Sholto, of Pondicherry Lodge, Upper Norwood, was found dead in his room under circumstances which point to foul play. As far as we can learn, no actual traces of violence were found upon Mr. Sholto's person, but a valuable collection of Indian gems which the deceased gentleman had inherited from his father has been carried off. The discovery was first made by Mr. Sherlock Holmes and Dr. Watson, who had called at the house with Mr. Thaddeus Sholto, brother of

tengo otros recursos; pero probaré con eso primero. Ese telegrama era para mi sucio lugarteniente, Wiggins, y espero que él y su banda estén con nosotros antes de que hayamos terminado de desayunar».

Eran ya entre las ocho y las nueve, y yo era consciente de una fuerte reacción tras las sucesivas excitaciones de la noche. Yo estaba mustio y cansado, aturdido de mente y fatigado de cuerpo. No tenía el entusiasmo profesional que animaba a mi compañero ni podía considerar el asunto como un mero problema intelectual abstracto. En cuanto a la muerte de Bartholomew Sholto, había oído hablar poco bien de él y no podía sentir una intensa antipatía por sus asesinos. El tesoro, sin embargo, era un asunto diferente. Aquello, o parte de ello, pertenecía legítimamente a Miss Morstan. Mientras hubiera una posibilidad de recuperarlo estaba dispuesto a dedicar mi vida a ese único objetivo. Cierto, si lo encontraba probablemente la pondría para siempre fuera de mi alcance. Pero sería un amor mezquino y egoísta el que se dejara influir por un pensamiento como ése. Si Holmes podía trabajar para encontrar a los criminales, yo tenía una razón diez veces más fuerte para impulsarme a encontrar el tesoro.

Un baño en Baker Street y un cambio de ropa completo me refrescaron maravillosamente. Cuando bajé a nuestra habitación encontré el desayuno preparado y a Homes sirviendo el café.

«Aquí está», dijo, riendo y señalando un periódico abierto. «El enérgico Jones y el ubicuo reportero lo han arreglado entre ellos. Pero ya ha tenido bastante con el caso. Mejor cómase antes sus huevos con jamón».

Cogí el periódico y leí la breve noticia, que se titulaba «Misteriosos asuntos en Upper Norwood».

«Hacia las doce de la noche de ayer», decía el *Standard*, «Mr. Bartholomew Sholto, de Pondicherry Lodge, Upper Norwood, fue encontrado muerto en su habitación en circunstancias que señalan un juego sucio. Por lo que hemos podido saber, no se encontraron huellas reales de violencia en la persona de Mr. Sholto pero se han llevado una valiosa colección de gemas indias que el difunto caballero había heredado de su padre. El descubrimiento lo hicieron primero Mr. Sherlock Holmes y el Dr. Watson, que habían visitado la casa con Mr. Thaddeus Sholto, her-

the deceased. By a singular piece of good fortune, Mr. Athelney Jones, the well-known member of the detective police force, happened to be at the Norwood Police Station, and was on the ground within half an hour of the first alarm. His trained and experienced faculties were at once directed towards the detection of the criminals, with the gratifying result that the brother, Thaddeus Sholto, has already been arrested, together with the housekeeper, Mrs. Bernstone, an Indian butler named Lal Rao, and a porter, or gatekeeper, named McMurdo. It is quite certain that the thief or thieves were well acquainted with the house, for Mr. Jones's well-known technical knowledge and his powers of minute observation have enabled him to prove conclusively that the miscreants could not have entered by the door or by the window, but must have made their way across the roof of the building, and so through a trap-door into a room which communicated with that in which the body was found. This fact, which has been very clearly made out, proves conclusively that it was no mere haphazard burglary. The prompt and energetic action of the officers of the law shows the great advantage of the presence on such occasions of a single vigorous and masterful mind. We cannot but think that it supplies an argument to those who would wish to see our detectives more decentralised, and so brought into closer and more effective touch with the cases which it is their duty to investigate."

"Isn't it gorgeous!" said Holmes, grinning over his coffee-cup. "What do you think of it?"

"I think that we have had a close shave ourselves of being arrested for the crime."

"So do I. I wouldn't answer for our safety now, if he should happen to have another of his attacks of energy."

At this moment there was a loud ring at the bell, and I could hear Mrs. Hudson, our landlady, raising her voice in a wail of expostulation and dismay.

"By heaven, Holmes," I said, half rising, "I believe that they are really after us."

"No, it's not quite so bad as that. It is the unofficial force,—the Bak-

mano del difunto. Por una singular casualidad, Mr. Athelney Jones, el conocido miembro del cuerpo de detectives de la policía, se encontraba casualmente en la Comisaría de Norwood y acudió al lugar media hora después de que se diera la primera alarma. Sus entrenadas y experimentadas facultades se dirigieron de inmediato a la detección de los delincuentes, con el gratificante resultado de que el hermano, Thaddeus Sholto, ya ha sido detenido, junto con el ama de llaves, Mrs. Bernstone, un mayordomo indio llamado Lal Rao y un portero, o guardián, llamado McMurdo. Es bastante seguro que el ladrón o ladrones conocían bien la casa, ya que los consabidos conocimientos técnicos de Mr. Jones y sus dotes de observación minuciosa le han permitido demostrar de forma concluyente que los malhechores no pudieron entrar por la puerta ni por la ventana, sino que debieron abrirse paso por el tejado del edificio, y así, a través de una trampilla, llegar a una habitación que comunicaba con aquella en la que se encontró el cadáver. Este hecho, que se ha puesto de manifiesto muy claramente, demuestra de forma concluyente que no se trató de un mero robo fortuito. La rápida y enérgica actuación de los agentes de la ley demuestra la gran ventaja que supone la presencia en tales ocasiones de una singular mente vigorosa y magistral. No podemos sino pensar que proporciona un argumento a quienes desearían ver a nuestros detectives más descentralizados y así entrar en contacto más estrecho y eficaz con los casos que es su deber investigar».

«¡No es precioso!», dijo Holmes, sonriendo sobre su taza de café. «¿Qué le parece?».

«Creo que incluso nosotros estuvimos a punto de ser detenidos por el delito».

«Yo también. No respondería por nuestra seguridad ahora, si se le ocurriera tener otro de sus ataques de energía».

En ese momento sonó con fuerza el timbre y pude oír a Mrs. Hudson, nuestra casera, alzar la voz en un gemido de protesta y consternación.

«Por todos los cielos, Holmes», dije, levantándome a medias, «creo que realmente nos persiguen».

«No, no es tan malo como eso. Es la fuerza no oficial... los irregulares

er Street irregulars."

As he spoke, there came a swift pattering of naked feet upon the stairs, a clatter of high voices, and in rushed a dozen dirty and ragged little street-Arabs. There was some show of discipline among them, despite their tumultuous entry, for they instantly drew up in line and stood facing us with expectant faces. One of their number, taller and older than the others, stood forward with an air of lounging superiority which was very funny in such a disreputable little scarecrow.

"Got your message, sir," said he, "and brought 'em on sharp. Three bob and a tanner for tickets."

"Here you are," said Holmes, producing some silver. "In future they can report to you, Wiggins, and you to me. I cannot have the house invaded in this way. However, it is just as well that you should all hear the instructions. I want to find the whereabouts of a steam launch called the *Aurora*, owner Mordecai Smith, black with two red streaks, funnel black with a white band. She is down the river some-where. I want one boy to be at Mordecai Smith's landing-stage op-posite Millbank to say if the boat comes back. You must divide it out among yourselves, and do both banks thoroughly. Let me know the moment you have news. Is that all clear?"

"Yes, guv'nor," said Wiggins.

"The old scale of pay, and a guinea to the boy who finds the boat. Here's a day in advance. Now off you go!" He handed them a shilling each, and away they buzzed down the stairs, and I saw them a mo-ment later streaming down the street.

"If the launch is above water they will find her," said Holmes, as he rose from the table and lit his pipe. "They can go everywhere, see everything, overhear every one. I expect to hear before evening that they have spotted her. In the meanwhile, we can do nothing but await results. We cannot pick up the broken trail until we find either the *Aurora* or Mr. Mordecai Smith."

"Toby could eat these scraps, I dare say. Are you going to bed, Holmes?"

de Baker Street».

Mientras hablaba, se oyó un rápido ruido de pies desnudos sobre las escaleras, un estruendo de voces agudas, y entraron corriendo una docena de pequeños árabes callejeros sucios y harapientos. Hubo entre ellos alguna muestra de disciplina, a pesar de su tumultuosa entrada, pues al instante se pusieron en fila y permanecieron de pie frente a nosotros con rostros expectantes. Uno de ellos, más alto y mayor que los demás, se adelantó con un aire de superioridad holgazana que resultaba muy gracioso en un espantajo tan despreciable.

«Recibí su mensaje, señor», dijo, «y los traje inmediatamente. Tres chelines y seis peniques por los tickets».

«Aquí tiene», dijo Holmes, sacando unas monedas de plata. «En el futuro pueden informarle a usted, Wiggins, y usted a mí. No puedo permitir que la casa sea invadida de esta manera. Sin embargo, es mejor que todos escuchen las instrucciones. Quiero dar con el paradero de una lancha de vapor llamada *Aurora*, del armador Mordecai Smith, negra con dos rayas rojas, de chimenea negra con una banda blanca. Está río abajo en alguna parte. Quiero que un muchacho esté asentado en el embarcadero de Mordecai Smith, frente a Millbank, para avisar si la lancha regresa. Deben organizarse entre ustedes y rastrillar bien ambas orillas. Avísenme en cuanto tengan noticias. ¿Está todo claro?».

«Sí, jefe», dijo Wiggins.

«La vieja escala de pago, y una guinea al muchacho que encuentre el barco. Aquí tienen un día por adelantado. Ahora, ¡en marcha!». Les entregó un chelín a cada uno y se fueron zumbando escaleras abajo y yo los vi un momento después corriendo por la calle.

«Si la lancha está por encima del agua, la encontrarán», dijo Holmes, mientras se levantaba de la mesa y encendía su pipa. «Pueden ir a todas partes, verlo todo, escucharlo todo. Espero tener noticias antes del anochecer de que la han localizado. Mientras tanto, no podemos hacer otra cosa que esperar los resultados. No podemos seguir el rastro perdido hasta que encontremos el *Aurora* o a Mr. Mordecai Smith».

«Toby podría comerse estas sobras, me atrevería a decir. ¿Se va a la

"No; I am not tired. I have a curious constitution. I never remember feeling tired by work, though idleness exhausts me completely. I am going to smoke and to think over this queer business to which my fair client has introduced us. If ever man had an easy task, this of ours ought to be. Wooden-legged men are not so common, but the other man must, I should think, be absolutely unique."

"That other man again!"

"I have no wish to make a mystery of him,—to you, anyway. But you must have formed your own opinion. Now, do consider the data. Diminutive footmarks, toes never fettered by boots, naked feet, stone-headed wooden mace, great agility, small poisoned darts. What do you make of all this?"

"A savage!" I exclaimed. "Perhaps one of those Indians who were the associates of Jonathan Small."

"Hardly that," said he. "When first I saw signs of strange weapons I was inclined to think so; but the remarkable character of the footmarks caused me to reconsider my views. Some of the inhabitants of the Indian Peninsula are small men, but none could have left such marks as that. The Hindoo proper has long and thin feet. The sandal-wearing Mohammedan has the great toe well separated from the others, because the thong is commonly passed between. These little darts, too, could only be shot in one way. They are from a blow-pipe. Now, then, where are we to find our savage?"

"South American," I hazarded.

He stretched his hand up, and took down a bulky volume from the shelf. "This is the first volume of a gazetteer which is now being published. It may be looked upon as the very latest authority. What have we here? 'Andaman Islands, situated 340 miles to the north of Sumatra, in the Bay of Bengal.' Hum! hum! What's all this? Moist climate, coral reefs, sharks, Port Blair, convict-barracks, Rutland Island, cot-

cama, Holmes?».

«No; no estoy cansado. Tengo una constitución curiosa. Nunca recuerdo haberme sentido cansado por el trabajo, aunque la ociosidad me agota por completo. Voy a fumar y a reflexionar sobre este extraño asunto en el que nos ha introducido mi bella clienta. Si alguna vez el hombre ha tenido una tarea fácil, ésta debería ser la nuestra. Los hombres con piernas de madera no son tan comunes, pero el otro debe ser, creo, absolutamente único».

«¡De nuevo ese otro hombre!».

«No deseo convertirlo en un misterio, al menos para usted. Pero usted debe haberse formado su propia opinión. Ahora, considere los datos. Huellas diminutas, dedos nunca prisioneros de botas, pies desnudos, maza de madera con cabeza de piedra, gran agilidad, pequeños dardos envenenados. ¿Qué opina de todo esto?».

«¡Un salvaje!», exclamé. «Quizá uno de esos indios que eran socios de Jonathan Small».

«Difícilmente», dijo. «Cuando vi por primera vez señales de armas extrañas me incliné a pensar así; pero el notable carácter de las huellas me hizo reconsiderar mis opiniones. Algunos de los habitantes de la península india son hombres pequeños pero ninguno podría haber dejado marcas como ésas. El hindú propiamente dicho tiene los pies largos y delgados. El mahometano que lleva sandalias tiene el dedo gordo del pie bien separado de los demás, porque entre ellos suele pasar la correa. Estos pequeños dardos, además, sólo pueden dispararse de una manera. Provienen de una cerbatana. Ahora bien, entonces, ¿dónde vamos a encontrar a nuestro salvaje?».

«Sudamericano», aventuré.

Él estiró la mano hacia arriba y sacó un gran volumen de la estantería. «Es el primer volumen de un nomenclátor que se está publicando ahora. Puede considerarse como la autoridad más reciente. ¿Qué tenemos aquí? "Islas Andaman, situadas a 340 millas al norte de Sumatra, en la Bahía de Bengala". ¡Hum… hum! ¿Qué es todo esto? Clima húmedo, arrecifes de coral, tiburones, Port Blair, barracones de convictos, la Isla

tonwoods—Ah, here we are. 'The aborigines of the Andaman Islands may perhaps claim the distinction of being the smallest race upon this earth, though some anthropologists prefer the Bushmen of Africa, the Digger Indians of America, and the Terra del Fuegians. The average height is rather below four feet, although many full-grown adults may be found who are very much smaller than this. They are a fierce, morose, and intractable people, though capable of forming most devoted friendships when their confidence has once been gained.' Mark that, Watson. Now, then, listen to this. 'They are naturally hideous, having large, misshapen heads, small, fierce eyes, and distorted features. Their feet and hands, however, are remarkably small. So intractable and fierce are they that all the efforts of the British official have failed to win them over in any degree. They have always been a terror to shipwrecked crews, braining the survivors with their stone-headed clubs, or shooting them with their poisoned arrows. These massacres are invariably concluded by a cannibal feast.' Nice, amiable people, Watson! If this fellow had been left to his own unaided devices this affair might have taken an even more ghastly turn. I fancy that, even as it is, Jonathan Small would give a good deal not to have employed him."

"But how came he to have so singular a companion?"

"Ah, that is more than I can tell. Since, however, we had already determined that Small had come from the Andamans, it is not so very wonderful that this islander should be with him. No doubt we shall know all about it in time. Look here, Watson; you look regularly done. Lie down there on the sofa, and see if I can put you to sleep."

He took up his violin from the corner, and as I stretched myself out he began to play some low, dreamy, melodious air,—his own, no doubt, for he had a remarkable gift for improvisation. I have a vague remembrance of his gaunt limbs, his earnest face, and the rise and fall of his bow. Then I seemed to be floated peacefully away upon a soft sea of sound, until I found myself in dreamland, with the sweet face of Mary Morstan looking down upon me.

de Rutland, álamos... Ah, aquí estamos. "Los aborígenes de las Islas Andamán quizá puedan reclamar la distinción de ser la raza más pequeña de esta tierra, aunque algunos antropólogos prefieren a los bosquimanos de África, los indios cavadores de América y los de Tierra del Fuego. La estatura media está bastante por debajo de los cuatro pies, aunque se pueden encontrar muchos adultos que son mucho más pequeños que esto. Son un pueblo feroz, malhumorado e intratable, aunque capaz de entablar las amistades más devotas cuando se ha ganado su confianza". Fíjese en eso, Watson. Ahora, escuche esto. "Son naturalmente horribles, tienen cabezas grandes y deformes, ojos pequeños y fieros y rasgos distorsionados. Sus pies y manos, sin embargo, son notablemente pequeños. Son tan intratables y feroces que todos los esfuerzos de los oficiales británicos han fracasado a la hora de ganárselos en alguna medida. Siempre han sido un terror para las tripulaciones de los náufragos, descerebrando a los supervivientes con sus garrotes de cabeza de piedra o disparándoles con sus flechas envenenadas. Estas masacres concluyen invariablemente con un festín caníbal". ¡Gente amable y simpática, Watson! Si a este tipo le hubieran dejado a su aire, este asunto podría haber tomado un cariz aún más espantoso. Me imagino que, incluso así, Jonathan Small daría mucho por no haberle empleado».

«¿Pero cómo llegó a tener un compañero tan singular?».

«Ah, eso es más de lo que puedo decir. Sin embargo, como ya habíamos determinado que Small venía de las Andamán, no es tan maravilloso que este isleño esté con él. Sin duda lo sabremos todo a su debido tiempo. Mire aquí, Watson; parece muy cansado. Túmbese ahí en el sofá, a ver si consigo dormirle».

Él cogió su violín del rincón y mientras yo me estiraba empezó a tocar algún aire bajo, soñador y melodioso... suyo, sin duda, pues tenía un notable don para la improvisación. Tengo un vago recuerdo de sus miembros enjutos, su rostro serio y el subir y bajar de su arco. Entonces me pareció flotar apaciblemente sobre un suave mar de sonidos, hasta que me encontré en el país de los sueños, con el dulce rostro de Mary Morstan mirándome.

CHAPTER IX — A BREAK IN THE CHAIN

It was late in the afternoon before I woke, strengthened and re-freshed. Sherlock Holmes still sat exactly as I had left him, save that he had laid aside his violin and was deep in a book. He looked across at me, as I stirred, and I noticed that his face was dark and troubled.

"You have slept soundly," he said. "I feared that our talk would wake you."

"I heard nothing," I answered. "Have you had fresh news, then?"

"Unfortunately, no. I confess that I am surprised and disappoint-ed. I expected something definite by this time. Wiggins has just been up to report. He says that no trace can be found of the launch. It is a provoking check, for every hour is of importance."

"Can I do anything? I am perfectly fresh now, and quite ready for another night's outing."

"No, we can do nothing. We can only wait. If we go ourselves, the message might come in our absence, and delay be caused. You can do what you will, but I must remain on guard."

"Then I shall run over to Camberwell and call upon Mrs. Cecil For-rester. She asked me to, yesterday."

"On Mrs. Cecil Forrester?" asked Holmes, with the twinkle of a smile in his eyes.

"Well, of course Miss Morstan too. They were anxious to hear what happened."

"I would not tell them too much," said Holmes. "Women are never to be entirely trusted,—not the best of them."

I did not pause to argue over this atrocious sentiment. "I shall be back in an hour or two," I remarked.

Fue a última hora de la tarde cuando me desperté, fortalecido y refrescado. Sherlock Holmes seguía sentado exactamente como yo le había dejado, salvo que había dejado a un lado su violín y estaba sumido en un libro. Me miró cuando me moví y noté que su rostro estaba sombrío y preocupado.

«Ha dormido profundamente», dijo. «Temía que nuestra charla le despertara».

«No he oído nada», respondí. «¿Ha tenido más noticias, entonces?».

«Desgraciadamente, no. Confieso que estoy sorprendido y decepcionado. Esperaba algo definitivo a estas horas. Wiggins acaba de subir a informar. Dice que no se encuentra ningún rastro de la lancha. Es una comprobación provocadora, pues cada hora tiene su importancia».

«¿Puedo hacer algo? Estoy perfectamente fresco ahora y listo para otra salida nocturna».

«No, no podemos hacer nada. Sólo podemos esperar. Si vamos nosotros, el mensaje podría llegar en nuestra ausencia, y se causaría un retraso. Puede hacer lo que quiera, pero yo debo permanecer en guardia».

«Entonces iré corriendo a Camberwell y visitaré a Mrs. Cecil Forrester. Ella me lo pidió ayer».

«¿A Mrs. Cecil Forrester?», preguntó Holmes, con el brillo de una sonrisa en los ojos.

«Por supuesto, a Miss Morstan también. Estaban ansiosas por saber qué había pasado».

«Yo no les diría demasiado», dijo Holmes. «Nunca se puede confiar del todo en las mujeres, ni siquiera en las mejores».

No me detuve a discutir sobre este atroz sentimiento. «Volveré en una o dos horas», comenté.

"All right! Good luck! But, I say, if you are crossing the river you may as well return Toby, for I don't think it is at all likely that we shall have any use for him now."

I took our mongrel accordingly, and left him, together with a half-sovereign, at the old naturalist's in Pinchin Lane. At Camberwell I found Miss Morstan a little weary after her night's adventures, but very eager to hear the news. Mrs. Forrester, too, was full of curiosity. I told them all that we had done, suppressing, however, the more dreadful parts of the tragedy. Thus, although I spoke of Mr. Sholto's death, I said nothing of the exact manner and method of it. With all my omissions, however, there was enough to startle and amaze them.

"It is a romance!" cried Mrs. Forrester. "An injured lady, half a million in treasure, a black cannibal, and a wooden-legged ruffian. They take the place of the conventional dragon or wicked earl."

"And two knight-errants to the rescue," added Miss Morstan, with a bright glance at me.

"Why, Mary, your fortune depends upon the issue of this search. I don't think that you are nearly excited enough. Just imagine what it must be to be so rich, and to have the world at your feet!"

It sent a little thrill of joy to my heart to notice that she showed no sign of elation at the prospect. On the contrary, she gave a toss of her proud head, as though the matter were one in which she took small interest.

"It is for Mr. Thaddeus Sholto that I am anxious," she said. "Nothing else is of any consequence; but I think that he has behaved most kindly and honourably throughout. It is our duty to clear him of this dreadful and unfounded charge."

It was evening before I left Camberwell, and quite dark by the time I reached home. My companion's book and pipe lay by his chair, but he had disappeared. I looked about in the hope of seeing a note, but there was none.

«¡Muy bien! ¡Buena suerte! Pero, digo yo, si va a cruzar el río bien puede devolver a Toby, pues no creo que sea en absoluto probable que tengamos algún uso para él ahora».

Me llevé a nuestro perro mestizo en consecuencia y lo dejé, junto con medio soberano, en casa del viejo naturalista en Pinchin Lane. En Camberwell encontré a Miss Morstan, un poco cansada después de sus aventuras nocturnas pero muy ansiosa por escuchar las noticias. También Mrs. Forrester estaba llena de curiosidad. Les conté todo lo que habíamos hecho, suprimiendo, sin embargo, las partes más espantosas de la tragedia. Así, aunque hablé de la muerte de Mr. Sholto, no dije nada de la forma y el método exactos de la misma. Con todas mis omisiones, sin embargo, hubo suficiente para sobresaltarlas y asombrarlas.

«¡Es una novela!», gritó Mrs. Forrester. «Una dama herida, medio millón en un tesoro, un caníbal negro y un rufián con pata de palo. Ocupan el lugar del dragón convencional o del conde malvado».

«Y dos caballeros andantes al rescate», añadió Miss Morstan, dirigiéndome una brillante mirada.

«Vaya, Mary, tu fortuna depende del resultado de esta búsqueda. No creo que estés lo suficientemente entusiasmada. Imagínate lo que debe ser ser tan rica y tener el mundo a tus pies».

Me produjo un pequeño estremecimiento de alegría notar que ella no mostraba ningún signo de júbilo ante la perspectiva. Al contrario, ladeó su orgullosa cabeza, como si el asunto le interesara poco.

«Es por Mr. Thaddeus Sholto por quien estoy ansiosa», dijo ella. «Nada más tiene importancia; pero creo que se ha comportado de la forma más amable y honorable en todo momento. Es nuestro deber demostrar la inocencia de esta terrible e infundada acusación».

Era de noche antes de salir de Camberwell y bastante oscuro cuando llegué a casa. El libro y la pipa de mi compañero yacían junto a su silla, pero él había desaparecido. Miré a mi alrededor con la esperanza de ver una nota, pero no había ninguna.

"I suppose that Mr. Sherlock Holmes has gone out," I said to Mrs. Hudson as she came up to lower the blinds.

"No, sir. He has gone to his room, sir. Do you know, sir," sinking her voice into an impressive whisper, "I am afraid for his health?"

"Why so, Mrs. Hudson?"

"Well, he's that strange, sir. After you was gone he walked and he walked, up and down, and up and down, until I was weary of the sound of his footstep. Then I heard him talking to himself and muttering, and every time the bell rang out he came on the stairhead, with 'What is that, Mrs. Hudson?' And now he has slammed off to his room, but I can hear him walking away the same as ever. I hope he's not going to be ill, sir. I ventured to say something to him about cooling medicine, but he turned on me, sir, with such a look that I don't know how ever I got out of the room."

"I don't think that you have any cause to be uneasy, Mrs. Hudson," I answered. "I have seen him like this before. He has some small matter upon his mind which makes him restless." I tried to speak lightly to our worthy landlady, but I was myself somewhat uneasy when through the long night I still from time to time heard the dull sound of his tread, and knew how his keen spirit was chafing against this involuntary inaction.

At breakfast-time he looked worn and haggard, with a little fleck of feverish colour upon either cheek.

"You are knocking yourself up, old man," I remarked. "I heard you marching about in the night."

"No, I could not sleep," he answered. "This infernal problem is consuming me. It is too much to be balked by so petty an obstacle, when all else had been overcome. I know the men, the launch, everything; and yet I can get no news. I have set other agencies at work, and used every means at my disposal. The whole river has been searched on either side, but there is no news, nor has Mrs. Smith heard of her husband. I shall come to the conclusion soon that they have scuttled the craft. But there are objections to that."

«Supongo que Mr. Sherlock Holmes ha salido», le dije a Mrs. Hudson cuando subió a bajar las persianas.

«No, señor. Se ha ido a su habitación, señor. ¿Sabe, señor», hundiendo su voz en un susurro impresionante, «que yo temo por su salud?».

«¿Por qué, Mrs. Hudson?».

«Bueno, él es así de extraño, señor. Después de que usted se fuera caminó y caminó, arriba y abajo, y arriba y abajo, hasta que me cansé del sonido de sus pisadas. Entonces le oí hablar consigo mismo y murmurar y cada vez que sonaba la campana salía a la escalera con un "¿Qué pasa, Mrs. Hudson?". Y ahora se ha ido de golpe a su habitación, pero le oigo caminar igual que siempre. Espero que no se ponga enfermo, señor. Me aventuré a decirle algo sobre medicinas refrescantes, pero se volvió hacia mí, señor, con tal mirada que no sé cómo pude salir de la habitación».

«No creo que tenga motivos para inquietarse, Mrs. Hudson», le contesté. «Le he visto así antes. Tiene algún pequeño asunto en la cabeza que le inquieta». Intenté hablar con ligereza a nuestra digna casera, pero yo misma me sentía algo inquieto cuando a lo largo de la larga noche seguía oyendo de vez en cuando el sordo sonido de sus pisadas y sabía cómo su agudo espíritu se resentía de esta involuntaria inacción.

A la hora del desayuno él parecía agotado y demacrado, con una pequeña mancha de color febril en cada mejilla.

«Se está agotando solo, viejo», le comenté. «Le oí marchar toda la noche».

«No, no he podido dormir», respondió. «Este problema infernal me está consumiendo. Es demasiado que me frene un obstáculo tan insignificante, cuando todo lo demás ha sido superado. Conozco a los hombres, la lancha, todo; y sin embargo no puedo obtener noticias. He puesto a trabajar a otras agencias y he utilizado todos los medios a mi alcance. Se ha buscado por todo el río a ambos lados, pero no hay noticias, ni Mrs. Smith ha sabido nada de su marido. Pronto llegaré a la conclusión de que han hundido la embarcación. Pero hay objeciones a eso».

"Or that Mrs. Smith has put us on a wrong scent."

"No, I think that may be dismissed. I had inquiries made, and there is a launch of that description."

"Could it have gone up the river?"

"I have considered that possibility too, and there is a search-party who will work up as far as Richmond. If no news comes to-day, I shall start off myself to-morrow, and go for the men rather than the boat. But surely, surely, we shall hear something."

We did not, however. Not a word came to us either from Wiggins or from the other agencies. There were articles in most of the papers upon the Norwood tragedy. They all appeared to be rather hostile to the unfortunate Thaddeus Sholto. No fresh details were to be found, however, in any of them, save that an inquest was to be held upon the following day. I walked over to Camberwell in the evening to report our ill success to the ladies, and on my return I found Holmes dejected and somewhat morose. He would hardly reply to my questions, and busied himself all evening in an abstruse chemical analysis which involved much heating of retorts and distilling of vapours, ending at last in a smell which fairly drove me out of the apartment. Up to the small hours of the morning I could hear the clinking of his test-tubes which told me that he was still engaged in his malodorous experiment.

In the early dawn I woke with a start, and was surprised to find him standing by my bedside, clad in a rude sailor dress with a pea-jacket, and a coarse red scarf round his neck.

"I am off down the river, Watson," said he. "I have been turning it over in my mind, and I can see only one way out of it. It is worth trying, at all events."

"Surely I can come with you, then?" said I.

"No; you can be much more useful if you will remain here as my representative. I am loath to go, for it is quite on the cards that some message may come during the day, though Wiggins was despondent

«O que Mrs. Smith nos ha puesto tras una pista equivocada».

«No, creo que eso puede descartarse. Hice averiguaciones y hay una lancha con esa descripción».

«¿Podría haber remontado el río?».

«También he considerado esa posibilidad, y hay un grupo de búsqueda que trabajará hasta Richmond. Si no hay noticias hoy, partiré yo mismo mañana, e iré a por los hombres más que a por el barco. Pero seguro, seguro que oiremos algo».

Sin embargo, no lo hicimos. No nos llegó ni una palabra ni de Wiggins ni de las otras agencias. Había artículos en la mayoría de los periódicos sobre la tragedia de Norwood. Todos parecían más bien hostiles al desafortunado Thaddeus Sholto. Sin embargo, no se encontraban nuevos detalles en ninguno de ellos, salvo que se iba a celebrar una investigación al día siguiente. Por la noche me dirigí a Camberwell para informar a las damas de nuestro mal éxito y a mi regreso encontré a Holmes abatido y algo malhumorado. Apenas respondía a mis preguntas y se entretuvo toda la tarde en un abstruso análisis químico que implicaba mucho calentamiento de retortas y destilación de vapores y que terminó al final en un olor que casi me echó del apartamento. Hasta altas horas de la madrugada pude oír el tintineo de sus tubos de ensayo que me indicaban que seguía enfrascado en su maloliente experimento.

Al amanecer me desperté sobresaltado y me sorprendió encontrarle de pie junto a mi cama, vestido con un rudo traje de marinero con un chaquetón y un tosco pañuelo rojo alrededor del cuello.

«Me voy río abajo, Watson», dijo. «He estado dándole vueltas en la cabeza y sólo veo una salida. Merece la pena intentarlo, en cualquier caso».

«¿Puedo ir con usted, entonces?», le dije.

«No; usted puede ser mucho más útil si permanece aquí como mi representante. Me resisto a irme, pues es bastante probable que llegue algún mensaje durante el día, aunque Wiggins se mostró abatido al res-

about it last night. I want you to open all notes and telegrams, and to act on your own judgment if any news should come. Can I rely upon you?"

"Most certainly."

"I am afraid that you will not be able to wire to me, for I can hardly tell yet where I may find myself. If I am in luck, however, I may not be gone so very long. I shall have news of some sort or other before I get back."

I had heard nothing of him by breakfast-time. On opening the *Standard*, however, I found that there was a fresh allusion to the business. "With reference to the Upper Norwood tragedy," it remarked, "we have reason to believe that the matter promises to be even more complex and mysterious than was originally supposed. Fresh evidence has shown that it is quite impossible that Mr. Thaddeus Sholto could have been in any way concerned in the matter. He and the housekeeper, Mrs. Bernstone, were both released yesterday evening. It is believed, however, that the police have a clue as to the real culprits, and that it is being prosecuted by Mr. Athelney Jones, of Scotland Yard, with all his well-known energy and sagacity. Further arrests may be expected at any moment."

"That is satisfactory so far as it goes," thought I. "Friend Sholto is safe, at any rate. I wonder what the fresh clue may be; though it seems to be a stereotyped form whenever the police have made a blunder."

I tossed the paper down upon the table, but at that moment my eye caught an advertisement in the agony column. It ran in this way:

> "Lost.—Whereas Mordecai Smith, boatman, and his son, Jim, left Smith's Wharf at or about three o'clock last Tuesday morning in the steam launch *Aurora*, black with two red stripes, funnel black with a white band, the sum of five pounds will be paid to any one who can give information to Mrs. Smith, at Smith's Wharf, or at 221*b* Baker Street, as to the whereabouts of the said Mordecai Smith and the launch *Aurora*."

pecto anoche. Quiero que abra todas las notas y telegramas, y que actúe según su propio criterio si llega alguna noticia. ¿Puedo confiar en usted?».

«Sin duda».

«Me temo que no podrá telegrafiarme, pues aún no puedo saber dónde me encontraré. Sin embargo, si tengo suerte, puede que no me ausente tanto tiempo. Tendré noticias de un tipo u otro antes de volver».

A la hora del desayuno no había oído nada de él. Al abrir el *Standard*, sin embargo, descubrí que había una nueva alusión al asunto. «Con referencia a la tragedia de Upper Norwood», comentaba, «tenemos razones para creer que el asunto promete ser aún más complejo y misterioso de lo que se suponía en un principio. Nuevas pruebas han demostrado que es del todo imposible que Mr. Thaddeus Sholto pudiera haber estado implicado en modo alguno en el asunto. Tanto él como el ama de llaves, Mrs. Bernstone, fueron puestos en libertad ayer por la tarde. Se cree, sin embargo, que la policía tiene una pista sobre los verdaderos culpables, y que está siendo perseguida por Mr. Athelney Jones, de Scotland Yard, con toda su conocida energía y sagacidad. Se pueden esperar nuevas detenciones en cualquier momento».

«Eso es satisfactorio, hasta donde llega», pensé. «El amigo Sholto está a salvo, en cualquier caso. Me pregunto cuál puede ser la nueva pista; aunque parece ser un estereotipo para cada vez que la policía ha cometido un error garrafal».

Tiré el periódico sobre la mesa, pero en ese momento mi vista captó un anuncio en el consultorio sentimental. Decía así:

«Perdido.— Dado que Mordecai Smith, barquero, y su hijo, Jim, salieron de Smith's Wharf alrededor de las tres de la mañana del pasado martes en la lancha de vapor *Aurora*, negra con dos rayas rojas, chimenea negra con una banda blanca, se pagará la suma de cinco libras a quien pueda dar información a Mrs. Smith, en Smith's Wharf, o en el *221b* de Baker Street, sobre el paradero de dicho Mordecai Smith y de la lancha *Aurora*».

This was clearly Holmes's doing. The Baker Street address was enough to prove that. It struck me as rather ingenious, because it might be read by the fugitives without their seeing in it more than the natural anxiety of a wife for her missing husband.

It was a long day. Every time that a knock came to the door, or a sharp step passed in the street, I imagined that it was either Holmes returning or an answer to his advertisement. I tried to read, but my thoughts would wander off to our strange quest and to the ill-assorted and villainous pair whom we were pursuing. Could there be, I wondered, some radical flaw in my companion's reasoning. Might he be suffering from some huge self-deception? Was it not possible that his nimble and speculative mind had built up this wild theory upon faulty premises? I had never known him to be wrong; and yet the keenest reasoner may occasionally be deceived. He was likely, I thought, to fall into error through the over-refinement of his logic,— his preference for a subtle and bizarre explanation when a plainer and more commonplace one lay ready to his hand. Yet, on the other hand, I had myself seen the evidence, and I had heard the reasons for his deductions. When I looked back on the long chain of curious circumstances, many of them trivial in themselves, but all tending in the same direction, I could not disguise from myself that even if Holmes's explanation were incorrect the true theory must be equally *outré* and startling.

At three o'clock in the afternoon there was a loud peal at the bell, an authoritative voice in the hall, and, to my surprise, no less a person than Mr. Athelney Jones was shown up to me. Very different was he, however, from the brusque and masterful professor of common sense who had taken over the case so confidently at Upper Norwood. His expression was downcast, and his bearing meek and even apologetic.

"Good-day, sir; good-day," said he. "Mr. Sherlock Holmes is out, I understand."

"Yes, and I cannot be sure when he will be back. But perhaps you would care to wait. Take that chair and try one of these cigars."

"Thank you; I don't mind if I do," said he, mopping his face with a

Esto era claramente obra de Holmes. La dirección de Baker Street bastaba para demostrarlo. Me pareció bastante ingenioso, porque podría ser leído por los fugitivos sin que vieran en ello más que la ansiedad natural de una esposa por su marido desaparecido.

Fue un día largo. Cada vez que llamaban a la puerta o se escuchaba un paso firme por la calle, imaginaba que era Holmes que regresaba o una respuesta a su anuncio. Intenté leer, pero mis pensamientos se desviaban hacia nuestra extraña búsqueda y hacia la mal avenida y villana pareja a la que perseguíamos. ¿Podría haber, me preguntaba, algún fallo radical en el razonamiento de mi compañero? ¿Podría estar sufriendo algún enorme autoengaño? ¿No era posible que su mente ágil y especulativa hubiera construido esta descabellada teoría sobre premisas defectuosas? Nunca había sabido que se equivocara; y, sin embargo, el razonador más agudo puede ser engañado ocasionalmente. Pensaba que era probable que cayera en el error por el exceso de refinamiento de su lógica, por su preferencia por una explicación sutil y extraña cuando tenía a mano otra más sencilla y común. Pero, por otra parte, yo mismo había visto las pruebas y había oído las razones de sus deducciones. Cuando recordé la larga cadena de circunstancias curiosas, muchas de ellas triviales en sí mismas pero todas tendentes en la misma dirección no pude disimular ante mí mismo que, aunque la explicación de Holmes fuera incorrecta, la verdadera teoría debía ser igualmente *extravagante* y sorprendente.

A las tres de la tarde se oyó un fuerte repique en la campana, una voz autoritaria en el vestíbulo y, para mi sorpresa, se presentó ante mí nada menos que Mr. Athelney Jones. Muy diferente era, sin embargo, del brusco y magistral profesor de sentido común que se había hecho cargo del caso con tanta confianza en Upper Norwood. Se lo veía abatido y manso, incluso apologético.

«Buenos días, señor; buenos días», dijo él. «Mr. Sherlock Holmes está fuera, según tengo entendido».

«Sí, y no estoy seguro de cuándo volverá. Pero quizás le interese esperar. Tome esa silla y pruebe uno de estos cigarros».

«Gracias; no hay problema», dijo él, secándose la cara con un pañuelo rojo.

red bandanna handkerchief.

"And a whiskey-and-soda?"

"Well, half a glass. It is very hot for the time of year; and I have had a good deal to worry and try me. You know my theory about this Norwood case?"

"I remember that you expressed one."

"Well, I have been obliged to reconsider it. I had my net drawn tightly round Mr. Sholto, sir, when pop he went through a hole in the middle of it. He was able to prove an alibi which could not be shaken. From the time that he left his brother's room he was never out of sight of some one or other. So it could not be he who climbed over roofs and through trap-doors. It's a very dark case, and my professional credit is at stake. I should be very glad of a little assistance."

"We all need help sometimes," said I.

"Your friend Mr. Sherlock Holmes is a wonderful man, sir," said he, in a husky and confidential voice. "He's a man who is not to be beat. I have known that young man go into a good many cases, but I never saw the case yet that he could not throw a light upon. He is irregular in his methods, and a little quick perhaps in jumping at theories, but, on the whole, I think he would have made a most promising officer, and I don't care who knows it. I have had a wire from him this morning, by which I understand that he has got some clue to this Sholto business. Here is the message."

He took the telegram out of his pocket, and handed it to me. It was dated from Poplar at twelve o'clock. "Go to Baker Street at once," it said. "If I have not returned, wait for me. I am close on the track of the Sholto gang. You can come with us to-night if you want to be in at the finish."

"This sounds well. He has evidently picked up the scent again," said I.

"Ah, then he has been at fault too," exclaimed Jones, with evident

«¿Y un whisky con soda?».

«Bueno, medio vaso. Hace mucho calor para la época del año; y he tenido bastantes cosas que me preocupan y me ponen a prueba. ¿Conoce mi teoría sobre el caso Norwood?».

«Recuerdo que usted expresó una».

«Bueno, me he visto obligado a reconsiderarla. Tenía mi red bien tendida alrededor de Mr. Sholto, señor, cuando de repente se produjo un agujero en medio de ella. Él pudo probar una coartada que no pudo ser derribada. Desde el momento en que salió de la habitación de su hermano nunca estuvo fuera de la vista de unos u otros. Así que no pudo ser él quien trepara por tejados y trampillas. Es un caso muy oscuro y mi crédito profesional está en juego. Me alegraría mucho un poco de ayuda».

«Todos necesitamos ayuda a veces», dije yo.

«Su amigo, Mr. Sherlock Holmes, es un hombre maravilloso, señor», dijo, con voz ronca y confidencial. «Es un hombre al que no se puede vencer. He visto a ese joven adentrarse en un buen número de casos pero nunca he visto un caso sobre el que él no pudiera arrojar luz. Es irregular en sus métodos y un poco apresurado quizás en saltar a las conclusiones de su teoría, pero, en general, creo que habría sido un oficial de lo más prometedor y no me importa quién lo sepa. He recibido un telegrama suyo esta mañana, por el que entiendo que ha conseguido alguna pista sobre este asunto de Sholto. Aquí está el mensaje».

Sacó el telegrama de su bolsillo y me lo entregó. Estaba fechado en Poplar a las doce en punto. «Vaya a Baker Street de inmediato», decía. «Si no he regresado, espéreme. Estoy cerca de la pista de la banda de Sholto. Puede venir con nosotros esta noche si quiere estar en la línea final».

«Esto suena bien. Evidentemente ha vuelto a captar el rastro», dije yo.

«Ah, entonces él también ha fallado», exclamó Jones, con evidente

satisfaction. "Even the best of us are thrown off sometimes. Of course this may prove to be a false alarm; but it is my duty as an officer of the law to allow no chance to slip. But there is some one at the door. Perhaps this is he."

A heavy step was heard ascending the stair, with a great wheezing and rattling as from a man who was sorely put to it for breath. Once or twice he stopped, as though the climb were too much for him, but at last he made his way to our door and entered. His appearance corresponded to the sounds which we had heard. He was an aged man, clad in seafaring garb, with an old pea-jacket buttoned up to his throat. His back was bowed, his knees were shaky, and his breathing was painfully asthmatic. As he leaned upon a thick oaken cudgel his shoulders heaved in the effort to draw the air into his lungs. He had a coloured scarf round his chin, and I could see little of his face save a pair of keen dark eyes, overhung by bushy white brows, and long grey side-whiskers. Altogether he gave me the impression of a respectable master mariner who had fallen into years and poverty.

"What is it, my man?" I asked.

He looked about him in the slow methodical fashion of old age.

"Is Mr. Sherlock Holmes here?" said he.

"No; but I am acting for him. You can tell me any message you have for him."

"It was to him himself I was to tell it," said he.

"But I tell you that I am acting for him. Was it about Mordecai Smith's boat?"

"Yes. I knows well where it is. An' I knows where the men he is after are. An' I knows where the treasure is. I knows all about it."

"Then tell me, and I shall let him know."

"It was to him I was to tell it," he repeated, with the petulant obsti-

satisfacción. «Incluso los mejores de nosotros nos salimos de la pista a veces. Por supuesto, esto puede resultar ser una falsa alarma; pero es mi deber como agente de la ley no dejar escapar ninguna oportunidad. Pero... hay alguien en la puerta. Tal vez sea él».

Se oyó un pesado paso que ascendía por la escalera, con un gran jadeo y traqueteo como de un hombre al que le costara mucho respirar. Una o dos veces se detuvo, como si la subida fuera demasiado para él, pero al final se dirigió hacia nuestra puerta y entró. Su aspecto correspondía a los sonidos que habíamos oído. Era un hombre mayor, vestido con atuendo marinero, con un viejo chaquetón abotonado hasta la garganta. Tenía la espalda encorvada, las rodillas temblorosas y una respiración dolorosamente asmática. Mientras se apoyaba en un grueso garrote de roble, sus hombros se agitaban en el esfuerzo por llevar el aire a sus pulmones. Llevaba un pañuelo de colores alrededor de la barbilla y pude ver poco de su rostro, salvo un par de agudos ojos oscuros, sobrevolados por pobladas cejas blancas y largos bigotes laterales grises. En conjunto me dio la impresión de un respetable maestro marinero que había caído en la vejez y la pobreza.

«¿Qué pasa, compañero?», le pregunté.

Él miró a su alrededor con la lentitud metódica de la vejez.

«¿Está aquí Mr. Sherlock Holmes?», dijo.

«No; pero yo ocupo sus funciones. Puede darme cualquier mensaje que tenga para él».

«Era a él mismo a quien debía dárselo», dijo.

«Pero le digo que yo ocupo sus funciones. ¿Es por el barco de Mordecai Smith?».

«Sí. Sé bien dónde está. Y sé dónde están los hombres que él persigue. Y sé dónde está el tesoro. Lo sé todo».

«Entonces dígamelo y se lo haré saber».

«Era a él a quien debía contárselo», repitió, con la petulante obstina-

nacy of a very old man.

"Well, you must wait for him."

"No, no; I ain't goin' to lose a whole day to please no one. If Mr. Holmes ain't here, then Mr. Holmes must find it all out for himself. I don't care about the look of either of you, and I won't tell a word."

He shuffled towards the door, but Athelney Jones got in front of him.

"Wait a bit, my friend," said he. "You have important information, and you must not walk off. We shall keep you, whether you like or not, until our friend returns."

The old man made a little run towards the door, but, as Athelney Jones put his broad back up against it, he recognised the uselessness of resistance.

"Pretty sort o' treatment this!" he cried, stamping his stick. "I come here to see a gentleman, and you two, who I never saw in my life, seize me and treat me in this fashion!"

"You will be none the worse," I said. "We shall recompense you for the loss of your time. Sit over here on the sofa, and you will not have long to wait."

He came across sullenly enough, and seated himself with his face resting on his hands. Jones and I resumed our cigars and our talk. Suddenly, however, Holmes's voice broke in upon us.

"I think that you might offer me a cigar too," he said.

We both started in our chairs. There was Holmes sitting close to us with an air of quiet amusement.

"Holmes!" I exclaimed. "You here! But where is the old man?"

"Here is the old man," said he, holding out a heap of white hair.

ción de un hombre muy mayor.

«Bueno, debe esperarle».

«No, no; no voy a perder un día entero para complacer a nadie. Si Mr. Holmes no está aquí, entonces Mr. Holmes debe averiguarlo todo por sí mismo. No me importa el aspecto de ninguno de los dos y no diré ni una palabra».

Arrastró los pies hacia la puerta pero Athelney Jones se puso delante de él.

«Espere un poco, amigo mío», le dijo. «Tiene información importante y no debe marcharse. Le retendremos, lo quiera o no, hasta que vuelva nuestro amigo».

El anciano corrió un poco hacia la puerta, pero, cuando Athelney Jones apoyó su ancha espalda contra ella, reconoció la inutilidad de la resistencia.

«¡Qué clase de trato éste!», gritó, dando un pisotón con su bastón. «¡Vengo aquí a ver a un caballero y ustedes dos, a quienes no he visto en mi vida, me agarran y me tratan de esta manera!».

«No estará mal», le dije. «Le recompensaremos por la pérdida de su tiempo. Siéntese aquí en el sofá y no tendrá que esperar mucho».

Se acercó con bastante hosquedad y se sentó con la cara apoyada en las manos. Jones y yo reanudamos nuestros cigarros y nuestra charla. De pronto, sin embargo, la voz de Holmes irrumpió entre nosotros.

«Creo que también podrían ofrecerme un puro», dijo.

Ambos nos incorporamos en nuestras sillas. Allí estaba Holmes sentado cerca de nosotros con un aire de tranquila diversión.

«¡Holmes!», exclamé. «¡Usted aquí! Pero, ¿dónde está el viejo?».

«Aquí está el viejo», dijo, tendiéndome un montón de pelo blanco.

"Here he is,—wig, whiskers, eyebrows, and all. I thought my disguise was pretty good, but I hardly expected that it would stand that test."

"Ah, You rogue!" cried Jones, highly delighted. "You would have made an actor, and a rare one. You had the proper workhouse cough, and those weak legs of yours are worth ten pounds a week. I thought I knew the glint of your eye, though. You didn't get away from us so easily, You see."

"I have been working in that get-up all day," said he, lighting his cigar. "You see, a good many of the criminal classes begin to know me,—especially since our friend here took to publishing some of my cases: so I can only go on the war-path under some simple disguise like this. You got my wire?"

"Yes; that was what brought me here."

"How has your case prospered?"

"It has all come to nothing. I have had to release two of my prisoners, and there is no evidence against the other two."

"Never mind. We shall give you two others in the place of them. But you must put yourself under my orders. You are welcome to all the official credit, but you must act on the line that I point out. Is that agreed?"

"Entirely, if you will help me to the men."

"Well, then, in the first place I shall want a fast police-boat—a steam launch—to be at the Westminster Stairs at seven o'clock."

"That is easily managed. There is always one about there; but I can step across the road and telephone to make sure."

"Then I shall want two stanch men, in case of resistance."

"There will be two or three in the boat. What else?"

«Aquí está: peluca, bigotes, cejas y todo. Creía que mi disfraz era bastante bueno, pero no esperaba que resistiera esa prueba».

«¡Ah, pícaro!», gritó Jones, sumamente encantado. «Habría sido un actor, y de los mejores. Tenía la tos propia de un hospicio y esas débiles piernas suyas valen diez libras a la semana. Sin embargo, me pareció conocer el brillo de sus ojos. No se nos escapó tan fácilmente, ya ve».

«He estado trabajando con ese atuendo todo el día», dijo, encendiendo su puro. «Verá, buena parte de la clase criminal empieza a conocerme, sobre todo desde que nuestro amigo empezó a publicar algunos de mis casos, así que sólo puedo ir a la guerra con un disfraz tan sencillo como éste. ¿Recibió mi mensaje?».

«Sí; eso fue lo que me trajo aquí».

«¿Cómo ha prosperado su caso?».

«Todo ha quedado en la nada. He tenido que liberar a dos de mis prisioneros y no hay pruebas contra los otros dos».

«No importa. Le daremos otros dos en su lugar. Pero debe ponerse a mis órdenes. Le doy todo el crédito oficial pero debe actuar como yo le señale. ¿Está de acuerdo?».

«Completamente, si me ayuda a encontrar los hombres».

«Bien, entonces, en primer lugar querré una lancha rápida de la policía —una lancha de vapor— para estar en Westminster Stairs a las siete en punto».

«Eso es fácil de manejar. Siempre hay una por allí; pero puedo cruzar la calle y telefonear para asegurarme».

«Además necesitaré dos hombres robustos, en caso de resistencia».

«Habrá dos o tres en el barco. ¿Qué más?».

"When we secure the men we shall get the treasure. I think that it would be a pleasure to my friend here to take the box round to the young lady to whom half of it rightfully belongs. Let her be the first to open it.—Eh, Watson?"

"It would be a great pleasure to me."

"Rather an irregular proceeding," said Jones, shaking his head. "However, the whole thing is irregular, and I suppose we must wink at it. The treasure must afterwards be handed over to the authorities until after the official investigation."

"Certainly. That is easily managed. One other point. I should much like to have a few details about this matter from the lips of Jonathan Small himself. You know I like to work the detail of my cases out. There is no objection to my having an unofficial interview with him, either here in my rooms or elsewhere, as long as he is efficiently guarded?"

"Well, you are master of the situation. I have had no proof yet of the existence of this Jonathan Small. However, if you can catch him I don't see how I can refuse you an interview with him."

"That is understood, then?"

"Perfectly. Is there anything else?"

"Only that I insist upon your dining with us. It will be ready in half an hour. I have oysters and a brace of grouse, with something a little choice in white wines.—Watson, you have never yet recognised my merits as a housekeeper."

«Cuando detengamos a los hombres conseguiremos el tesoro. Creo que sería un placer para mi amigo aquí presente llevar la caja a la joven a quien la mitad pertenece por derecho. Que sea ella la primera en abrirla... ¿Eh, Watson?».

«Sería un gran placer para mí».

«Un procedimiento bastante irregular», dijo Jones, sacudiendo la cabeza. «Sin embargo, todo el asunto es irregular y supongo que debemos mirar hacia otro lado. El tesoro debe entregarse después a las autoridades hasta que haya pasado la investigación oficial».

«Ciertamente. Eso es fácil de gestionar. Otra cuestión. Me gustaría mucho tener algunos detalles sobre este asunto de labios del propio Jonathan Small. Ya sabe que me gusta trabajar los detalles de mis casos. ¿No hay inconveniente en que tenga una entrevista extraoficial con él, aquí en mis habitaciones o en otro lugar, siempre que esté eficientemente custodiado?».

«Bueno, usted es el dueño de la situación. Aún no he tenido ninguna prueba de la existencia del tal Jonathan Small. Sin embargo, si logra atraparlo no veo cómo puedo negarle una entrevista con él».

«¿Queda entendido, entonces?».

«Perfectamente. ¿Hay algo más?».

«Sólo que insisto en que cene con nosotros. La cena estará lista en media hora. Tengo ostras y un par de urogallos, con alguna selección de vinos blancos... Watson, aún no ha reconocido mis méritos como amo de casa».

CHAPTER X — THE END OF THE ISLANDER

Our meal was a merry one. Holmes could talk exceedingly well when he chose, and that night he did choose. He appeared to be in a state of nervous exaltation. I have never known him so brilliant. He spoke on a quick succession of subjects,—on miracle-plays, on mediæval pottery, on Stradivarius violins, on the Buddhism of Ceylon, and on the war-ships of the future,—handling each as though he had made a special study of it. His bright humour marked the reaction from his black depression of the preceding days. Athelney Jones proved to be a sociable soul in his hours of relaxation, and faced his dinner with the air of a *bon vivant*. For myself, I felt elated at the thought that we were nearing the end of our task, and I caught something of Holmes's gaiety. None of us alluded during dinner to the cause which had brought us together.

When the cloth was cleared, Holmes glanced at his watch, and filled up three glasses with port. "One bumper," said he, "to the success of our little expedition. And now it is high time we were off. Have you a pistol, Watson?"

"I have my old service-revolver in my desk."

"You had best take it, then. It is well to be prepared. I see that the cab is at the door. I ordered it for half-past six."

It was a little past seven before we reached the Westminster wharf, and found our launch awaiting us. Holmes eyed it critically.

"Is there anything to mark it as a police-boat?"

"Yes,—that green lamp at the side."

"Then take it off."

The small change was made, we stepped on board, and the ropes were cast off. Jones, Holmes, and I sat in the stern. There was one man at the rudder, one to tend the engines, and two burly police-inspectors forward.

Nuestra comida fue alegre. Holmes podía hablar muy bien cuando lo deseaba y esa noche lo hizo. Parecía encontrarse en un estado de exaltación nerviosa. Nunca le había visto tan brillante. Habló sobre una rápida sucesión de temas: sobre autos sacramentales, sobre cerámica medieval, sobre violines Stradivarius, sobre el budismo de Ceilán y sobre los barcos de guerra del futuro, tratando cada uno de ellos como si lo hubiera estudiado especialmente. Su brillante humor marcó la reacción de su oscura depresión de los días precedentes. Athelney Jones demostró ser un alma sociable en sus horas de relajación y afrontó su cena con el aire de un *bon vivant*. Por mi parte, me sentía eufórico al pensar que nos acercábamos al final de nuestra tarea y me contagié algo de la alegría de Holmes. Ninguno de nosotros aludió durante la cena a la causa que nos había reunido.

Una vez recogido el paño, Holmes echó un vistazo a su reloj y llenó tres vasos con oporto. «Uno extra», dijo, «por el éxito de nuestra pequeña expedición. Ya es hora de que nos vayamos. ¿Tiene una pistola, Watson?».

«Tengo mi viejo revólver de servicio en mi escritorio».

«Será mejor que lo coja, entonces. Es bueno estar preparado. Veo que el taxi está en la puerta. Lo pedí para las seis y media».

Eran poco más de las siete cuando llegamos al muelle de Westminster y encontramos nuestra lancha esperándonos. Holmes la observó con ojo crítico.

«¿Hay algo que lo señale como barco de la policía?».

«Sí, esa lámpara verde del lateral».

«Entonces quítesela».

Se hizo el pequeño cambio, subimos a bordo y se soltaron las amarras. Jones, Holmes y yo nos sentamos en la popa. Había un hombre en el timón, otro para atender los motores y dos fornidos policías-inspectores en la proa.

"Where to?" asked Jones.

"To the Tower. Tell them to stop opposite Jacobson's Yard."

Our craft was evidently a very fast one. We shot past the long lines of loaded barges as though they were stationary. Holmes smiled with satisfaction as we overhauled a river steamer and left her behind us.

"We ought to be able to catch anything on the river," he said.

"Well, hardly that. But there are not many launches to beat us."

"We shall have to catch the *Aurora*, and she has a name for being a clipper. I will tell you how the land lies, Watson. You recollect how annoyed I was at being balked by so small a thing?"

"Yes."

"Well, I gave my mind a thorough rest by plunging into a chemical analysis. One of our greatest statesmen has said that a change of work is the best rest. So it is. When I had succeeded in dissolving the hydrocarbon which I was at work at, I came back to our problem of the Sholtos, and thought the whole matter out again. My boys had been up the river and down the river without result. The launch was not at any landing-stage or wharf, nor had it returned. Yet it could hardly have been scuttled to hide their traces,—though that always remained as a possible hypothesis if all else failed. I knew this man Small had a certain degree of low cunning, but I did not think him capable of anything in the nature of delicate finesse. That is usually a product of higher education. I then reflected that since he had certainly been in London some time—as we had evidence that he maintained a continual watch over Pondicherry Lodge—he could hardly leave at a moment's notice, but would need some little time, if it were only a day, to arrange his affairs. That was the balance of probability, at any rate."

"It seems to me to be a little weak," said I. "It is more probable that he had arranged his affairs before ever he set out upon his expedition."

«¿Adónde?», preguntó Jones.

«A la Torre de Londres. Dígales que paren frente a Jacobson's Yard».

Nuestra embarcación era evidentemente muy rápida. Pasamos disparados por delante de las largas filas de barcazas cargadas como si estuvieran paradas. Holmes sonrió con satisfacción cuando pasamos a un vapor fluvial y lo dejamos atrás.

«Deberíamos poder atrapar lo que sea en el río», dijo.

«Bueno, no sé si tanto. Pero no hay muchas lanchas que nos ganen».

«Tendremos que atrapar al *Aurora,* y tiene fama de ser un clíper. Le diré cómo está el terreno, Watson. ¿Recuerda lo molesto que me sentí al verme entorpecido por algo tan insignificante?».

«Sí».

«Bueno, he dado a mi mente un descanso completo sumergiéndome en un análisis químico. Uno de nuestros más grandes estadistas ha dicho que un cambio de trabajo es el mejor descanso. Así es. Cuando hube conseguido disolver el hidrocarburo en el que estaba trabajando, volví a nuestro problema de los Sholto, y pensé de nuevo en todo el asunto. Mis muchachos habían remontado y descendido el río sin resultado. La lancha no estaba en ningún embarcadero, ni muelle, ni había regresado. Sin embargo, difícilmente podría haber sido hundida para ocultar sus huellas, aunque eso siempre quedaba como una hipótesis posible si todo lo demás fallaba. Sabía que este hombre, Small, tenía un cierto grado de astucia sucia, pero no le creía capaz de hacer algo delicado y fino. Eso suele ser producto de una educación superior. Entonces reflexioné que, puesto que sin duda llevaba algún tiempo en Londres —ya que teníamos pruebas de que mantenía una vigilancia continua sobre Pondicherry Lodge—, difícilmente podría marcharse de un momento a otro, sino que necesitaría algo de tiempo, aunque sólo fuera un día, para arreglar sus asuntos. Ese era el balance de probabilidades, en cualquier caso».

«Me parece un poco débil», dije yo. «Es más probable que hubiera arreglado sus asuntos antes de emprender su expedición».

"No, I hardly think so. This lair of his would be too valuable a retreat in case of need for him to give it up until he was sure that he could do without it. But a second consideration struck me. Jonathan Small must have felt that the peculiar appearance of his companion, however much he may have top-coated him, would give rise to gossip, and possibly be associated with this Norwood tragedy. He was quite sharp enough to see that. They had started from their head-quarters under cover of darkness, and he would wish to get back before it was broad light. Now, it was past three o'clock, according to Mrs. Smith, when they got the boat. It would be quite bright, and people would be about in an hour or so. Therefore, I argued, they did not go very far. They paid Smith well to hold his tongue, reserved his launch for the final escape, and hurried to their lodgings with the treasure-box. In a couple of nights, when they had time to see what view the papers took, and whether there was any suspicion, they would make their way under cover of darkness to some ship at Gravesend or in the Downs, where no doubt they had already arranged for passages to America or the Colonies."

"But the launch? They could not have taken that to their lodgings."

"Quite so. I argued that the launch must be no great way off, in spite of its invisibility. I then put myself in the place of Small, and looked at it as a man of his capacity would. He would probably consider that to send back the launch or to keep it at a wharf would make pursuit easy if the police did happen to get on his track. How, then, could he conceal the launch and yet have her at hand when wanted? I wondered what I should do myself if I were in his shoes. I could only think of one way of doing it. I might hand the launch over to some boat-builder or repairer, with directions to make a trifling change in her. She would then be removed to his shed or yard, and so be effectually concealed, while at the same time I could have her at a few hours' notice."

"That seems simple enough."

"It is just these very simple things which are extremely liable to be overlooked. However, I determined to act on the idea. I started at once in this harmless seaman's rig and inquired at all the yards down the river. I drew blank at fifteen, but at the sixteenth—Jacobson's—I

«No, no lo creo. Esta guarida suya sería un refugio demasiado valioso en caso de necesidad como para que renunciara a ella hasta estar seguro de que podría prescindir de ella. Pero me vino a la mente una segunda consideración. Jonathan Small debió de pensar que el peculiar aspecto de su compañero, por mucho que lo hubiera maquillado, daría lugar a habladurías y posiblemente se le asociaría con esta tragedia de Norwood. Era lo bastante avispado como para darse cuenta de ello. Habían partido de su cuartel general al amparo de la oscuridad y él desearía regresar antes de que amaneciera. Ahora bien, eran pasadas las tres, según Mrs. Smith, cuando cogieron el barco. Habría bastante luz y la gente estaría por allí en una hora o algo así. Por lo tanto, argumentaba, no fueron muy lejos. Pagaron bien a Smith para que se callara, reservaron su lancha para la huida final y se apresuraron a llegar a sus alojamientos con la caja del tesoro. En un par de noches, cuando tuvieran tiempo de ver qué opinión tenían los periódicos y si había alguna sospecha, se dirigirían al amparo de la oscuridad a algún barco en Gravesend o en los Downs, donde sin duda ya habían arreglado los pasajes a América o a las Colonias».

«¿Pero... la lancha? No podrían haberla llevado a su alojamiento».

«Exactamente. Argumenté que la lancha no debía estar muy lejos, a pesar de su invisibilidad. Entonces me puse en el lugar de Small y lo vi tal y como lo haría un hombre de su capacidad. Probablemente consideraría que devolver la lancha o mantenerla en un muelle facilitaría la persecución si la policía llegaba a seguirle la pista. ¿Cómo, entonces, podría ocultar la lancha y, sin embargo, tenerla a mano cuando se la buscara? Me pregunté qué haría yo mismo si estuviera en su lugar. Sólo se me ocurría una manera de hacerlo. Yo podría entregar la lancha a algún constructor o reparador de barcos, con instrucciones de que le hicieran un cambio insignificante. Luego la trasladaría a su cobertizo o astillero, y así quedaría eficazmente oculta, mientras que al mismo tiempo yo podría disponer de ella con pocas horas de antelación».

«Eso parece bastante sencillo».

«Son precisamente estas cosas tan sencillas las que corren un gran riesgo de ser pasadas por alto. Sin embargo, decidí llevar a cabo la idea. Me puse en marcha de inmediato con este inofensivo aparejo de marinero y pregunté en todos los astilleros del río. No logré nada en los

learned that the *Aurora* had been handed over to them two days ago by a wooden-legged man, with some trivial directions as to her rudder. 'There ain't naught amiss with her rudder,' said the foreman. 'There she lies, with the red streaks.' At that moment who should come down but Mordecai Smith, the missing owner? He was rather the worse for liquor. I should not, of course, have known him, but he bellowed out his name and the name of his launch. 'I want her to-night at eight o'clock,' said he,—'eight o'clock sharp, mind, for I have two gentlemen who won't be kept waiting.' They had evidently paid him well, for he was very flush of money, chucking shillings about to the men. I followed him some distance, but he subsided into an ale-house: so I went back to the yard, and, happening to pick up one of my boys on the way, I stationed him as a sentry over the launch. He is to stand at water's edge and wave his handkerchief to us when they start. We shall be lying off in the stream, and it will be a strange thing if we do not take men, treasure, and all."

"You have planned it all very neatly, whether they are the right men or not," said Jones; "but if the affair were in my hands I should have had a body of police in Jacobson's Yard, and arrested them when they came down."

"Which would have been never. This man Small is a pretty shrewd fellow. He would send a scout on ahead, and if anything made him suspicious lie snug for another week."

"But you might have stuck to Mordecai Smith, and so been led to their hiding-place," said I.

"In that case I should have wasted my day. I think that it is a hundred to one against Smith knowing where they live. As long as he has liquor and good pay, why should he ask questions? They send him messages what to do. No, I thought over every possible course, and this is the best."

While this conversation had been proceeding, we had been shooting the long series of bridges which span the Thames. As we passed the City the last rays of the sun were gilding the cross upon the summit of St. Paul's. It was twilight before we reached the Tower.

primeros quince, pero en el decimosexto —Jacobson's— me enteré de que el *Aurora* les había sido entregado hacía dos días por un hombre con pata de palo, con algunas indicaciones triviales sobre su timón. "No hay nada malo con su timón", dijo el capataz. "Ahí está, con las rayas rojas". En ese momento, ¿quién iba a llegar sino Mordecai Smith, el propietario desaparecido? Estaba bastante desmejorado por el licor. Por supuesto, no le conocía, pero gritó su nombre y el de su lancha. "La quiero esta noche a las ocho", dijo, "a las ocho en punto, porque tengo dos caballeros a los que no quiero hacer esperar". Evidentemente le habían pagado bien, pues estaba muy sobrado de dinero, repartiendo chelines entre los hombres. Lo seguí a cierta distancia, pero se metió en una cervecería, así que volví al astillero y, por casualidad, recogí a uno de mis muchachos por el camino y lo puse de centinela en la lancha. Se colocará al borde del agua y nos agitará el pañuelo cuando se pongan en marcha. Estaremos sobre el cauce, y sería algo inaudito si no atrapamos los hombres, el tesoro y todo».

«Lo ha planeado todo muy bien, sean los hombres adecuados o no», dijo Jones; «pero si el asunto hubiera estado en mis manos, habría tenido un cuerpo de policía en Jacobson's Yard y los habría arrestado cuando llegaran».

«Que hubiera sido... nunca. Este hombre Small es un tipo bastante astuto. Enviaría a un emisario por delante, y si algo le hiciera sospechar se quedaría escondido una semana más».

«Pero podrías haber atrapado a Mordecai Smith, y así le habría conducido a su escondite», dije yo.

«En ese caso habría perdido el día. Creo que la posibilidad es cien contra uno de que Smith sepa dónde viven. Mientras tenga licor y una buena paga, ¿por qué debería hacer preguntas? Le envían mensajes sobre lo que debe hacer. No, pensé en todos los cursos posibles, y éste es el mejor».

Mientras se desarrollaba esta conversación, habíamos estado pasando la larga serie de puentes que cruzan el Támesis. Mientras pasábamos por la City, los últimos rayos del sol doraban la cruz sobre la cima de San Pablo. Ya amanecía antes de que llegáramos a la Torre de Londres.

"That is Jacobson's Yard," said Holmes, pointing to a bristle of masts and rigging on the Surrey side. "Cruise gently up and down here under cover of this string of lighters." He took a pair of night-glasses from his pocket and gazed some time at the shore. "I see my sentry at his post," he remarked, "but no sign of a handkerchief."

"Suppose we go down-stream a short way and lie in wait for them," said Jones, eagerly. We were all eager by this time, even the police-men and stokers, who had a very vague idea of what was going for-ward.

"We have no right to take anything for granted," Holmes answered. "It is certainly ten to one that they go down-stream, but we cannot be certain. From this point we can see the entrance of the yard, and they can hardly see us. It will be a clear night and plenty of light. We must stay where we are. See how the folk swarm over yonder in the gaslight."

"They are coming from work in the yard."

"Dirty-looking rascals, but I suppose every one has some little im-mortal spark concealed about him. You would not think it, to look at them. There is no *a priori* probability about it. A strange enigma is man!"

"Some one calls him a soul concealed in an animal," I suggested.

"Winwood Reade is good upon the subject," said Holmes. "He re-marks that, while the individual man is an insoluble puzzle, in the aggregate he becomes a mathematical certainty. You can, for exam-ple, never foretell what any one man will do, but you can say with precision what an average number will be up to. Individuals vary, but percentages remain constant. So says the statistician. But do I see a handkerchief? Surely there is a white flutter over yonder."

"Yes, it is your boy," I cried. "I can see him plainly."

"And there is the *Aurora*," exclaimed Holmes, "and going like the devil! Full speed ahead, engineer. Make after that launch with the yellow light. By heaven, I shall never forgive myself if she proves to have the heels of us!"

«Eso es Jacobson's Yard», dijo Holmes, señalando una hilera de mástiles y jarcias en el lado de Surrey. «Navegue suavemente por aquí arriba y abajo, al amparo de esta ristra de barcazas». Sacó un par de anteojos de noche de su bolsillo y contempló un rato la orilla. «Veo a mi centinela en su puesto», comentó, «pero ni rastro de un pañuelo».

«Bajemos un poco por la corriente y les acechamos», dijo Jones, con impaciencia. A estas alturas todos estábamos ansiosos, incluso los policías y los fogoneros, que tenían una idea muy vaga de lo que se avecinaba.

«No tenemos derecho a dar nada por sentado», respondió Holmes. «Sin duda es diez a uno que van corriente abajo, pero no podemos estar seguros. Desde este punto podemos ver la entrada del astillero y ellos apenas pueden vernos a nosotros. Será una noche clara y habrá mucha luz. Debemos quedarnos donde estamos. Vea cómo la gente pulula por allí a la luz del gas».

«Vienen de trabajar en el depósito».

«Granujas de aspecto sucio, pero supongo que cada uno tiene alguna pequeña chispa inmortal oculta. Uno no lo pensaría, al mirarlos. No hay ninguna probabilidad *a priori* al respecto. Un extraño enigma es el hombre».

«Alguien lo llama "un alma oculta en un animal"», sugerí.

«Winwood Reade es bueno sobre el tema», dijo Holmes. «Observa que, mientras que el hombre individual es un rompecabezas insoluble, en el agregado se convierte en una certeza matemática. Por ejemplo, nunca se puede predecir lo que hará un solo hombre, pero se puede decir con precisión lo que hará un número medio. Los individuos varían, pero los porcentajes permanecen constantes. Eso dice el estadístico. Pero, ¿veo un pañuelo? Seguro que hay un revoloteo blanco por allí».

«Sí, es su muchacho», grité. «Puedo verlo claramente».

«Y ahí está el *Aurora*», exclamó Holmes, «¡y yendo rápido como el diablo! ¡A toda máquina, ingeniero! Vaya tras esa lancha con la luz amarilla. Por todos los cielos, ¡nunca me lo perdonaré si resulta que nos sobrepasa!».

She had slipped unseen through the yard-entrance and passed behind two or three small craft, so that she had fairly got her speed up before we saw her. Now she was flying down the stream, near in to the shore, going at a tremendous rate. Jones looked gravely at her and shook his head.

"She is very fast," he said. "I doubt if we shall catch her."

"We *must* catch her!" cried Holmes, between his teeth. "Heap it on, stokers! Make her do all she can! If we burn the boat we must have them!"

We were fairly after her now. The furnaces roared, and the powerful engines whizzed and clanked, like a great metallic heart. Her sharp, steep prow cut through the river-water and sent two rolling waves to right and to left of us. With every throb of the engines we sprang and quivered like a living thing. One great yellow lantern in our bows threw a long, flickering funnel of light in front of us. Right ahead a dark blur upon the water showed where the *Aurora* lay, and the swirl of white foam behind her spoke of the pace at which she was going. We flashed past barges, steamers, merchant-vessels, in and out, behind this one and round the other. Voices hailed us out of the darkness, but still the *Aurora* thundered on, and still we followed close upon her track.

"Pile it on, men, pile it on!" cried Holmes, looking down into the engine-room, while the fierce glow from below beat upon his eager, aquiline face. "Get every pound of steam you can."

"I think we gain a little," said Jones, with his eyes on the *Aurora*.

"I am sure of it," said I. "We shall be up with her in a very few minutes."

At that moment, however, as our evil fate would have it, a tug with three barges in tow blundered in between us. It was only by putting our helm hard down that we avoided a collision, and before we could round them and recover our way the *Aurora* had gained a good two hundred yards. She was still, however, well in view, and the murky un-

La barca se había deslizado sin ser vista por la entrada del depósito y había pasado por detrás de dos o tres embarcaciones pequeñas, de modo que había cogido bastante velocidad antes de que la viéramos. Ahora volaba corriente abajo, cerca de la orilla, yendo a una velocidad tremenda. Jones la miró con gravedad y sacudió la cabeza.

«Es muy rápida», dijo. «Dudo que la atrapemos».

«*¡Debemos* atraparla!», gritó Holmes, entre dientes. «¡Apúrense, fogoneros! ¡Hagan todo lo posible! ¡Si quemamos el barco podremos atraparlos!».

Ahora íbamos bien tras la barca. Los hornos rugían y los potentes motores zumbaban y tintineaban, como un gran corazón metálico. Su afilada y empinada proa cortaba el agua del río y enviaba dos olas ondulantes a derecha e izquierda de nosotros. Con cada palpitar de las máquinas nos agitábamos y temblábamos como un ser vivo. Una gran linterna amarilla en nuestra proa arrojaba un largo y titilante embudo de luz frente a nosotros. Justo delante, un oscuro borrón sobre el agua mostraba dónde yacía el *Aurora*, y el remolino de espuma blanca tras él hablaba del ritmo al que avanzaba. Pasamos a toda velocidad junto a barcazas, vapores, buques mercantes, entrando y saliendo, detrás de éste y alrededor del otro. Las voces nos aclamaban desde la oscuridad, pero el *Aurora* seguía tronando y nosotros seguíamos de cerca su rastro.

«¡Apúrense, hombres, apúrense!», gritó Holmes, mirando hacia la sala de máquinas, mientras el feroz resplandor de abajo golpeaba su rostro ansioso y aquilino. «Consigan cada libra de vapor que puedan».

«Creo que avanzamos un poco», dijo Jones, con los ojos puestos en el *Aurora*.

«Estoy seguro de ello», dije. «Estaremos junto a la barca en muy pocos minutos».

Sin embargo, en ese momento, por azares del destino, un remolcador con tres barcazas a remolque se interpuso entre nosotros. Sólo bajando con fuerza el timón pudimos evitar una colisión y, antes de que pudiéramos rodearlas y recuperar el rumbo, el *Aurora* había ganado unas buenas doscientas yardas. Sin embargo, seguía bien a la vista y

certain twilight was setting into a clear starlit night. Our boilers were strained to their utmost, and the frail shell vibrated and creaked with the fierce energy which was driving us along. We had shot through the Pool, past the West India Docks, down the long Deptford Reach, and up again after rounding the Isle of Dogs. The dull blur in front of us resolved itself now clearly enough into the dainty *Aurora*. Jones turned our search-light upon her, so that we could plainly see the figures upon her deck. One man sat by the stern, with something black between his knees over which he stooped. Beside him lay a dark mass which looked like a Newfoundland dog. The boy held the tiller, while against the red glare of the furnace I could see old Smith, stripped to the waist, and shovelling coals for dear life. They may have had some doubt at first as to whether we were really pursuing them, but now as we followed every winding and turning which they took there could no longer be any question about it. At Greenwich we were about three hundred paces behind them. At Blackwall we could not have been more than two hundred and fifty. I have coursed many creatures in many countries during my checkered career, but never did sport give me such a wild thrill as this mad, flying man-hunt down the Thames. Steadily we drew in upon them, yard by yard. In the silence of the night we could hear the panting and clanking of their machinery. The man in the stern still crouched upon the deck, and his arms were moving as though he were busy, while every now and then he would look up and measure with a glance the distance which still separated us. Nearer we came and nearer. Jones yelled to them to stop. We were not more than four boat's lengths behind them, both boats flying at a tremendous pace. It was a clear reach of the river, with Barking Level upon one side and the melancholy Plumstead Marshes upon the other. At our hail the man in the stern sprang up from the deck and shook his two clinched fists at us, cursing the while in a high, cracked voice. He was a good-sized, powerful man, and as he stood poising himself with legs astride I could see that from the thigh downwards there was but a wooden stump upon the right side. At the sound of his strident, angry cries there was movement in the huddled bundle upon the deck. It straightened itself into a little black man—the smallest I have ever seen—with a great, misshapen head and a shock of tangled, dishevelled hair. Holmes had already drawn his revolver, and I whipped out mine at the sight of this savage, distorted creature. He was wrapped in some sort of dark ulster or blanket, which left only his face exposed; but that face was enough to give a man a

el turbio e incierto crepúsculo se estaba convirtiendo en una clara noche estrellada. Nuestras calderas estaban al máximo de su capacidad y el frágil casco vibraba y crujía con la feroz energía que nos impulsaba. Habíamos atravesado el Pool, pasado West India Docks, bajado por el largo Deptford Reach y vuelto a subir tras rodear la Isla de los Perros. El borrón opaco que teníamos delante se resolvía ahora con suficiente claridad en el delicado *Aurora*. Jones dirigió nuestro reflector hacia el barco, de modo que pudimos ver claramente las figuras que había sobre su cubierta. Un hombre estaba sentado junto a la popa, con algo negro entre las rodillas sobre las que se inclinaba. Junto a él yacía una masa oscura que parecía un perro de Terranova. El muchacho sostenía el timón, mientras que contra el resplandor rojo del horno pude ver al viejo Smith, desnudo hasta la cintura, y paleando carbones para salvar la vida. Puede que al principio tuvieran alguna duda sobre si realmente les perseguíamos, pero ahora que seguíamos cada serpenteo y giro que tomaban ya no podía haber ninguna duda al respecto. En Greenwich íbamos unos trescientos pasos por detrás de ellos. En Blackwall no podíamos estar a más de doscientos cincuenta. He perseguido a muchas criaturas en muchos países a lo largo de mi accidentada carrera pero nunca ese deporte me produjo una emoción tan salvaje como esta loca cacería de hombres volando por el Támesis. Con paso firme nos acercamos a ellos, yarda a yarda. En el silencio de la noche podíamos oír el jadeo y el tintineo de su maquinaria. El hombre de popa seguía agazapado sobre la cubierta y movía los brazos como si estuviera ocupado, mientras de vez en cuando levantaba la vista y medía con una mirada la distancia que aún nos separaba. Cada vez estábamos más cerca. Jones les gritó que se detuvieran. Estábamos a no más de cuatro esloras detrás de ellos, ambas embarcaciones volando a un ritmo tremendo. Era un tramo despejado del río, con Barking Level a un lado y los melancólicos Plumstead Marshes al otro. Al oír nuestra voz de alto, el hombre de popa se levantó de la cubierta y nos sacudió sus dos puños cerrados, maldiciendo al mismo tiempo con voz aguda y quebrada. Era un hombre de buen tamaño y poderoso, y mientras se mantenía en pie con las piernas a horcajadas pude ver que del muslo hacia abajo no había más que un muñón de madera en el costado derecho. Al oír sus gritos estridentes y furiosos se produjo un movimiento en el bulto acurrucado sobre la cubierta. Se enderezó hasta convertirse en un hombrecillo negro —el más pequeño que he visto nunca— con una cabeza grande y deforme y un mechón de pelo enmarañado y revuelto. Holmes ya había desenfundado su revólver y yo saqué el mío al ver a aquella criatura salvaje

sleepless night. Never have I seen features so deeply marked with all bestiality and cruelty. His small eyes glowed and burned with a sombre light, and his thick lips were writhed back from his teeth, which grinned and chattered at us with a half animal fury.

"Fire if he raises his hand," said Holmes, quietly. We were within a boat's-length by this time, and almost within touch of our quarry. I can see the two of them now as they stood, the white man with his legs far apart, shrieking out curses, and the unhallowed dwarf with his hideous face, and his strong yellow teeth gnashing at us in the light of our lantern.

It was well that we had so clear a view of him. Even as we looked he plucked out from under his covering a short, round piece of wood, like a school-ruler, and clapped it to his lips. Our pistols rang out together. He whirled round, threw up his arms, and with a kind of choking cough fell sideways into the stream. I caught one glimpse of his venomous, menacing eyes amid the white swirl of the waters. At the same moment the wooden-legged man threw himself upon the rudder and put it hard down, so that his boat made straight in for the southern bank, while we shot past her stern, only clearing her by a few feet. We were round after her in an instant, but she was already nearly at the bank. It was a wild and desolate place, where the moon glimmered upon a wide expanse of marsh-land, with pools of stagnant water and beds of decaying vegetation. The launch with a dull thud ran up upon the mud-bank, with her bow in the air and her stern flush with the water. The fugitive sprang out, but his stump instantly sank its whole length into the sodden soil. In vain he struggled and writhed. Not one step could he possibly take either forwards or backwards. He yelled in impotent rage, and kicked frantically into the mud with his other foot, but his struggles only bored his wooden pin the deeper into the sticky bank. When we brought our launch alongside he was so firmly anchored that it was only by throwing the end of a rope over his shoulders that we were able to haul him out, and to drag him, like some evil fish, over our side. The two Smiths, father and son, sat sullenly in their launch, but came aboard meekly enough when commanded. The *Aurora* herself we hauled off and

y deforme. Estaba envuelto en una especie de ulster o manta oscura, que sólo dejaba su rostro al descubierto; pero ese rostro era suficiente para darle a un hombre una noche de insomnio. Nunca había visto unos rasgos tan profundamente marcados con toda bestialidad y crueldad. Sus pequeños ojos brillaban y ardían con una luz sombría y sus gruesos labios se retorcían sobre sus dientes, que nos sonreían y castañeaban con una furia medio animal.

«Disparen si levanta la mano», dijo Holmes, en voz baja. Para entonces estábamos a la distancia de un bote y casi al alcance de nuestra presa. Ahora puedo verlos a los dos de pie, al hombre blanco con las piernas muy separadas, gritando maldiciones, y al enano profano con su horrible rostro y sus fuertes dientes amarillos brillando, chillones a la luz de nuestra linterna.

Era bueno que tuviéramos una visión tan clara de él. Mientras mirábamos, sacó de debajo de su cubierta un trozo de madera corto y redondo, como una regla de escuela, y se lo llevó a los labios. Nuestras pistolas sonaron a la vez. Se dio la vuelta, levantó los brazos y con una especie de tos ahogada cayó de lado en la corriente. Alcancé a ver sus ojos venenosos y amenazadores entre el blanco remolino de las aguas. En el mismo momento, el hombre de la pata de palo se lanzó sobre el timón y lo bajó con fuerza, de modo que su bote se dirigió directamente hacia la orilla sur, mientras nosotros pasábamos disparados por su popa, alejándonos de la barca sólo unos pies. Dimos la vuelta tras ella en un instante pero ya estaba casi en la orilla. Era un lugar salvaje y desolado, donde la luna brillaba sobre una amplia extensión de terreno pantanoso, con charcos de agua estancada y lechos de vegetación en descomposición. La lancha, con un ruido sordo, subió al banco de barro, con la proa al aire y la popa a ras del agua. El fugitivo salió de un salto, pero su muñón se hundió al instante en toda su longitud en el suelo empapado. En vano luchó y se retorció. No podía dar ni un paso ni hacia delante ni hacia atrás. Gritaba con rabia impotente y pataleaba frenéticamente en el barro con el otro pie, pero sus forcejeos no hacían más que hundir su clavija de madera cada vez más profundamente en la pegajosa orilla. Cuando trajimos nuestra lancha al costado, estaba tan firmemente anclado que sólo pudimos sacarlo tirando el extremo de una cuerda por encima de sus hombros y arrastrarlo, como a un pez maligno, por encima de nuestra orilla. Los dos Smith, padre e hijo, se sentaron hoscamente en su lancha, pero subieron a bordo con bastante mansedumbre cuando se

made fast to our stern. A solid iron chest of Indian workmanship stood upon the deck. This, there could be no question, was the same that had contained the ill-omened treasure of the Sholtos. There was no key, but it was of considerable weight, so we transferred it carefully to our own little cabin. As we steamed slowly up-stream again, we flashed our search-light in every direction, but there was no sign of the Islander. Somewhere in the dark ooze at the bottom of the Thames lie the bones of that strange visitor to our shores.

"See here," said Holmes, pointing to the wooden hatchway. "We were hardly quick enough with our pistols." There, sure enough, just behind where we had been standing, stuck one of those murderous darts which we knew so well. It must have whizzed between us at the instant that we fired. Holmes smiled at it and shrugged his shoulders in his easy fashion, but I confess that it turned me sick to think of the horrible death which had passed so close to us that night.

les ordenó. El propio *Aurora* fue remolcado y amarrado a nuestra popa. Sobre la cubierta había un sólido cofre de hierro de fabricación india. Éste, no cabía duda, era el mismo que había contenido el malhadado tesoro de los Sholto. No tenía llave, pero era de un peso considerable, así que lo trasladamos con cuidado a nuestro pequeño camarote. Mientras remontábamos lentamente la corriente de nuevo, encendimos nuestra luz de búsqueda en todas direcciones, pero no había ni rastro del Isleño. En algún lugar del oscuro rezume del fondo del Támesis yacen los huesos de aquel extraño visitante de nuestras costas.

«Mire aquí», dijo Holmes, señalando la escotilla de madera. «No fuimos lo bastante rápidos con nuestras pistolas». Allí, efectivamente, justo detrás de donde habíamos estado parados, se clavó uno de esos dardos asesinos que tan bien conocíamos. Debió de zumbar entre nosotros en el instante en que disparamos. Holmes sonrió y se encogió de hombros a su manera fácil, pero confieso que me dio náuseas pensar en la horrible muerte que había pasado tan cerca de nosotros aquella noche.

Our captive sat in the cabin opposite to the iron box which he had done so much and waited so long to gain. He was a sunburned, reckless-eyed fellow, with a network of lines and wrinkles all over his mahogany features, which told of a hard, open-air life. There was a singular prominence about his bearded chin which marked a man who was not to be easily turned from his purpose. His age may have been fifty or thereabouts, for his black, curly hair was thickly shot with grey. His face in repose was not an unpleasing one, though his heavy brows and aggressive chin gave him, as I had lately seen, a terrible expression when moved to anger. He sat now with his handcuffed hands upon his lap, and his head sunk upon his breast, while he looked with his keen, twinkling eyes at the box which had been the cause of his ill-doings. It seemed to me that there was more sorrow than anger in his rigid and contained countenance. Once he looked up at me with a gleam of something like humour in his eyes.

"Well, Jonathan Small," said Holmes, lighting a cigar, "I am sorry that it has come to this."

"And so am I, sir," he answered, frankly. "I don't believe that I can swing over the job. I give you my word on the book that I never raised hand against Mr. Sholto. It was that little hell-hound Tonga who shot one of his cursed darts into him. I had no part in it, sir. I was as grieved as if it had been my blood-relation. I welted the little devil with the slack end of the rope for it, but it was done, and I could not undo it again."

"Have a cigar," said Holmes; "and you had best take a pull out of my flask, for you are very wet. How could you expect so small and weak a man as this black fellow to overpower Mr. Sholto and hold him while you were climbing the rope?"

"You seem to know as much about it as if you were there, sir. The truth is that I hoped to find the room clear. I knew the habits of the house pretty well, and it was the time when Mr. Sholto usually went down to his supper. I shall make no secret of the business. The best defence that I can make is just the simple truth. Now, if it had been the old major I would have swung for him with a light heart. I would

Nuestro cautivo estaba sentado en la cabina opuesta a la caja de hierro por la que tanto había hecho y esperado. Era un tipo quemado por el sol, de ojos temerarios, con una red de líneas y arrugas por todas sus facciones caoba que hablaban de una vida dura y al aire libre. Había una singular prominencia en su barbudo mentón que marcaba a un hombre que no se desviaría fácilmente de su propósito. Su edad podía rondar los cincuenta años, pues su pelo negro y rizado estaba densamente salpicado de canas. Su rostro en reposo no era desagradable, aunque sus pesadas cejas y su agresivo mentón le daban, como yo había visto últimamente, una expresión terrible cuando se enfurecía. Ahora estaba sentado con las manos esposadas sobre el regazo y la cabeza hundida en el pecho mientras miraba con sus ojos agudos y centelleantes la caja que había sido la causa de sus males. Me pareció que había más pena que ira en su semblante rígido y contenido. Una vez me miró con un brillo de algo parecido al humor en los ojos.

«Bueno, Jonathan Small», dijo Holmes, encendiendo un puro, «siento que hayamos llegado a esto».

«Y yo también, señor», respondió, con franqueza. «No creo que pueda hacerle cambiar de opinión sobre el trabajo. Le juro sobre el libro que nunca levanté la mano contra Mr. Sholto. Fue ese pequeño sabueso del infierno, Tonga, quien le disparó uno de sus malditos dardos. Yo no tuve nada que ver, señor. Me dolió tanto como si hubiera sido mi pariente de sangre. Golpeé al pequeño demonio con el extremo flojo de la cuerda por ello, pero ya estaba hecho, y no podía ser deshecho».

«Tome un puro», dijo Holmes; «y será mejor que eche un trago de mi petaca, porque está usted muy mojado. ¿Cómo podía esperar que un hombre tan pequeño y débil como este negro dominara a Mr. Sholto y lo sujetara mientras usted trepaba por la cuerda?».

«Parece saber tanto sobre el tema como si hubiera estado allí, señor. La verdad es que esperaba encontrar la habitación despejada. Conocía bastante bien los hábitos de la casa y era la hora en que Mr. Sholto solía bajar a cenar. No ocultaré el asunto. La mejor defensa que puedo tener es la simple verdad. Ahora bien, si hubiera sido el viejo mayor me habría lanzado a por él con el corazón ligero. Él no habría pensado más

have thought no more of knifing him than of smoking this cigar. But it's cursed hard that I should be lagged over this young Sholto, with whom I had no quarrel whatever."

"You are under the charge of Mr. Athelney Jones, of Scotland Yard. He is going to bring you up to my rooms, and I shall ask you for a true account of the matter. You must make a clean breast of it, for if you do I hope that I may be of use to you. I think I can prove that the poison acts so quickly that the man was dead before ever you reached the room."

"That he was, sir. I never got such a turn in my life as when I saw him grinning at me with his head on his shoulder as I climbed through the window. It fairly shook me, sir. I'd have half killed Tonga for it if he had not scrambled off. That was how he came to leave his club, and some of his darts too, as he tells me, which I dare say helped to put you on our track; though how you kept on it is more than I can tell. I don't feel no malice against you for it. But it does seem a queer thing," he added, with a bitter smile, "that I who have a fair claim to nigh upon half a million of money should spend the first half of my life building a breakwater in the Andamans, and am like to spend the other half digging drains at Dartmoor. It was an evil day for me when first I clapped eyes upon the merchant Achmet and had to do with the Agra treasure, which never brought anything but a curse yet upon the man who owned it. To him it brought murder, to Major Sholto it brought fear and guilt, to me it has meant slavery for life."

At this moment Athelney Jones thrust his broad face and heavy shoulders into the tiny cabin. "Quite a family party," he remarked. "I think I shall have a pull at that flask, Holmes. Well, I think we may all congratulate each other. Pity we didn't take the other alive; but there was no choice. I say, Holmes, you must confess that you cut it rather fine. It was all we could do to overhaul her."

"All is well that ends well," said Holmes. "But I certainly did not know that the *Aurora* was such a clipper."

"Smith says she is one of the fastest launches on the river, and that if he had had another man to help him with the engines we should

en acuchillarle que en fumar este puro. Pero es malditamente duro que me metan preso por este joven Sholto, con quien nunca tuve ninguna disputa».

«Está usted a cargo de Mr. Athelney Jones, de Scotland Yard. Él va a llevarle a mis habitaciones y le pediré que me cuente la verdad sobre el asunto. Debe contarme todo el asunto, pues si lo hace espero poder serle útil. Creo que puedo probar que el veneno actúa tan rápidamente que el hombre estaba muerto antes de que usted llegara a la habitación».

«Así fue, señor. Nada en mi vida me dio tanta impresión como cuando lo vi sonriéndome con la cabeza sobre el hombro mientras yo subía por la ventana. Me hizo estremecerme mucho, señor. Casi habría matado a Tonga por ello si no se hubiera largado. Así fue como llegó a dejar su garrote, y algunos de sus dardos también, según me cuenta, lo que me atrevo a decir que ayudó a ponerle sobre nuestra pista; aunque cómo siguió en ella es más de lo que puedo decir. No siento ninguna malicia contra usted por ello. Pero sí me parece extraño —añadió con una sonrisa amarga— que yo, que tengo derecho a casi medio millón de libras, me pase la primera mitad de mi vida construyendo un rompeolas en las Andamán y me pase la otra mitad cavando desagües en Dartmoor. Fue un mal día para mí la primera vez que puse mis ojos en el mercader Achmet y tuve algo que ver con el tesoro de Agra, que nunca trajo más que una maldición aún sobre el hombre que lo poseía. Para él trajo el asesinato, para el Mayor Sholto trajo el miedo y la culpa, para mí ha significado la esclavitud de por vida».

En ese momento Athelney Jones introdujo su ancha cara y sus pesados hombros en la pequeña cabaña. «Menuda fiesta familiar», comentó. «Creo que voy a echar un trago a esa petaca, Holmes. Bueno, creo que podemos felicitarnos todos. Lástima que no cogiéramos al otro vivo; pero no había elección. Digo, Holmes, debe confesar que lo hizo bastante bien. Era todo lo que podíamos hacer para superar la barca».

«Bien está lo que bien acaba», dijo Holmes. «Pero ciertamente no sabía que el *Aurora* fuera un clíper de ese tipo».

«Smith dice que es una de las lanchas más rápidas del río y que si hubiera tenido a otro hombre que le ayudara con los motores nunca la

never have caught her. He swears he knew nothing of this Norwood business."

"Neither he did," cried our prisoner,—"not a word. I chose his launch because I heard that she was a flier. We told him nothing, but we paid him well, and he was to get something handsome if we reached our vessel, the *Esmeralda*, at Gravesend, outward bound for the Brazils."

"Well, if he has done no wrong we shall see that no wrong comes to him. If we are pretty quick in catching our men, we are not so quick in condemning them." It was amusing to notice how the consequential Jones was already beginning to give himself airs on the strength of the capture. From the slight smile which played over Sherlock Holmes's face, I could see that the speech had not been lost upon him.

"We will be at Vauxhall Bridge presently," said Jones, "and shall land you, Dr. Watson, with the treasure-box. I need hardly tell you that I am taking a very grave responsibility upon myself in doing this. It is most irregular; but of course an agreement is an agreement. I must, however, as a matter of duty, send an inspector with you, since you have so valuable a charge. You will drive, no doubt?"

"Yes, I shall drive."

"It is a pity there is no key, that we may make an inventory first. You will have to break it open. Where is the key, my man?"

"At the bottom of the river," said Small, shortly.

"Hum! There was no use your giving this unnecessary trouble. We have had work enough already through you. However, doctor, I need not warn you to be careful. Bring the box back with you to the Baker Street rooms. You will find us there, on our way to the station."

They landed me at Vauxhall, with my heavy iron box, and with a bluff, genial inspector as my companion. A quarter of an hour's drive brought us to Mrs. Cecil Forrester's. The servant seemed surprised at so late a visitor. Mrs. Cecil Forrester was out for the evening, she ex-

habrían atrapado. Jura que no sabía nada de este asunto de Norwood».

«Tampoco él», gritó nuestro prisionero, «ni una palabra. Elegí su lancha porque había oído que era tan rápida que volaba. No le dijimos nada, pero le pagamos bien, y él iba a recibir algo atractivo si llegábamos a nuestro barco, el *Esmeralda*, en Gravesend, con destino a Brasil».

«Bueno, si no ha hecho nada malo nos encargaremos de que no le pase nada malo. Si bien somos bastante rápidos en capturar a nuestros hombres no lo somos tanto en condenarlos». Era divertido observar cómo el consecuente Jones empezaba ya a darse aires de grandeza por la captura. Por la leve sonrisa que dibujó el rostro de Sherlock Holmes pude ver que el discurso no se le había escapado.

«Estaremos en Vauxhall Bridge en breve», dijo Jones, «y le desembarcaremos a usted, Dr. Watson, con la caja del tesoro. No hace falta que le diga que estoy asumiendo una responsabilidad muy grave al hacer esto. Es de lo más irregular; pero, por supuesto, un acuerdo es un acuerdo. Debo, sin embargo, como una cuestión de deber, enviar a un inspector con usted, ya que tiene una carga tan valiosa. Usted irá en conche, sin duda».

«Sí, así es».

«Es una lástima que no haya llave, así podríamos hacer un inventario primero. Tendrá que abrirla. ¿Dónde está la llave, mi hombre?».

«En el fondo del río», dijo Small, brevemente.

«¡Hum! No tenía sentido que nos diera esta molestia innecesaria. Ya hemos tenido bastante trabajo gracias a usted. Sin embargo, doctor, no necesito advertirle que tenga cuidado. Lleve la caja con usted a las habitaciones de Baker Street. Nos encontrará allí, de camino a la estación».

Me desembarcaron en Vauxhall, con mi pesada caja de hierro, y con un inspector fanfarrón y genial como acompañante. Un cuarto de hora de camino nos llevó a casa de Mrs. Cecil Forrester. El criado parecía sorprendido ante una visita tan tardía. Mrs. Cecil Forrester había salido por

plained, and likely to be very late. Miss Morstan, however, was in the drawing-room: so to the drawing-room I went, box in hand, leaving the obliging inspector in the cab.

She was seated by the open window, dressed in some sort of white diaphanous material, with a little touch of scarlet at the neck and waist. The soft light of a shaded lamp fell upon her as she leaned back in the basket chair, playing over her sweet, grave face, and tinting with a dull, metallic sparkle the rich coils of her luxuriant hair. One white arm and hand drooped over the side of the chair, and her whole pose and figure spoke of an absorbing melancholy. At the sound of my foot-fall she sprang to her feet, however, and a bright flush of surprise and of pleasure coloured her pale cheeks.

"I heard a cab drive up," she said. "I thought that Mrs. Forrester had come back very early, but I never dreamed that it might be you. What news have you brought me?"

"I have brought something better than news," said I, putting down the box upon the table and speaking jovially and boisterously, though my heart was heavy within me. "I have brought you something which is worth all the news in the world. I have brought you a fortune."

She glanced at the iron box. "Is that the treasure, then?" she asked, coolly enough.

"Yes, this is the great Agra treasure. Half of it is yours and half is Thaddeus Sholto's. You will have a couple of hundred thousand each. Think of that! An annuity of ten thousand pounds. There will be few richer young ladies in England. Is it not glorious?"

I think that I must have been rather overacting my delight, and that she detected a hollow ring in my congratulations, for I saw her eyebrows rise a little, and she glanced at me curiously.

"If I have it," said she, "I owe it to you."

"No, no," I answered, "not to me, but to my friend Sherlock Holmes. With all the will in the world, I could never have followed up a clue

la noche, me explicó, y era probable que llegara muy tarde. Miss Morstan, sin embargo, estaba en el salón: así que al salón me dirigí, caja en mano, dejando al servicial inspector en el taxi.

Ella estaba sentada junto a la ventana abierta, vestida con algún tipo de material diáfano blanco, con un pequeño toque de escarlata en el cuello y la cintura. La suave luz de una lámpara sombreada caía sobre ella mientras se reclinaba en la silla de cesto, jugando sobre su rostro dulce y grave, y tiñendo con un brillo sordo y metálico los ricos bucles de su frondosa cabellera. Un brazo y una mano blancos caían sobre el costado de la silla, y toda su pose y su figura hablaban de una melancolía absorbente. Sin embargo, al oír el ruido de mi pisada, se puso en pie de un salto y un brillante rubor de sorpresa y de placer coloreó sus pálidas mejillas.

«Oí llegar un taxi», dijo. «Pensé que Mrs. Forrester había vuelto muy temprano, pero nunca soñé que pudiera ser usted. ¿Qué noticias me trae?».

«He traído algo mejor que una noticia», dije, dejando la caja sobre la mesa y hablando jovial y bulliciosamente, aunque mi corazón estaba apesadumbrado en mi interior. «Le he traído algo que vale todas las noticias del mundo. Le he traído una fortuna».

Ella miró la caja de hierro. «¿Es ése el tesoro, entonces?», preguntó con frialdad.

«Sí, este es el gran tesoro de Agra. La mitad es suya y la otra mitad de Thaddeus Sholto. Tendrán un par de cientos de miles cada uno. ¡Piense en eso! Una renta vitalicia de diez mil libras. Habrá pocas jóvenes más ricas en Inglaterra. ¿No es glorioso?».

Creo que debí de estar exagerando mi alegría y que ella detectó un timbre hueco en mis felicitaciones, porque vi que sus cejas se alzaban un poco y me miraba con curiosidad.

«Si lo tengo», dijo ella, «se lo debo a usted».

«No, no», respondí, «no a mí, sino a mi amigo Sherlock Holmes. Con toda la voluntad del mundo, nunca habría podido seguir una pista que

which has taxed even his analytical genius. As it was, we very nearly lost it at the last moment."

"Pray sit down and tell me all about it, Dr. Watson," said she.

I narrated briefly what had occurred since I had seen her last,— Holmes's new method of search, the discovery of the *Aurora*, the appearance of Athelney Jones, our expedition in the evening, and the wild chase down the Thames. She listened with parted lips and shining eyes to my recital of our adventures. When I spoke of the dart which had so narrowly missed us, she turned so white that I feared that she was about to faint.

"It is nothing," she said, as I hastened to pour her out some water. "I am all right again. It was a shock to me to hear that I had placed my friends in such horrible peril."

"That is all over," I answered. "It was nothing. I will tell you no more gloomy details. Let us turn to something brighter. There is the treasure. What could be brighter than that? I got leave to bring it with me, thinking that it would interest you to be the first to see it."

"It would be of the greatest interest to me," she said. There was no eagerness in her voice, however. It had struck her, doubtless, that it might seem ungracious upon her part to be indifferent to a prize which had cost so much to win.

"What a pretty box!" she said, stooping over it. "This is Indian work, I suppose?"

"Yes; it is Benares metal-work."

"And so heavy!" she exclaimed, trying to raise it. "The box alone must be of some value. Where is the key?"

"Small threw it into the Thames," I answered. "I must borrow Mrs. Forrester's poker." There was in the front a thick and broad hasp, wrought in the image of a sitting Buddha. Under this I thrust the end of the poker and twisted it outward as a lever. The hasp sprang open with a loud snap. With trembling fingers I flung back the lid. We both

ha puesto a prueba incluso su genio analítico. Así las cosas, estuvimos a punto de perderlo a último momento».

«Por favor, siéntese y cuéntemelo todo, Dr. Watson», dijo ella.

Le narré brevemente lo que había ocurrido desde la última vez que la había visto: el nuevo método de investigación de Holmes, el descubrimiento del *Aurora*, la aparición de Athelney Jones, nuestra expedición al atardecer y la salvaje persecución por el Támesis. Ella escuchó con los labios entreabiertos y los ojos brillantes el relato de nuestras aventuras. Cuando hablé del dardo que por poco nos había dado, se puso tan blanca que temí que estuviera a punto de desmayarse.

«No es nada», dijo ella, mientras yo me apresuraba a servirle un poco de agua. «Ya estoy bien. Fue un shock para mí oír que había puesto a mis amigos en un peligro tan horrible».

«Eso ya pasó», respondí. «No fue nada. No le contaré más detalles sombríos. Pasemos a algo más brillante. Ahí está el tesoro. ¿Qué podría ser más brillante que eso? Conseguí permiso para traerlo conmigo, pensando que le interesaría ser la primera en verlo».

«Sería del mayor interés para mí», dijo ella. Sin embargo, no había entusiasmo en su voz. Se había dado cuenta, sin duda, que podría parecer descortés por su parte mostrarse indiferente ante un premio que tanto había costado ganar.

«¡Qué caja tan bonita!», dijo, inclinándose sobre ella. «¿Es obra india, supongo?».

«Sí; es metalistería de Benarés».

«¡Y tan pesada!», exclamó, intentando levantarla. «Sólo la caja debe tener algún valor. ¿Dónde está la llave?».

«Small la tiró al Támesis», respondí. «Debo tomar prestado el atizador de Mrs. Forrester». Había en la parte delantera una aldaba gruesa y ancha, forjada con la imagen de un Buda sentado. Bajo ella introduje el extremo del atizador y lo giré hacia fuera como si fuera una palanca. La aldaba se abrió con un fuerte chasquido. Con dedos temblorosos eché

stood gazing in astonishment. The box was empty!

No wonder that it was heavy. The iron-work was two-thirds of an inch thick all round. It was massive, well made, and solid, like a chest constructed to carry things of great price, but not one shred or crumb of metal or jewelry lay within it. It was absolutely and completely empty.

"The treasure is lost," said Miss Morstan, calmly.

As I listened to the words and realised what they meant, a great shadow seemed to pass from my soul. I did not know how this Agra treasure had weighed me down, until now that it was finally removed. It was selfish, no doubt, disloyal, wrong, but I could realise nothing save that the golden barrier was gone from between us. "Thank God!" I ejaculated from my very heart.

She looked at me with a quick, questioning smile. "Why do you say that?" she asked.

"Because you are within my reach again," I said, taking her hand. She did not withdraw it. "Because I love you, Mary, as truly as ever a man loved a woman. Because this treasure, these riches, sealed my lips. Now that they are gone I can tell you how I love you. That is why I said, 'Thank God.'"

"Then I say, 'Thank God,' too," she whispered, as I drew her to my side. Whoever had lost a treasure, I knew that night that I had gained one.

hacia atrás la tapa. Ambos nos quedamos mirando atónitos. ¡La caja estaba vacía!

No es de extrañar que fuera pesada. El herraje tenía dos tercios de pulgada de grosor en todo su contorno. Era macizo, bien hecho y sólido, como un cofre construido para transportar cosas de gran precio, pero en su interior no había ni una brizna ni una migaja de metal o joya. Estaba absoluta y completamente vacío.

«El tesoro está perdido», dijo Miss Morstan, con calma.

Al escuchar las palabras y darme cuenta de lo que significaban, una gran sombra pareció alejarse de mi alma. No sabía cómo la había lastrado este tesoro de Agra, hasta ahora, que por fin el peso había sido quitado. Era egoísta, sin duda, desleal, equivocado, pero no podía darme cuenta de nada salvo de que la barrera dorada había desaparecido de entre nosotros. «¡Gracias a Dios!», exclamé, desde lo más profundo de mi corazón.

Ella me miró con una sonrisa rápida e interrogante. «¿Por qué dice eso?», me preguntó.

«Porque usted vuelve a estar a mi alcance», le dije, cogiéndole la mano. Ella no la retiró. «Porque te amo, Mary, tan verdaderamente como nunca un hombre amó a una mujer. Porque este tesoro, estas riquezas, sellaron mis labios. Ahora que se han ido puedo decirte cómo te amo. Por eso dije: "Gracias a Dios"».

«Entonces yo también digo: "Gracias a Dios"», susurró ella, mientras la atraía a mi lado. Quienquiera que sea que había perdido un tesoro, aquella noche yo supe que había ganado uno.

CHAPTER XII — THE STRANGE STORY OF JONATHAN SMALL

A very patient man was that inspector in the cab, for it was a weary time before I rejoined him. His face clouded over when I showed him the empty box.

"There goes the reward!" said he, gloomily. "Where there is no money there is no pay. This night's work would have been worth a tenner each to Sam Brown and me if the treasure had been there."

"Mr. Thaddeus Sholto is a rich man," I said. "He will see that you are rewarded, treasure or no."

The inspector shook his head despondently, however. "It's a bad job," he repeated; "and so Mr. Athelney Jones will think."

His forecast proved to be correct, for the detective looked blank enough when I got to Baker Street and showed him the empty box. They had only just arrived, Holmes, the prisoner, and he, for they had changed their plans so far as to report themselves at a station upon the way. My companion lounged in his arm-chair with his usual listless expression, while Small sat stolidly opposite to him with his wooden leg cocked over his sound one. As I exhibited the empty box he leaned back in his chair and laughed aloud.

"This is your doing, Small," said Athelney Jones, angrily.

"Yes, I have put it away where you shall never lay hand upon it," he cried, exultantly. "It is my treasure; and if I can't have the loot I'll take darned good care that no one else does. I tell you that no living man has any right to it, unless it is three men who are in the Andaman convict-barracks and myself. I know now that I cannot have the use of it, and I know that they cannot. I have acted all through for them as much as for myself. It's been the sign of four with us always. Well I know that they would have had me do just what I have done, and throw the treasure into the Thames rather than let it go to kith or kin of Sholto or of Morstan. It was not to make them rich that we did for Achmet. You'll find the treasure where the key is, and where little Tonga is. When I saw that your launch must catch us, I put the loot away in a safe place. There are no rupees for you this journey."

Un hombre muy paciente era aquel inspector en el taxi, pues pasó un tiempo agotador antes de que me reuniera con él. Su rostro se nubló cuando le mostré la caja vacía.

«¡Ahí va la recompensa!», dijo, sombrío. «Donde no hay dinero no hay paga. El trabajo de esta noche habría valido diez libras cada uno, para Sam Brown y para mí, si el tesoro hubiera estado allí».

«Mr. Thaddeus Sholto es un hombre rico», le dije. «Él se encargará de que usted sea recompensado, con tesoro o sin él».

Sin embargo, el inspector sacudió la cabeza con desaliento. «Es un mal trabajo», repitió; «y así lo pensará el Mr. Athelney Jones».

Su pronóstico resultó acertado, pues el detective parecía bastante inexpresivo cuando llegué a Baker Street y le mostré la caja vacía. Acababan de llegar, Holmes, el prisionero y él, pues habían cambiado sus planes y se habían presentado en una estación de camino. Mi compañero estaba recostado en su sillón con su habitual expresión lánguida, mientras Small se sentaba impasible frente a él con la pata de palo ladeada sobre la sana. Cuando le mostré la caja vacía se echó hacia atrás en su silla y se rió en voz alta.

«Esto es obra suya, Small», dijo Athelney Jones, enfadado.

«Sí, la he puesto donde nunca le pondrá la mano encima», gritó, exultante. «Es mi tesoro; y si no puedo quedarme con el botín tendré mucho cuidado de que nadie más lo haga. Le digo que ningún hombre vivo tiene derecho a él, a menos que se trate de tres hombres que están en los barracones de convictos de Andamán y yo mismo. Ahora sé que no puedo hacer uso de ella, y sé que ellos tampoco. He actuado en todo momento tanto por ellos como por mí mismo. Nosotros siempre hemos respetado el signo de los cuatro. Bien sé que me habrían hecho hacer exactamente lo que he hecho, y arrojar el tesoro al Támesis antes que dejarlo ir a parientes de Sholto o de Morstan. No fue para hacerlos ricos lo que hicimos por Achmet. Encontrarán el tesoro donde está la llave, y donde está el pequeño Tonga. Cuando vi que su lancha debía atraparnos guardé el botín en un lugar seguro. No hay rupias para usted en este viaje».

"You are deceiving us, Small," said Athelney Jones, sternly. "If you had wished to throw the treasure into the Thames it would have been easier for you to have thrown box and all."

"Easier for me to throw, and easier for you to recover," he answered, with a shrewd, sidelong look. "The man that was clever enough to hunt me down is clever enough to pick an iron box from the bottom of a river. Now that they are scattered over five miles or so, it may be a harder job. It went to my heart to do it, though. I was half mad when you came up with us. However, there's no good grieving over it. I've had ups in my life, and I've had downs, but I've learned not to cry over spilled milk."

"This is a very serious matter, Small," said the detective. "If you had helped justice, instead of thwarting it in this way, you would have had a better chance at your trial."

"Justice!" snarled the ex-convict. "A pretty justice! Whose loot is this, if it is not ours? Where is the justice that I should give it up to those who have never earned it? Look how I have earned it! Twenty long years in that fever-ridden swamp, all day at work under the mangrove-tree, all night chained up in the filthy convict-huts, bitten by mosquitoes, racked with ague, bullied by every cursed black-faced policeman who loved to take it out of a white man. That was how I earned the Agra treasure; and you talk to me of justice because I cannot bear to feel that I have paid this price only that another may enjoy it! I would rather swing a score of times, or have one of Tonga's darts in my hide, than live in a convict's cell and feel that another man is at his ease in a palace with the money that should be mine." Small had dropped his mask of stoicism, and all this came out in a wild whirl of words, while his eyes blazed, and the handcuffs clanked together with the impassioned movement of his hands. I could understand, as I saw the fury and the passion of the man, that it was no groundless or unnatural terror which had possessed Major Sholto when he first learned that the injured convict was upon his track.

"You forget that we know nothing of all this," said Holmes quietly.

«Nos está engañando, Small», dijo Athelney Jones, severamente. «Si hubiera querido arrojar el tesoro al Támesis le habría sido más fácil haberlo tirado con caja y todo».

«Más fácil de lanzar para mí y más fácil de recuperar para usted», respondió, con una mirada sagaz y de reojo. «El hombre que fue lo bastante listo como para cazarme es lo bastante listo como para recoger una caja de hierro del fondo de un río. Ahora que los contenidos están esparcidos a lo largo de cinco millas más o menos, puede que sea un trabajo más difícil. Sin embargo, me dolió hasta el corazón hacerlo. Estaba medio enfadado cuando se nos ocurrió. Sin embargo, no es bueno lamentarse por ello. He tenido altibajos en mi vida, pero he aprendido a no llorar sobre la leche derramada».

«Este es un asunto muy serio, Small», dijo el detective. «Si hubiera ayudado a la justicia, en lugar de frustrarla de esta manera, habría tenido más posibilidades en su juicio».

«¡Justicia!», gruñó el ex convicto. «¡Bonita justicia! ¿De quién es este botín, si no es nuestro? ¿Dónde está la justicia en que yo entregue el botín a quien nunca se lo ha ganado? ¡Mire cómo me lo he ganado! Veinte largos años en ese pantano asolado por la fiebre, todo el día trabajando bajo el manglar, toda la noche encadenado en las sucias chozas de los convictos, picado por los mosquitos, atormentado por la agonía, intimidado por cada maldito policía con cara de negro al que le encantaba agarrárselas con un hombre blanco. Así fue como me gané el tesoro de Agra; ¡y usted me habla de justicia porque no soporto sentir que he pagado este precio sólo para que otro pueda disfrutarlo! Preferiría que me cuelguen una veintena de veces, o que me clavaran uno de los dardos de Tonga en el pellejo, antes que vivir en la celda de un convicto y sentir que otro hombre está a sus anchas en un palacio con el dinero que debería ser mío». Small había dejado caer su máscara de estoicismo y todo esto salió en un salvaje torbellino de palabras, mientras sus ojos ardían y las esposas tintineaban con el movimiento apasionado de sus manos. Pude comprender, al ver la furia y la pasión del hombre, que no era un terror infundado o antinatural el que se había apoderado del Mayor Sholto cuando supo por primera vez que el convicto herido le seguía la pista.

«Olvida que no sabemos nada de todo esto», dijo Holmes en voz baja.

"We have not heard your story, and we cannot tell how far justice may originally have been on your side."

"Well, sir, you have been very fair-spoken to me, though I can see that I have you to thank that I have these bracelets upon my wrists. Still, I bear no grudge for that. It is all fair and above-board. If you want to hear my story I have no wish to hold it back. What I say to you is God's truth, every word of it. Thank you; you can put the glass beside me here, and I'll put my lips to it if I am dry.

"I am a Worcestershire man myself,—born near Pershore. I dare say you would find a heap of Smalls living there now if you were to look. I have often thought of taking a look round there, but the truth is that I was never much of a credit to the family, and I doubt if they would be so very glad to see me. They were all steady, chapel-going folk, small farmers, well-known and respected over the country-side, while I was always a bit of a rover. At last, however, when I was about eighteen, I gave them no more trouble, for I got into a mess over a girl, and could only get out of it again by taking the Queen's shilling and joining the 3rd Buffs, which was just starting for India.

"I wasn't destined to do much soldiering, however. I had just got past the goose-step, and learned to handle my musket, when I was fool enough to go swimming in the Ganges. Luckily for me, my company sergeant, John Holder, was in the water at the same time, and he was one of the finest swimmers in the service. A crocodile took me, just as I was half-way across, and nipped off my right leg as clean as a surgeon could have done it, just above the knee. What with the shock and the loss of blood, I fainted, and should have drowned if Holder had not caught hold of me and paddled for the bank. I was five months in hospital over it, and when at last I was able to limp out of it with this timber toe strapped to my stump I found myself invalided out of the army and unfitted for any active occupation.

"I was, as you can imagine, pretty down on my luck at this time, for I was a useless cripple though not yet in my twentieth year. However, my misfortune soon proved to be a blessing in disguise. A man named Abel White, who had come out there as an indigo-planter,

«No hemos oído su historia y no podemos saber hasta qué punto la justicia puede haber estado originalmente de su lado».

«Bueno, señor, usted ha sido muy justo conmigo, aunque puedo ver que tengo que agradecerle que tenga estos brazaletes en mis muñecas. Aun así, no le guardo rencor por ello. Todo es justo y correcto. Si quiere oír mi historia no tengo ningún deseo de ocultársela. Lo que le digo es la verdad de Dios, cada palabra de ella. Gracias; puede poner el vaso a mi lado aquí, y pondré mis labios en él si están secos.

«Yo mismo soy un hombre de Worcestershire, nacido cerca de Pershore. Me atrevería a decir que encontraría un montón de Small viviendo allí ahora si se pusiera a buscar. A menudo he pensado en echar un vistazo por allí, pero la verdad es que nunca tuve mucho valor para mi familia, y dudo que se alegraran mucho de verme. Eran todos gente fiel, que iban a la capilla, pequeños granjeros, conocidos y respetados en el campo, mientras que yo siempre fui un poco vagabundo. Al final, sin embargo, cuando tenía unos dieciocho años, ya no les di más problemas, porque me metí en un lío por una muchacha, y sólo pude salir de él otra vez cogiendo el chelín que daba la Reina y alistándome en el 3º de Buffs, que acababa de partir para la India.

«Sin embargo, no estaba destinado a hacer mucho como soldado. Acababa de lograr hacer el paso de ganso y de aprender a manejar mi mosquete cuando fui lo bastante tonto como para ir a nadar al Ganges. Por suerte para mí, el sargento de mi compañía, John Holder, estaba en el agua al mismo tiempo, y era uno de los mejores nadadores del servicio. Un cocodrilo me atrapó, justo cuando estaba a medio camino, y me arrancó la pierna derecha tan limpiamente como podría haberlo hecho un cirujano, justo por encima de la rodilla. Con el shock y la pérdida de sangre, me desmayé y me habría ahogado si Holder no me hubiera agarrado y remolcado hacia la orilla. Estuve cinco meses en el hospital por ello, y cuando por fin pude salir cojeando con este miembro de madera atado a mi muñón me encontré invalidado para el ejército e incapacitado para cualquier ocupación activa.

«Yo estaba, como puede imaginarse, bastante deprimido por mi suerte en aquel momento, ya que era un tullido inútil aunque aún no había cumplido los veinte años. Sin embargo, mi desgracia pronto resultó ser una bendición disfrazada. Un hombre llamado Abel White, que ha-

wanted an overseer to look after his coolies and keep them up to their work. He happened to be a friend of our colonel's, who had taken an interest in me since the accident. To make a long story short, the colonel recommended me strongly for the post and, as the work was mostly to be done on horseback, my leg was no great obstacle, for I had enough knee left to keep good grip on the saddle. What I had to do was to ride over the plantation, to keep an eye on the men as they worked, and to report the idlers. The pay was fair, I had comfortable quarters, and altogether I was content to spend the remainder of my life in indigo-planting. Mr. Abel White was a kind man, and he would often drop into my little shanty and smoke a pipe with me, for white folk out there feel their hearts warm to each other as they never do here at home.

"Well, I was never in luck's way long. Suddenly, without a note of warning, the great mutiny broke upon us. One month India lay as still and peaceful, to all appearance, as Surrey or Kent; the next there were two hundred thousand black devils let loose, and the country was a perfect hell. Of course you know all about it, gentlemen,—a deal more than I do, very like, since reading is not in my line. I only know what I saw with my own eyes. Our plantation was at a place called Muttra, near the border of the Northwest Provinces. Night after night the whole sky was alight with the burning bungalows, and day after day we had small companies of Europeans passing through our estate with their wives and children, on their way to Agra, where were the nearest troops. Mr. Abel White was an obstinate man. He had it in his head that the affair had been exaggerated, and that it would blow over as suddenly as it had sprung up. There he sat on his veranda, drinking whiskey-pegs and smoking cheroots, while the country was in a blaze about him. Of course we stuck by him, I and Dawson, who, with his wife, used to do the book-work and the managing. Well, one fine day the crash came. I had been away on a distant plantation, and was riding slowly home in the evening, when my eye fell upon something all huddled together at the bottom of a steep nullah. I rode down to see what it was, and the cold struck through my heart when I found it was Dawson's wife, all cut into ribbons, and half eaten by jackals and native dogs. A little further up the road Dawson himself was lying on his face, quite dead, with an empty revolver in his hand and four Sepoys lying across each other in front of him. I reined up my horse, wondering which way I should turn, but at that moment

bía llegado allí como plantador de índigo, quería un capataz que cuidara de sus culíes y los mantuviera al día en su trabajo. Resulta que era amigo de nuestro coronel, que se había interesado por mí desde el accidente. Para abreviar la historia, el coronel me recomendó con creces para el puesto y, como el trabajo debía hacerse sobre todo a caballo, mi pierna no era un gran obstáculo, pues me quedaba suficiente rodilla para mantenerme bien agarrado a la silla. Lo que tenía que hacer era cabalgar por la plantación, vigilar a los hombres mientras trabajaban y denunciar a los holgazanes. La paga era justa, tenía alojamientos cómodos y, en conjunto, me conformaba con pasar el resto de mi vida en la plantación de índigo. Mr. Abel White era un hombre amable y a menudo me visitaba en mi pequeña casucha y fumaba una pipa conmigo, pues a los blancos allí se les entibia el corazón como nunca sucede aquí en casa.

«Bueno, nunca estuve mucho tiempo en el camino de la suerte. De repente, sin previo aviso, estalló sobre nosotros el gran motín. Un mes la India yacía tan quieta y pacífica, en toda apariencia, como Surrey o Kent; al siguiente había doscientos mil diablos negros sueltos y el país era un perfecto infierno. Por supuesto que ustedes lo saben todo, caballeros, mucho más que yo, ya que la lectura no es lo mío. Sólo sé lo que vi con mis propios ojos. Nuestra plantación estaba en un lugar llamado Muttra, cerca de la frontera de las Provincias del Noroeste. Noche tras noche todo el cielo se iluminaba con los bungalows en llamas, y día tras día pasaban por nuestra finca pequeñas compañías de europeos con sus esposas e hijos, camino de Agra, donde estaban las tropas más cercanas. Mr. Abel White era un hombre obstinado. Tenía en la cabeza que el asunto había sido exagerado y que se esfumaría tan repentinamente como había surgido. Allí estaba sentado en su veranda, bebiendo whisky y fumando cheroots, mientras el país ardía a su alrededor. Por supuesto, nos quedamos a su lado, yo y Dawson, quien, con su esposa, solía encargarse de la contabilidad y la gestión. Pues bien, un buen día llegó la catástrofe. Yo había estado fuera, en una plantación lejana, y volvía a casa cabalgando despacio al atardecer, cuando mi vista se posó en algo que se apiñaba en el fondo de un nullah escarpado. Bajé a caballo para ver qué era y el frío me atravesó el corazón cuando descubrí que se trataba de la esposa de Dawson, toda cortada en tiras y devorada a medias por los chacales y los perros nativos. Un poco más arriba, el propio Dawson yacía de bruces, completamente muerto, con un revólver vacío en la mano y cuatro cipayos tendidos uno frente al otro. Detuve mi caballo, preguntándome en qué dirección debía ir, pero en ese momento vi el

I saw thick smoke curling up from Abel White's bungalow and the flames beginning to burst through the roof. I knew then that I could do my employer no good, but would only throw my own life away if I meddled in the matter. From where I stood I could see hundreds of the black fiends, with their red coats still on their backs, dancing and howling round the burning house. Some of them pointed at me, and a couple of bullets sang past my head; so I broke away across the paddy-fields, and found myself late at night safe within the walls at Agra.

"As it proved, however, there was no great safety there, either. The whole country was up like a swarm of bees. Wherever the English could collect in little bands they held just the ground that their guns commanded. Everywhere else they were helpless fugitives. It was a fight of the millions against the hundreds; and the cruellest part of it was that these men that we fought against, foot, horse, and gunners, were our own picked troops, whom we had taught and trained, handling our own weapons, and blowing our own bugle-calls. At Agra there were the 3rd Bengal Fusiliers, some Sikhs, two troops of horse, and a battery of artillery. A volunteer corps of clerks and merchants had been formed, and this I joined, wooden leg and all. We went out to meet the rebels at Shahgunge early in July, and we beat them back for a time, but our powder gave out, and we had to fall back upon the city.

"Nothing but the worst news came to us from every side,—which is not to be wondered at, for if you look at the map you will see that we were right in the heart of it. Lucknow is rather better than a hundred miles to the east, and Cawnpore about as far to the south. From every point on the compass there was nothing but torture and murder and outrage.

"The city of Agra is a great place, swarming with fanatics and fierce devil-worshippers of all sorts. Our handful of men were lost among the narrow, winding streets. Our leader moved across the river, therefore, and took up his position in the old fort at Agra. I don't know if any of you gentlemen have ever read or heard anything of that old fort. It is a very queer place,—the queerest that ever I was in, and I have been in some rum corners, too. First of all, it is enormous

espeso humo que salía del bungalow de Abel White y las llamas que empezaban a atravesar el tejado. Supe entonces que no podía hacer ningún bien a mi patrón, sino que sólo echaría a perder mi propia vida si me entrometía en el asunto. Desde donde estaba podía ver a cientos de los desalmados negros, con sus chaquetas rojas aún a la espalda, bailando y aullando alrededor de la casa en llamas. Algunos de ellos me apuntaron, y un par de balas pasaron silbando junto a mi cabeza; así que me escapé a través de los arrozales, y me encontré a altas horas de la noche a salvo dentro de las murallas de Agra.

«Sin embargo, como se demostró, allí tampoco había mucha seguridad. Todo el país estaba en pie como un enjambre de abejas. Allí donde los ingleses podían agruparse en pequeñas bandas, mantenían el terreno que sus cañones dominaban. En todos los demás lugares eran fugitivos indefensos. Fue una lucha de millones contra cientos; y lo más cruel fue que estos hombres contra los que luchamos, a pie, a caballo y artilleros, eran nuestras propias tropas escogidas, a las que habíamos enseñado y entrenado, manejaban nuestras propias armas y daban nuestros propios toques de corneta. En Agra estaba el 3º de Fusileros de Bengala, algunos sijs, dos tropas de a caballo y una batería de artillería. Se había formado un cuerpo voluntario de oficinistas y comerciantes, al que me uní, con pata de palo y todo. Salimos al encuentro de los rebeldes en Shahgunge a principios de julio, y los hicimos retroceder durante un tiempo, pero nuestra pólvora se agotó y tuvimos que retroceder hacia la ciudad.

«Sólo nos llegaban las peores noticias de todas partes, lo cual no es de extrañar, pues si miran el mapa verán que estábamos justo en el corazón de todo. Lucknow está a más de cien millas al este, y Cawnpore aproximadamente a la misma distancia hacia el sur. Desde cualquier punto de la brújula no había más que torturas, asesinatos y ultrajes.

«La ciudad de Agra es un gran lugar, plagado de fanáticos y feroces adoradores del diablo de todo tipo. Nuestro puñado de hombres se perdió entre las estrechas y tortuosas calles. Por ello, nuestro jefe se trasladó al otro lado del río y tomó posiciones en el viejo fuerte de Agra. No sé si alguno de ustedes, caballeros, ha leído u oído hablar alguna vez de ese viejo fuerte. Es un lugar muy extraño, el más extraño en el que he estado, y he estado en varios rincones. En primer lugar, es enorme en tama-

in size. I should think that the enclosure must be acres and acres. There is a modern part, which took all our garrison, women, children, stores, and everything else, with plenty of room over. But the modern part is nothing like the size of the old quarter, where nobody goes, and which is given over to the scorpions and the centipedes. It is all full of great deserted halls, and winding passages, and long corridors twisting in and out, so that it is easy enough for folk to get lost in it. For this reason it was seldom that any one went into it, though now and again a party with torches might go exploring.

"The river washes along the front of the old fort, and so protects it, but on the sides and behind there are many doors, and these had to be guarded, of course, in the old quarter as well as in that which was actually held by our troops. We were short-handed, with hardly men enough to man the angles of the building and to serve the guns. It was impossible for us, therefore, to station a strong guard at every one of the innumerable gates. What we did was to organise a central guard-house in the middle of the fort, and to leave each gate under the charge of one white man and two or three natives. I was selected to take charge during certain hours of the night of a small isolated door upon the southwest side of the building. Two Sikh troopers were placed under my command, and I was instructed if anything went wrong to fire my musket, when I might rely upon help coming at once from the central guard. As the guard was a good two hundred paces away, however, and as the space between was cut up into a labyrinth of passages and corridors, I had great doubts as to whether they could arrive in time to be of any use in case of an actual attack.

"Well, I was pretty proud at having this small command given me, since I was a raw recruit, and a game-legged one at that. For two nights I kept the watch with my Punjaubees. They were tall, fierce-looking chaps, Mahomet Singh and Abdullah Khan by name, both old fighting-men who had borne arms against us at Chilian-wallah. They could talk English pretty well, but I could get little out of them. They preferred to stand together and jabber all night in their queer Sikh lingo. For myself, I used to stand outside the gateway, looking down on the broad, winding river and on the twinkling lights of the great city. The beating of drums, the rattle of tomtoms, and the yells and howls of the rebels, drunk with opium and with bang, were enough to

ño. Me parece que el recinto debe de tener acres y acres. Hay una parte moderna, que acogió a toda nuestra guarnición, mujeres, niños, tiendas y todo lo demás, con mucho espacio de sobra. Pero la parte moderna no tiene nada que ver con el tamaño del barrio antiguo, al que no va nadie y que está entregado a los escorpiones y los ciempiés. Está todo lleno de grandes salones desiertos y pasadizos sinuosos y largos corredores que se retuercen dentro y fuera, de modo que es bastante fácil para la gente perderse en él. Por esta razón rara vez alguien entraba en ella, aunque de vez en cuando un grupo con antorchas podía ir a explorarla.

«El río baña la parte delantera del viejo fuerte, y así lo protege, pero a los lados y detrás hay muchas puertas, y había que vigilarlas, por supuesto, tanto en el casco antiguo como en el que estaba realmente en poder de nuestras tropas. Estábamos escasos de personal, con apenas hombres suficientes para ocupar los ángulos del edificio y para alimentar los cañones. Nos era imposible, por tanto, apostar una guardia fuerte en cada una de las innumerables puertas. Lo que hicimos fue organizar una caseta de guardia central en medio del fuerte y dejar cada puerta a cargo de un hombre blanco y dos o tres nativos. Yo fui seleccionado para encargarme durante ciertas horas de la noche de una pequeña puerta aislada en el lado suroeste del edificio. Pusieron bajo mi mando a dos soldados sijs y me dieron instrucciones de que, si algo iba mal, disparara mi mosquete, pues podía confiar en que la ayuda llegaría enseguida de la guardia central. Sin embargo, como la guardia estaba a unos buenos doscientos pasos de distancia, y como el espacio intermedio estaba cortado en un laberinto de pasadizos y corredores, tenía grandes dudas de que pudieran llegar a tiempo para ser de alguna utilidad en caso de un ataque real.

«Bueno, me sentí bastante orgulloso de que me dieran este pequeño mando, ya que era un recluta novato, y además con una sola pierna. Durante dos noches hice la guardia con mis punyabíes. Eran tipos altos y de aspecto fiero, Mahomet Singh y Abdullah Khan se llamaban, ambos viejos combatientes que habían empuñado las armas contra nosotros en Chilian-wallah. Hablaban inglés bastante bien, pero apenas pude sonsacarles nada. Preferían permanecer juntos y parlotear toda la noche en su extraña jerga sij. En cuanto a mí, solía quedarme de pie frente a la puerta, mirando hacia el ancho y sinuoso río y hacia las centelleantes luces de la gran ciudad. El redoble de los tambores, el traqueteo de los tomtoms y los gritos y aullidos de los rebeldes, ebrios de opio y de

remind us all night of our dangerous neighbours across the stream. Every two hours the officer of the night used to come round to all the posts, to make sure that all was well.

"The third night of my watch was dark and dirty, with a small, driving rain. It was dreary work standing in the gateway hour after hour in such weather. I tried again and again to make my Sikhs talk, but without much success. At two in the morning the rounds passed, and broke for a moment the weariness of the night. Finding that my companions would not be led into conversation, I took out my pipe, and laid down my musket to strike the match. In an instant the two Sikhs were upon me. One of them snatched my firelock up and levelled it at my head, while the other held a great knife to my throat and swore between his teeth that he would plunge it into me if I moved a step.

"My first thought was that these fellows were in league with the rebels, and that this was the beginning of an assault. If our door were in the hands of the Sepoys the place must fall, and the women and children be treated as they were in Cawnpore. Maybe you gentlemen think that I am just making out a case for myself, but I give you my word that when I thought of that, though I felt the point of the knife at my throat, I opened my mouth with the intention of giving a scream, if it was my last one, which might alarm the main guard. The man who held me seemed to know my thoughts; for, even as I braced myself to it, he whispered, 'Don't make a noise. The fort is safe enough. There are no rebel dogs on this side of the river.' There was the ring of truth in what he said, and I knew that if I raised my voice I was a dead man. I could read it in the fellow's brown eyes. I waited, therefore, in silence, to see what it was that they wanted from me.

"'Listen to me, Sahib,' said the taller and fiercer of the pair, the one whom they called Abdullah Khan. 'You must either be with us now or you must be silenced forever. The thing is too great a one for us to hesitate. Either you are heart and soul with us on your oath on the cross of the Christians, or your body this night shall be thrown into the ditch and we shall pass over to our brothers in the rebel army. There is no middle way. Which is it to be, death or life? We can only give you three minutes to decide, for the time is passing, and all must be done before the rounds come again.'

explosión, bastaban para recordarnos toda la noche a nuestros peligrosos vecinos del otro lado del arroyo. Cada dos horas el oficial de noche solía pasar por todos los puestos para asegurarse de que todo iba bien.

«La tercera noche de mi guardia fue oscura y sucia, con una pequeña lluvia torrencial. Fue un trabajo lúgubre estar de pie en la pasarela hora tras hora con semejante tiempo. Intenté una y otra vez hacer hablar a mis sijs, pero sin mucho éxito. A las dos de la mañana pasaron las rondas y rompieron por un momento el cansancio de la noche. Al ver que mis compañeros no se dejaban llevar por la conversación, saqué mi pipa y dejé el mosquete para encender la cerilla. En un instante los dos sijs estaban sobre mí. Uno de ellos me arrebató el fusil y me lo apuntó a la cabeza, mientras el otro me acercaba un gran cuchillo a la garganta y juraba entre dientes que me lo clavaría si me movía un paso.

«Mi primer pensamiento fue que esos tipos estaban aliados con los rebeldes y que aquello era el comienzo de un asalto. Si nuestra puerta estaba en manos de los cipayos el lugar debía caer, y las mujeres y los niños ser tratados como lo fueron en Cawnpore. Tal vez ustedes, caballeros, piensen que sólo me estoy inventando un caso, pero les doy mi palabra de que cuando pensé en eso, aunque sentía la punta del cuchillo en mi garganta, abrí la boca con la intención de dar un grito, aunque fuera el último, que pudiera alarmar a la guardia principal. El hombre que me sujetaba parecía conocer mis pensamientos, pues, mientras me preparaba para ello, me susurró: "No haga ruido. El fuerte está lo suficientemente seguro. No hay perros rebeldes de este lado del río". Escuché el timbre de la verdad en lo que dijo, y supe que si levantaba la voz era hombre muerto. Podía leerlo en los ojos marrones del tipo. Esperé, pues, en silencio, a ver qué era lo que querían de mí.

«"Escúcheme, Sahib", dijo el más alto y feroz de los dos, al que llamaban Abdullah Khan. "Debe estar con nosotros ahora o debe ser silenciado para siempre. La cosa es demasiado grande para que vacilemos. O está con nosotros en cuerpo y alma por su juramento sobre la cruz de los cristianos, o su cuerpo esta noche será arrojado a la zanja y nos pasaremos a nuestros hermanos del ejército rebelde. No hay camino intermedio. ¿Qué será, la muerte o la vida? Sólo podemos darle tres minutos para decidir, pues el tiempo pasa y todo debe hacerse antes de que vuelvan las rondas".

"'How can I decide?' said I. 'You have not told me what you want of me. But I tell you now that if it is anything against the safety of the fort I will have no truck with it, so you can drive home your knife and welcome.'

"'It is nothing against the fort,' said he. 'We only ask you to do that which your countrymen come to this land for. We ask you to be rich. If you will be one of us this night, we will swear to you upon the naked knife, and by the threefold oath which no Sikh was ever known to break, that you shall have your fair share of the loot. A quarter of the treasure shall be yours. We can say no fairer.'

"'But what is the treasure, then?' I asked. 'I am as ready to be rich as you can be, if you will but show me how it can be done.'

"'You will swear, then,' said he, 'by the bones of your father, by the honour of your mother, by the cross of your faith, to raise no hand and speak no word against us, either now or afterwards?'

"'I will swear it,' I answered, 'provided that the fort is not endangered.'

"'Then my comrade and I will swear that you shall have a quarter of the treasure which shall be equally divided among the four of us.'

"'There are but three,' said I.

"'No; Dost Akbar must have his share. We can tell the tale to you while we await them. Do you stand at the gate, Mahomet Singh, and give notice of their coming. The thing stands thus, Sahib, and I tell it to you because I know that an oath is binding upon a Feringhee, and that we may trust you. Had you been a lying Hindoo, though you had sworn by all the gods in their false temples, your blood would have been upon the knife, and your body in the water. But the Sikh knows the Englishman, and the Englishman knows the Sikh. Hearken, then, to what I have to say.

"'There is a rajah in the northern provinces who has much wealth, though his lands are small. Much has come to him from his father,

«"¿Cómo puedo decidir?", le dije. "No me ha dicho lo que quiere de mí. Pero le digo ahora que si es algo contra la seguridad del fuerte no tendré nada que ver con ello, así que puede llevarse a casa su cuchillo y adiós".

«"No es nada contra el fuerte", dijo él. "Sólo le pedimos que haga aquello por lo que sus compatriotas vienen a esta tierra. Le pedimos que sea rico. Si es uno de nosotros esta noche, le juraremos sobre el cuchillo desnudo, y por el triple juramento que ningún sij ha roto jamás, que tendrá su parte justa del botín. Una cuarta parte del tesoro será suya. No podemos decir nada más justo".

«"¿Pero, cuál es el tesoro, entonces?", pregunté. "Estoy tan dispuesto a ser rico como usted puede estarlo, si tan sólo me muestra cómo puede hacerse".

«"¿Jurará, entonces", dijo, "por los huesos de su padre, por el honor de su madre, por la cruz de su fe, no levantar la mano ni decir palabra alguna contra nosotros, ni ahora ni después?".

«"Lo juraré", respondí, "siempre que el fuerte no corra peligro".

«"Entonces mi camarada y yo juraremos que usted dispondrá de una cuarta parte del tesoro que se dividirá a partes iguales entre los cuatro".

«"Sólo somos tres", dije.

«"No; Dost Akbar debe tener su parte. Podemos contarle la historia mientras los esperamos. Quédese en la puerta, Mahomet Singh, y avise de su llegada. La cosa está así, Sahib, y se la cuento porque sé que un juramento es vinculante para un Feringhee, y que podemos confiar en usted. Si hubiera sido un hindú mentiroso, aunque hubiera jurado por todos los dioses en sus falsos templos, su sangre habría estado sobre el cuchillo y su cuerpo en el agua. Pero el sij conoce al inglés, y el inglés conoce al sij. Escuche, pues, lo que tengo que decirle.

«"Hay un rajá en las provincias del norte que tiene mucha riqueza, aunque sus tierras son pequeñas. Mucho le ha llegado de su padre, y

and more still he has set by himself, for he is of a low nature and hoards his gold rather than spend it. When the troubles broke out he would be friends both with the lion and the tiger,—with the Sepoy and with the Company's Raj. Soon, however, it seemed to him that the white men's day was come, for through all the land he could hear of nothing but of their death and their overthrow. Yet, being a careful man, he made such plans that, come what might, half at least of his treasure should be left to him. That which was in gold and silver he kept by him in the vaults of his palace, but the most precious stones and the choicest pearls that he had he put in an iron box, and sent it by a trusty servant who, under the guise of a merchant, should take it to the fort at Agra, there to lie until the land is at peace. Thus, if the rebels won he would have his money, but if the Company conquered his jewels would be saved to him. Having thus divided his hoard, he threw himself into the cause of the Sepoys, since they were strong upon his borders. By doing this, mark you, Sahib, his property becomes the due of those who have been true to their salt.

"'This pretended merchant, who travels under the name of Achmet, is now in the city of Agra, and desires to gain his way into the fort. He has with him as travelling-companion my foster-brother Dost Akbar, who knows his secret. Dost Akbar has promised this night to lead him to a side-postern of the fort, and has chosen this one for his purpose. Here he will come presently, and here he will find Mahomet Singh and myself awaiting him. The place is lonely, and none shall know of his coming. The world shall know of the merchant Achmet no more, but the great treasure of the rajah shall be divided among us. What say you to it, Sahib?'

"In Worcestershire the life of a man seems a great and a sacred thing; but it is very different when there is fire and blood all round you and you have been used to meeting death at every turn. Whether Achmet the merchant lived or died was a thing as light as air to me, but at the talk about the treasure my heart turned to it, and I thought of what I might do in the old country with it, and how my folk would stare when they saw their ne'er-do-well coming back with his pockets full of gold moidores. I had, therefore, already made up my mind. Abdullah Khan, however, thinking that I hesitated, pressed the matter more closely.

más aún ha puesto él mismo, pues es de naturaleza baja y atesora su oro antes que gastarlo. Cuando estallaron los problemas era amigo tanto del león como del tigre, del cipayo como del Raj de la Compañía. Pronto, sin embargo, le pareció que había llegado el día de los hombres blancos, pues por toda la tierra no oía hablar más que de su muerte y su derrocamiento. Sin embargo, como era un hombre precavido, hizo planes para que, pasara lo que pasara, le quedara al menos la mitad de su tesoro. Lo que había en oro y plata lo guardó junto a él en las bóvedas de su palacio, pero las piedras más preciosas y las perlas más selectas que tenía las puso en una caja de hierro y las envió por medio de un criado de confianza que, bajo la apariencia de un mercader, las llevara al fuerte de Agra, para que allí reposaran hasta que la tierra estuviera en paz. De este modo, si ganaban los rebeldes tendría su dinero, pero si vencía la Compañía sus joyas le serían salvadas. Habiendo dividido así su tesoro, se lanzó a la causa de los cipayos, ya que eran fuertes en sus fronteras. Al hacer esto, fíjese, Sahib, su propiedad se convierte en derecho de aquellos que han sido fieles a su sal.

«"Este pretendido mercader, que viaja bajo el nombre de Achmet, se encuentra ahora en la ciudad de Agra y desea entrar en el fuerte. Tiene con él como compañero de viaje a mi hermano adoptivo Dost Akbar, que conoce su secreto. Dost Akbar ha prometido esta noche conducirle a un poste lateral del fuerte, y ha elegido éste para su propósito. Aquí llegará en seguida, y aquí nos encontrará a Mahomet Singh y a mí esperándole. El lugar es solitario y nadie sabrá de su llegada. El mundo no sabrá más del mercader Achmet, pero el gran tesoro del rajá se repartirá entre nosotros. ¿Qué dice a eso, Sahib?".

«En Worcestershire la vida de un hombre parece algo grande y sagrado; pero es muy diferente cuando hay fuego y sangre alrededor de uno y uno ha estado acostumbrado a encontrarse con la muerte a cada paso. Que Achmet el mercader viviera o muriera era una cosa tan ligera como el aire para mí, pero al hablar del tesoro mi corazón se volvió hacia él, y pensé en lo que podría hacer en el viejo país con él, y en cómo se quedarían mirando mis gentes cuando vieran a su "bueno para nada" volver con los bolsillos llenos de moidores de oro. Por lo tanto, ya me había decidido. Sin embargo, Abdullah Khan, pensando que dudaba, insistió más en el asunto.

"'Consider, Sahib,' said he, 'that if this man is taken by the commandant he will be hung or shot, and his jewels taken by the government, so that no man will be a rupee the better for them. Now, since we do the taking of him, why should we not do the rest as well? The jewels will be as well with us as in the Company's coffers. There will be enough to make every one of us rich men and great chiefs. No one can know about the matter, for here we are cut off from all men. What could be better for the purpose? Say again, then, Sahib, whether you are with us, or if we must look upon you as an enemy.'

"'I am with you heart and soul,' said I.

"'It is well,' he answered, handing me back my firelock. 'You see that we trust you, for your word, like ours, is not to be broken. We have now only to wait for my brother and the merchant.'

"'Does your brother know, then, of what you will do?' I asked.

"'The plan is his. He has devised it. We will go to the gate and share the watch with Mahomet Singh.'

"The rain was still falling steadily, for it was just the beginning of the wet season. Brown, heavy clouds were drifting across the sky, and it was hard to see more than a stone-cast. A deep moat lay in front of our door, but the water was in places nearly dried up, and it could easily be crossed. It was strange to me to be standing there with those two wild Punjaubees waiting for the man who was coming to his death.

"Suddenly my eye caught the glint of a shaded lantern at the other side of the moat. It vanished among the mound-heaps, and then appeared again coming slowly in our direction.

"'Here they are!' I exclaimed.

"'You will challenge him, Sahib, as usual,' whispered Abdullah. 'Give him no cause for fear. Send us in with him, and we shall do the rest while you stay here on guard. Have the lantern ready to uncover, that we may be sure that it is indeed the man.'

«"Considere, Sahib", dijo él, "que si este hombre es tomado por el comandante será colgado o fusilado, y sus joyas tomadas por el gobierno, de modo que ningún hombre tendrá una rupia más por ello. Ahora bien, ya que nosotros nos encargamos de apresarlo, ¿por qué no vamos a encargarnos también del resto? Las joyas estarán tan bien con nosotros como en las arcas de la Compañía. Habrá suficiente para hacer de cada uno de nosotros hombres ricos y grandes jefes. Nadie puede enterarse del asunto, pues aquí estamos aislados de todos los hombres. ¿Qué podría ser mejor para el propósito? Diga de nuevo, entonces, Sahib, si está con nosotros, o si debemos considerarle como un enemigo".

«"Estoy con ustedes en cuerpo y alma", le dije.

«"Está bien", respondió, devolviéndome mi fusil. "Ya ve que confiamos en usted, pues su palabra, como la nuestra, no se rompe. Ahora sólo nos queda esperar a mi hermano y al mercader".

«"¿Sabe su hermano, entonces, lo que va a hacer?", le pregunté.

«"El plan es suyo. Él lo ha ideado. Iremos a la puerta y compartiremos la guardia con Mahomet Singh".

«La lluvia seguía cayendo sin cesar, pues apenas era el comienzo de la estación lluviosa. Unas nubes marrones y pesadas surcaban el cielo, y era difícil ver algo más que un pedregal. Delante de nuestra puerta había un profundo foso, pero el agua estaba casi seca en algunos lugares y se podía cruzar fácilmente. Me resultaba extraño estar allí de pie con aquellos dos punyabíes salvajes esperando al hombre que se acercaba a su muerte.

«De repente, mi vista captó el destello de una linterna sombreada al otro lado del foso. Desapareció entre los montículos y luego apareció de nuevo viniendo lentamente en nuestra dirección.

«"¡Aquí están!", exclamé.

«"Le dará la voz de alto, Sahib, como siempre", susurró Abdullah. "No le dé motivos para temer. Envíenos con él y nosotros haremos el resto mientras usted permanece aquí de guardia. Tenga preparado el farol para iluminarlo, así estaremos seguros de que se trata realmente de él".

"The light had flickered onwards, now stopping and now advancing, until I could see two dark figures upon the other side of the moat. I let them scramble down the sloping bank, splash through the mire, and climb half-way up to the gate, before I challenged them.

"'Who goes there?' said I, in a subdued voice.

"'Friends,' came the answer. I uncovered my lantern and threw a flood of light upon them. The first was an enormous Sikh, with a black beard which swept nearly down to his cummerbund. Outside of a show I have never seen so tall a man. The other was a little, fat, round fellow, with a great yellow turban, and a bundle in his hand, done up in a shawl. He seemed to be all in a quiver with fear, for his hands twitched as if he had the ague, and his head kept turning to left and right with two bright little twinkling eyes, like a mouse when he ventures out from his hole. It gave me the chills to think of killing him, but I thought of the treasure, and my heart set as hard as a flint within me. When he saw my white face he gave a little chirrup of joy and came running up towards me.

"'Your protection, Sahib,' he panted,—'your protection for the unhappy merchant Achmet. I have travelled across Rajpootana that I might seek the shelter of the fort at Agra. I have been robbed and beaten and abused because I have been the friend of the Company. It is a blessed night this when I am once more in safety,—I and my poor possessions.'

"'What have you in the bundle?' I asked.

"'An iron box,' he answered, 'which contains one or two little family matters which are of no value to others, but which I should be sorry to lose. Yet I am not a beggar; and I shall reward you, young Sahib, and your governor also, if he will give me the shelter I ask.'

"I could not trust myself to speak longer with the man. The more I looked at his fat, frightened face, the harder did it seem that we should slay him in cold blood. It was best to get it over.

"'Take him to the main guard,' said I. The two Sikhs closed in upon him on each side, and the giant walked behind, while they marched

«La luz había parpadeado, ahora deteniéndose y ahora avanzando, hasta que pude ver dos figuras oscuras al otro lado del foso. Dejé que bajaran por la orilla inclinada, chapotearan en el fango y subieran hasta la mitad de la puerta, antes de dar la voz de alto.

«"¿Quién va allí?", dije yo, con voz apagada.

«"Amigos", fue la respuesta. Destapé mi linterna y arrojé un torrente de luz sobre ellos. El primero era un enorme sij, con una barba negra que le llegaba casi hasta la faja. Fuera de en un espectáculo nunca había visto un hombre tan alto. El otro era un tipo pequeño, gordo y redondo, con un gran turbante amarillo y un fardo en la mano, envuelto en un chal. Parecía estar todo tembloroso de miedo, pues sus manos se crispaban como si estuviera en agonía, y su cabeza no dejaba de girar a izquierda y derecha con dos ojillos brillantes y centelleantes, como un ratón cuando se aventura a salir de su madriguera. Me dio escalofríos pensar en matarlo, pero pensé en el tesoro y mi corazón se endureció como un pedernal en mi interior. Cuando vio mi cara blanca dio un pequeño chirrido de alegría y vino corriendo hacia mí.

«"Su protección, Sahib", jadeó, "su protección para el infeliz mercader Achmet. He viajado a través de Rajpootana para buscar el refugio del fuerte de Agra. Me han robado, golpeado y maltratado porque he sido amigo de la Compañía. Es una noche bendita esta en la que vuelvo a estar a salvo, yo y mis pobres posesiones".

«"¿Qué lleva en el fardo?", le pregunté.

«"Una caja de hierro", respondió, "que contiene uno o dos pequeños asuntos familiares que no tienen valor para otros, pero que lamentaría perder. Sin embargo, no soy un mendigo; y le recompensaré, joven Sahib, y también a su jefe, si me da el cobijo que pido".

«No podía confiar en mí mismo para hablar más tiempo con el hombre. Cuanto más miraba su rostro gordo y asustado, más me parecía que debíamos matarlo a sangre fría. Era mejor acabar con él.

«"Llévenlo a la guardia principal", dije. Los dos sijs lo rodearon por cada lado, y el gigante caminó detrás, mientras ellos entraban por la os-

in through the dark gateway. Never was a man so compassed round with death. I remained at the gateway with the lantern.

"I could hear the measured tramp of their footsteps sounding through the lonely corridors. Suddenly it ceased, and I heard voices, and a scuffle, with the sound of blows. A moment later there came, to my horror, a rush of footsteps coming in my direction, with the loud breathing of a running man. I turned my lantern down the long, straight passage, and there was the fat man, running like the wind, with a smear of blood across his face, and close at his heels, bounding like a tiger, the great black-bearded Sikh, with a knife flashing in his hand. I have never seen a man run so fast as that little merchant. He was gaining on the Sikh, and I could see that if he once passed me and got to the open air he would save himself yet. My heart softened to him, but again the thought of his treasure turned me hard and bitter. I cast my firelock between his legs as he raced past, and he rolled twice over like a shot rabbit. Ere he could stagger to his feet the Sikh was upon him, and buried his knife twice in his side. The man never uttered moan nor moved muscle, but lay were he had fallen. I think myself that he may have broken his neck with the fall. You see, gentlemen, that I am keeping my promise. I am telling you every work of the business just exactly as it happened, whether it is in my favour or not."

He stopped, and held out his manacled hands for the whiskey-and-water which Holmes had brewed for him. For myself, I confess that I had now conceived the utmost horror of the man, not only for this cold-blooded business in which he had been concerned, but even more for the somewhat flippant and careless way in which he narrated it. Whatever punishment was in store for him, I felt that he might expect no sympathy from me. Sherlock Holmes and Jones sat with their hands upon their knees, deeply interested in the story, but with the same disgust written upon their faces. He may have observed it, for there was a touch of defiance in his voice and manner as he proceeded.

"It was all very bad, no doubt," said he. "I should like to know how many fellows in my shoes would have refused a share of this loot when they knew that they would have their throats cut for their pains. Besides, it was my life or his when once he was in the fort. If he had

cura puerta. Nunca un hombre estuvo tan rodeado de muerte. Permanecí en la puerta con la linterna.

«Podía oír el ruido acompasado de sus pisadas resonando por los solitarios corredores. De pronto cesó, y oí voces, y una refriega, con ruido de golpes. Un momento después llegó, para mi horror, una carrera de pasos en mi dirección, con la fuerte respiración de un hombre que corría. Giré mi linterna por el largo y recto pasadizo, y allí estaba el hombre gordo, corriendo como el viento, con una mancha de sangre en la cara, y pisándole los talones, saltando como un tigre, el gran sij de barba negra, con un cuchillo relampagueando en la mano. Nunca he visto a un hombre correr tan rápido como aquel pequeño mercader. Estaba ganando terreno al sij, y pude ver que si me adelantaba y salía al aire libre se salvaría todavía. Mi corazón se ablandó hacia él, pero de nuevo el pensamiento de su tesoro me volvió duro y amargo. Lancé mi fusil entre sus piernas mientras pasaba corriendo, y rodó dos veces como un conejo abatido. Antes de que pudiera ponerse en pie tambaleándose, el sij estaba sobre él y le enterró dos veces el cuchillo en el costado. El hombre no emitió un gemido ni movió un músculo, sino que quedó tendido donde había caído. Creo que pudo romperse el cuello con la caída. Ya ven, caballeros, que estoy cumpliendo mi promesa. Les estoy contando cada paso del negocio exactamente como sucedió, tanto si es a mi favor como si no».

Se detuvo y extendió las manos maniatadas para tomar el whisky con agua que Holmes le había preparado. Por mi parte, confieso que ahora había concebido un horror aún mayor hacia aquel hombre, no sólo por este asunto a sangre fría en el que se había visto envuelto, sino aún más por la forma un tanto frívola y descuidada en que lo narró. Fuera cual fuese el castigo que le esperaba, sentí que no podía esperar compasión alguna de mi parte. Sherlock Holmes y Jones estaban sentados con las manos sobre las rodillas, profundamente interesados en la historia, pero con el mismo disgusto escrito en sus rostros. Es posible que él lo observara, porque había un toque de desafío en su voz y en sus modales mientras proseguía.

«Todo fue muy malo, sin duda», dijo. «Me gustaría saber cuántos tipos en mi lugar habrían rechazado una parte de este botín cuando sabían que les cortarían el cuello por sus penas. Además, era mi vida o la suya cuando una estuviera en el fuerte. Si se hubiera ido, todo el asunto

got out, the whole business would come to light, and I should have been court-martialled and shot as likely as not; for people were not very lenient at a time like that."

"Go on with your story," said Holmes, shortly.

"Well, we carried him in, Abdullah, Akbar, and I. A fine weight he was, too, for all that he was so short. Mahomet Singh was left to guard the door. We took him to a place which the Sikhs had already prepared. It was some distance off, where a winding passage leads to a great empty hall, the brick walls of which were all crumbling to pieces. The earth floor had sunk in at one place, making a natural grave, so we left Achmet the merchant there, having first covered him over with loose bricks. This done, we all went back to the treasure.

"It lay where he had dropped it when he was first attacked. The box was the same which now lies open upon your table. A key was hung by a silken cord to that carved handle upon the top. We opened it, and the light of the lantern gleamed upon a collection of gems such as I have read of and thought about when I was a little lad at Pershore. It was blinding to look upon them. When we had feasted our eyes we took them all out and made a list of them. There were one hundred and forty-three diamonds of the first water, including one which has been called, I believe, 'the Great Mogul' and is said to be the second largest stone in existence. Then there were ninety-seven very fine emeralds, and one hundred and seventy rubies, some of which, however, were small. There were forty carbuncles, two hundred and ten sapphires, sixty-one agates, and a great quantity of beryls, onyxes, cats'-eyes, turquoises, and other stones, the very names of which I did not know at the time, though I have become more familiar with them since. Besides this, there were nearly three hundred very fine pearls, twelve of which were set in a gold coronet. By the way, these last had been taken out of the chest and were not there when I recovered it.

"After we had counted our treasures we put them back into the chest and carried them to the gateway to show them to Mahomet Singh. Then we solemnly renewed our oath to stand by each other and be true to our secret. We agreed to conceal our loot in a safe place un-

habría salido a la luz, y yo habría sido juzgado en consejo de guerra y fusilado con toda probabilidad; porque la gente no era muy indulgente en una época como aquella».

«Continúe con su historia», dijo Holmes, brevemente.

«Bueno, lo llevamos dentro, Abdullah, Akbar y yo. Era bastante pesado, además, a pesar de ser tan bajito. Mahomet Singh se quedó haciendo guarda en la puerta. Lo llevamos a un lugar que los sijs ya habían preparado. Estaba a cierta distancia, donde un pasadizo serpenteante conducía a una gran sala vacía, cuyas paredes de ladrillo se estaban desmoronando. El suelo de tierra se había hundido en un lugar, formando una tumba natural, así que dejamos allí a Achmet, el mercader, habiéndolo cubierto primero con ladrillos sueltos. Hecho esto, volvimos todos al tesoro.

«Yacía donde se le había caído cuando fue atacado por primera vez. La caja era la misma que ahora yace abierta sobre su mesa. Una llave estaba colgada con un cordón de seda a ese asa tallada de la parte superior. La abrimos y la luz de la linterna brilló sobre una colección de gemas como las que he leído y en las que he pensado cuando era un chiquillo en Pershore. Era cegador contemplarlas. Cuando nos hubimos deleitado la vista las sacamos todas e hicimos una lista de ellas. Había ciento cuarenta y tres diamantes de primera agua, incluido uno que se ha llamado, creo, «el Gran Mogol» y del que se dice que es la segunda piedra más grande que existe. Luego había noventa y siete esmeraldas muy finas, y ciento setenta rubíes, algunos de los cuales, sin embargo, eran pequeños. Había cuarenta carbunclos, doscientos diez zafiros, sesenta y una ágatas, y una gran cantidad de berilos, ónices, ojos de gato, turquesas y otras piedras, cuyos nombres desconocía en aquel momento, aunque desde entonces me he familiarizado más con ellas. Además, había casi trescientas perlas muy finas, doce de las cuales estaban engastadas en un rosario de oro. Por cierto, estas últimas habían sido sacadas del cofre y no estaban allí cuando lo recuperé.

«Después de haber contado nuestros tesoros los volvimos a meter en el cofre y los llevamos a la puerta para mostrárselos a Mahomet Singh. Entonces renovamos solemnemente nuestro juramento de apoyarnos mutuamente y ser fieles a nuestro secreto. Acordamos ocultar nuestro

til the country should be at peace again, and then to divide it equally among ourselves. There was no use dividing it at present, for if gems of such value were found upon us it would cause suspicion, and there was no privacy in the fort nor any place where we could keep them. We carried the box, therefore, into the same hall where we had buried the body, and there, under certain bricks in the best-preserved wall, we made a hollow and put our treasure. We made careful note of the place, and next day I drew four plans, one for each of us, and put the sign of the four of us at the bottom, for we had sworn that we should each always act for all, so that none might take advantage. That is an oath that I can put my hand to my heart and swear that I have never broken.

"Well, there's no use my telling you gentlemen what came of the Indian mutiny. After Wilson took Delhi and Sir Colin relieved Lucknow the back of the business was broken. Fresh troops came pouring in, and Nana Sahib made himself scarce over the frontier. A flying column under Colonel Greathed came round to Agra and cleared the Pandies away from it. Peace seemed to be settling upon the country, and we four were beginning to hope that the time was at hand when we might safely go off with our shares of the plunder. In a moment, however, our hopes were shattered by our being arrested as the murderers of Achmet.

"It came about in this way. When the rajah put his jewels into the hands of Achmet he did it because he knew that he was a trusty man. They are suspicious folk in the East, however: so what does this rajah do but take a second even more trusty servant and set him to play the spy upon the first? This second man was ordered never to let Achmet out of his sight, and he followed him like his shadow. He went after him that night and saw him pass through the doorway. Of course he thought he had taken refuge in the fort, and applied for admission there himself next day, but could find no trace of Achmet. This seemed to him so strange that he spoke about it to a sergeant of guides, who brought it to the ears of the commandant. A thorough search was quickly made, and the body was discovered. Thus at the very moment that we thought that all was safe we were all four seized and brought to trial on a charge of murder,—three of us because we had held the gate that night, and the fourth because he was known to have been in the company of the murdered man. Not a word about

botín en un lugar seguro hasta que el país volviera a estar en paz, y entonces repartirlo a partes iguales entre nosotros. No tenía sentido dividirlo por el momento, ya que si nos encontraban joyas de tanto valor sería motivo de sospecha, y no había intimidad en el fuerte ni ningún lugar donde pudiéramos guardarlas. Llevamos la caja, por tanto, a la misma sala donde habíamos enterrado el cadáver, y allí, bajo ciertos ladrillos del muro mejor conservado, hicimos un hueco y pusimos nuestro tesoro. Tomamos buena nota del lugar, y al día siguiente yo dibujé cuatro planos, uno para cada uno de nosotros, y puse la firma de los cuatro al pie, pues habíamos jurado que cada uno actuaría siempre por todos, para que ninguno pudiera aprovecharse. Ese es un juramento que puedo llevarme la mano al corazón y jurar que nunca he roto.

«Bueno, es inútil que les cuente, caballeros, lo que ocurrió con el motín indio. Después de que Wilson tomara Delhi y Sir Colin relevara a Lucknow se quebró la piedra fundamental del asunto. Llegaron nuevas tropas y Nana Sahib se hizo notar en la frontera. Una rápida columna al mando del Coronel Greathed llegó hasta Agra y despejó a los pandies de allí. Parecía que la paz se instalaba en el país, y los cuatro empezábamos a tener la esperanza de que se acercaba el momento en que podríamos marcharnos con seguridad con nuestra parte del botín. En un momento, sin embargo, nuestras esperanzas se hicieron añicos al ser detenidos como asesinos de Achmet.

«Sucedió de esta manera. Cuando el rajá puso sus joyas en manos de Achmet lo hizo porque sabía que era un hombre de confianza. Sin embargo, en Oriente son gente desconfiada; así que ¿qué hace este rajá sino coger a un segundo sirviente aún más digno de confianza y ponerlo a hacer de espía del primero? Este segundo hombre recibió la orden de no perder nunca de vista a Achmet y le siguió como su sombra. Aquella noche fue tras él y lo vio pasar por la puerta. Por supuesto, pensó que se había refugiado en el fuerte y solicitó él mismo su admisión allí al día siguiente, pero no pudo encontrar ni rastro de Achmet. Esto le pareció tan extraño que se lo comentó a un sargento, quien lo hizo llegar a oídos del comandante. Rápidamente se hizo una búsqueda exhaustiva y se descubrió el cadáver. Así, en el mismo mosento en que pensábamos que todo estaba a salvo, fuimos los cuatro apresados y llevados a juicio acusados de asesinato, tres de nosotros porque habíamos guardado la puerta esa noche, y el cuarto porque se sabía que había estado en compañía del hombre asesinado. Ni una palabra sobre las joyas salió a la luz

the jewels came out at the trial, for the rajah had been deposed and driven out of India: so no one had any particular interest in them. The murder, however, was clearly made out, and it was certain that we must all have been concerned in it. The three Sikhs got penal servitude for life, and I was condemned to death, though my sentence was afterwards commuted into the same as the others.

"It was rather a queer position that we found ourselves in then. There we were all four tied by the leg and with precious little chance of ever getting out again, while we each held a secret which might have put each of us in a palace if we could only have made use of it. It was enough to make a man eat his heart out to have to stand the kick and the cuff of every petty jack-in-office, to have rice to eat and water to drink, when that gorgeous fortune was ready for him outside, just waiting to be picked up. It might have driven me mad; but I was always a pretty stubborn one, so I just held on and bided my time.

"At last it seemed to me to have come. I was changed from Agra to Madras, and from there to Blair Island in the Andamans. There are very few white convicts at this settlement, and, as I had behaved well from the first, I soon found myself a sort of privileged person. I was given a hut in Hope Town, which is a small place on the slopes of Mount Harriet, and I was left pretty much to myself. It is a dreary, fever-stricken place, and all beyond our little clearings was infested with wild cannibal natives, who were ready enough to blow a poisoned dart at us if they saw a chance. There was digging, and ditching, and yam-planting, and a dozen other things to be done, so we were busy enough all day; though in the evening we had a little time to ourselves. Among other things, I learned to dispense drugs for the surgeon, and picked up a smattering of his knowledge. All the time I was on the lookout for a chance of escape; but it is hundreds of miles from any other land, and there is little or no wind in those seas: so it was a terribly difficult job to get away.

"The surgeon, Dr. Somerton, was a fast, sporting young chap, and the other young officers would meet in his rooms of an evening and play cards. The surgery, where I used to make up my drugs, was next

en el juicio, pues el rajá había sido depuesto y expulsado de la India; así que nadie tenía ningún interés particular en ellas. El asesinato, sin embargo, quedó claramente esclarecido, y era seguro que todos debíamos haber estado implicados en él. Los tres sijs obtuvieron la servidumbre penal de por vida, y yo fui condenado a muerte, aunque mi sentencia fue conmutada después y recibí la misma que la de los demás.

«Era una posición bastante extraña aquélla en la que nos encontrábamos entonces. Allí estábamos los cuatro atados de pies y manos y con muy pocas posibilidades de volver a salir, mientras que cada uno de nosotros guardaba un secreto que podría habernos metido a cada uno en un palacio si tan sólo hubiéramos podido hacer uso de él. Era suficiente para hacer que un hombre se comiera el corazón el tener que aguantar las patadas y los puñetazos de todos los mezquinos oficiales, el tener arroz para comer y agua para beber, cuando esa magnífica fortuna estaba lista para él fuera, sólo esperando a ser recogida. Podría haberme vuelto loco; pero siempre fui bastante testarudo, así que aguanté y esperé mi momento.

«Por fin me pareció que había llegado. Me cambiaron de Agra a Madrás, y de allí a la Isla de Blair, en las Andamán. Hay muy pocos convictos blancos en este asentamiento y, como me había portado bien desde el principio, pronto me encontré como una especie de privilegiado. Me dieron una cabaña en Hope Town, que es un pequeño lugar en las laderas del monte Harriet, y me dejaron prácticamente solo. Es un lugar lúgubre y febril, y todo lo que había más allá de nuestros pequeños claros estaba infestado de salvajes caníbales nativos, que estaban lo bastante dispuestos a lanzarnos un dardo envenenado si veían una oportunidad. Había que cavar, y hacer zanjas, y plantar ñame, y una docena de cosas más, así que estábamos bastante ocupados todo el día; aunque por la tarde teníamos un poco de tiempo para nosotros. Entre otras cosas, aprendí a dispensar medicamentos para el cirujano, y recogí una pizca de sus conocimientos. Todo el tiempo estaba al acecho de una oportunidad de escapar; pero había cientos de millas hasta cualquier otra tierra, y hay poco o ningún viento en esos mares... así que era un trabajo terriblemente difícil escapar.

«El cirujano, el Dr. Somerton, era un tipo joven, rápido y deportivo, y los demás oficiales jóvenes se reunían en sus habitaciones por la noche y jugaban a las cartas. El consultorio, donde solía preparar mis medica-

to his sitting-room, with a small window between us. Often, if I felt lonesome, I used to turn out the lamp in the surgery, and then, standing there, I could hear their talk and watch their play. I am fond of a hand at cards myself, and it was almost as good as having one to watch the others. There was Major Sholto, Captain Morstan, and Lieutenant Bromley Brown, who were in command of the native troops, and there was the surgeon himself, and two or three prison-officials, crafty old hands who played a nice sly safe game. A very snug little party they used to make.

"Well, there was one thing which very soon struck me, and that was that the soldiers used always to lose and the civilians to win. Mind, I don't say that there was anything unfair, but so it was. These prison-chaps had done little else than play cards ever since they had been at the Andamans, and they knew each other's game to a point, while the others just played to pass the time and threw their cards down anyhow. Night after night the soldiers got up poorer men, and the poorer they got the more keen they were to play. Major Sholto was the hardest hit. He used to pay in notes and gold at first, but soon it came to notes of hand and for big sums. He sometimes would win for a few deals, just to give him heart, and then the luck would set in against him worse than ever. All day he would wander about as black as thunder, and he took to drinking a deal more than was good for him.

"One night he lost even more heavily than usual. I was sitting in my hut when he and Captain Morstan came stumbling along on the way to their quarters. They were bosom friends, those two, and never far apart. The major was raving about his losses.

"'It's all up, Morstan,' he was saying, as they passed my hut. 'I shall have to send in my papers. I am a ruined man.'

"'Nonsense, old chap!' said the other, slapping him upon the shoulder. 'I've had a nasty facer myself, but—' That was all I could hear, but it was enough to set me thinking.

"A couple of days later Major Sholto was strolling on the beach: so I took the chance of speaking to him.

mentos, estaba junto a su sala de estar, con una pequeña ventana entre los dos. A menudo, si me sentía solo, solía apagar la lámpara del consultorio y entonces, de pie allí, podía oír su charla y observar su juego. Yo mismo soy aficionado a una partida de cartas, y observar a los demás era casi tan bueno como tener una. Estaban el Mayor Sholto, el Capitán Morstan y el Teniente Bromley Brown, que estaban al mando de las tropas nativas, y también estaba el propio cirujano y dos o tres oficiales de prisiones, viejos astutos que jugaban un juego seguro y astuto. Formaban un pequeño grupo muy acogedor.

«Bueno, hubo una cosa que muy pronto me llamó la atención, y es que los soldados solían perder siempre y los civiles ganar. Ojo, no digo que fuera nada injusto, pero era así. Estos prisioneros no habían hecho otra cosa que jugar a las cartas desde que estaban en las Andamán, y conocían el juego de los demás hasta cierto punto, mientras que los otros sólo jugaban para pasar el rato y tiraban sus cartas de cualquier manera. Noche tras noche los soldados se levantaban más pobres, y cuanto más pobres más ganas tenían de jugar. El Mayor Sholto fue el más afectado. Al principio pagaba con billetes y oro, pero pronto pasó a hacerlo con billetes firmados a mano y por grandes sumas. A veces ganaba durante unas cuantas partidas, lo que le animaba, y luego la suerte se cebaba con él peor que nunca. Todo el día andaba de un lado para otro, negro de rabia, como un trueno, y se aficionó a beber mucho más de lo que le convenía.

«Una noche perdió aún más de lo habitual. Yo estaba sentado en mi cabaña cuando él y el Capitán Morstan llegaron dando tumbos de camino a sus aposentos. Eran amigos íntimos, esos dos, y nunca se separaban. El mayor deliraba sobre sus pérdidas.

«"Todo está acabado, Morstan", decía, mientras pasaban por delante de mi cabaña. "Tendré que enviar mis papeles. Soy un hombre arruinado".

«"¡Tonterías, viejo amigo!", dijo el otro, dándole una palmada en el hombro. "Yo mismo he tenido mucha bronca, pero...". Eso fue todo lo que pude oír, pero bastó para hacerme pensar.

«Un par de días después, el Mayor Sholto paseaba por la playa; así que aproveché la ocasión para hablar con él.

"'I wish to have your advice, major,' said I.

"'Well, Small, what is it?' he asked, taking his cheroot from his lips.

"'I wanted to ask you, sir,' said I, 'who is the proper person to whom hidden treasure should be handed over. I know where half a million worth lies, and, as I cannot use it myself, I thought perhaps the best thing that I could do would be to hand it over to the proper authorities, and then perhaps they would get my sentence shortened for me.'

"'Half a million, Small?' he gasped, looking hard at me to see if I was in earnest.

"'Quite that, sir,—in jewels and pearls. It lies there ready for any one. And the queer thing about it is that the real owner is outlawed and cannot hold property, so that it belongs to the first comer.'

"'To government, Small,' he stammered,—'to government.' But he said it in a halting fashion, and I knew in my heart that I had got him.

"'You think, then, sir, that I should give the information to the Governor-General?' said I, quietly.

"'Well, well, you must not do anything rash, or that you might repent. Let me hear all about it, Small. Give me the facts.'

"I told him the whole story, with small changes so that he could not identify the places. When I had finished he stood stock still and full of thought. I could see by the twitch of his lip that there was a struggle going on within him.

"'This is a very important matter, Small,' he said, at last. 'You must not say a word to any one about it, and I shall see you again soon.'

"Two nights later he and his friend Captain Morstan came to my hut in the dead of the night with a lantern.

"'I want you just to let Captain Morstan hear that story from your

«"Necesito su consejo, mayor", le dije.

«"Bueno, Small, ¿qué pasa?", preguntó, quitándose el puro de los labios.

«"Quería preguntarle, señor", le dije, "quién es la persona adecuada a la que se debe entregar un tesoro escondido. Sé dónde se esconde medio millón de libras y, como no puedo utilizarlo yo mismo, pensé que quizá lo mejor que podría hacer sería entregárselo a las autoridades competentes, y entonces quizá conseguirían que me acortaran la condena".

«"¿Medio millón de libras, Small?", jadeó, mirándome fijamente para ver si hablaba en serio.

«"Eso mismo, señor... en joyas y perlas. Yace allí listo para cualquiera. Y lo más extraño del asunto es que el verdadero propietario está fuera de la ley y no puede tener propiedades, de modo que pertenece al primero que lo obtenga".

«"Al gobierno, Small...", tartamudeó, "al gobierno". Pero lo dijo de forma entrecortada, y supe en mi corazón que lo había atrapado.

«"¿Cree entonces, señor, que debería dar la información al Gobernador General?", dije yo, tranquilamente.

«"Bueno, bueno, no debe hacer nada imprudente, o de lo que pueda arrepentirse. Déjeme oírlo todo, Small. Deme los hechos'.

«Le conté toda la historia, con pequeños cambios para que no pudiera identificar los lugares. Cuando terminé se quedó inmóvil y pensativo. Pude ver por el tic de su labio que había una lucha en su interior.

«"Este es un asunto muy importante, Small", dijo, al fin. "No debe decir ni una palabra a nadie sobre ello, y volveré a verle pronto".

«Dos noches después, él y su amigo el Capitán Morstan vinieron a mi cabaña en plena noche con un farol.

«"Quiero que el Capitán Morstan oiga esa historia de sus propios la-

own lips, Small,' said he.

"I repeated it as I had told it before.

"'It rings true, eh?' said he. 'It's good enough to act upon?'

"Captain Morstan nodded.

"'Look here, Small,' said the major. 'We have been talking it over, my friend here and I, and we have come to the conclusion that this secret of yours is hardly a government matter, after all, but is a private concern of your own, which of course you have the power of disposing of as you think best. Now, the question is, what price would you ask for it? We might be inclined to take it up, and at least look into it, if we could agree as to terms.' He tried to speak in a cool, careless way, but his eyes were shining with excitement and greed.

"'Why, as to that, gentlemen,' I answered, trying also to be cool, but feeling as excited as he did, 'there is only one bargain which a man in my position can make. I shall want you to help me to my freedom, and to help my three companions to theirs. We shall then take you into partnership, and give you a fifth share to divide between you.'

"'Hum!' said he. 'A fifth share! That is not very tempting.'

"'It would come to fifty thousand apiece,' said I.

"'But how can we gain your freedom? You know very well that you ask an impossibility.'

"'Nothing of the sort,' I answered. 'I have thought it all out to the last detail. The only bar to our escape is that we can get no boat fit for the voyage, and no provisions to last us for so long a time. There are plenty of little yachts and yawls at Calcutta or Madras which would serve our turn well. Do you bring one over. We shall engage to get aboard her by night, and if you will drop us on any part of the Indian coast you will have done your part of the bargain.'

bios, Small", dijo él.

«La repetí, tal como la había contado antes.

«"Parece cierto, ¿eh?", dijo él. "¿Es lo suficientemente bueno como para actuar en consecuencia?".

«El Capitán Morstan asintió.

«"Mire, Small", dijo el mayor. "Hemos estado hablando de ello, mi amigo aquí presente y yo, y hemos llegado a la conclusión de que este secreto suyo difícilmente es un asunto gubernamental, después de todo, sino que es un asunto privado suyo, del que, por supuesto, usted tiene el poder de disponer como mejor le parezca. Ahora, la pregunta es, ¿qué precio pediría por ello? Nosotros podríamos estar inclinados a aceptarlo, y al menos estudiarlo, si pudiéramos ponernos de acuerdo en cuanto a las condiciones". Intentó hablar de forma fría y despreocupada pero sus ojos brillaban de excitación y codicia.

«"Pues bien, en cuanto a eso, caballeros", respondí, tratando también de mantener la calma, pero sintiéndome tan excitado como él, "sólo hay un trato que un hombre en mi posición puede hacer. Quiero que me ayuden a conseguir mi libertad y que ayuden a mis tres compañeros a conseguir la suya. Entonces les tomaremos como socios y les daremos una quinta parte para dividir entre ustedes".

«"¡Hum!", dijo él. "¡Una quinta parte! Eso no es muy tentador".

«"Llegaría a cincuenta mil por cabeza", le dije.

«"¿Pero cómo podemos conseguir su libertad? Sabe muy bien que pide un imposible".

«"Para nada", le contesté. "Lo he pensado todo hasta el último detalle. El único obstáculo para nuestra huida es que no podemos conseguir ningún barco apto para el viaje, ni provisiones que nos duren tanto tiempo. Hay un montón de pequeños yates y yolas en Calcuta o Madrás que nos servirían. Traiga uno. Nos comprometeremos a subir a bordo de él por la noche, y si nos deja en cualquier parte de la costa india habrá cumplido su parte del trato".

"'If there were only one,' he said.

"'None or all,' I answered. 'We have sworn it. The four of us must always act together.'

"'You see, Morstan,' said he, 'Small is a man of his word. He does not flinch from his friend. I think we may very well trust him.'

"'It's a dirty business,' the other answered. 'Yet, as you say, the money would save our commissions handsomely.'

"'Well, Small,' said the major, 'we must, I suppose, try and meet you. We must first, of course, test the truth of your story. Tell me where the box is hid, and I shall get leave of absence and go back to India in the monthly relief-boat to inquire into the affair.'

"'Not so fast,' said I, growing colder as he got hot. 'I must have the consent of my three comrades. I tell you that it is four or none with us.'

"'Nonsense!' he broke in. 'What have three black fellows to do with our agreement?'

"'Black or blue,' said I, 'they are in with me, and we all go together.'

"Well, the matter ended by a second meeting, at which Mahomet Singh, Abdullah Khan, and Dost Akbar were all present. We talked the matter over again, and at last we came to an arrangement. We were to provide both the officers with charts of the part of the Agra fort and mark the place in the wall where the treasure was hid. Major Sholto was to go to India to test our story. If he found the box he was to leave it there, to send out a small yacht provisioned for a voyage, which was to lie off Rutland Island, and to which we were to make our way, and finally to return to his duties. Captain Morstan was then to apply for leave of absence, to meet us at Agra, and there we were to have a final division of the treasure, he taking the major's share as well as his own. All this we sealed by the most solemn oaths that the mind could think or the lips utter. I sat up all night with paper and ink, and by the morning I had the two charts all ready, signed with

«"Si sólo hubiera uno de ustedes", dijo.

«"Ninguno o todos", respondí. "Lo hemos jurado. Los cuatro debemos actuar siempre juntos".

«"Ya ve, Morstan", dijo él, "Small es un hombre de palabra. No traiciona a sus amigos. Creo que podemos confiar muy bien en él".

«"Es un negocio sucio", respondió el otro. "Sin embargo, como usted dice, el dinero ahorraría nuestras comisiones generosamente".

«"Bien, Small", dijo el mayor, "debemos, supongo, intentar reunirnos con usted. Primero debemos, por supuesto, comprobar la veracidad de su historia. Dígame dónde está escondida la caja y obtendré un permiso para ausentarme y volver a la India en el barco de auxilio mensual para investigar el asunto".

«"No tan rápido", dije yo, cada vez más frío a medida que él se calentaba. "Debo tener el consentimiento de mis tres camaradas. Le digo que son cuatro o ninguno, así es con nosotros".

«"¡Tonterías!", interrumpió. "¿Qué tienen que ver tres tipos negros con nuestro acuerdo?".

«"Negros o azules", dije, "están conmigo y vamos todos juntos".

«Bien, el asunto terminó con una segunda reunión, en la que estuvieron presentes Mahomet Singh, Abdullah Khan y Dost Akbar. Volvimos a hablar del asunto y por fin llegamos a un acuerdo. Debíamos proporcionar a ambos oficiales planos de la parte del fuerte de Agra y marcar el lugar de la muralla donde estaba escondido el tesoro. El Mayor Sholto debía ir a la India para poner a prueba nuestra historia. Si encontraba la caja debía dejarla allí, enviar un pequeño yate aprovisionado para una travesía, que debía situarse frente a la Isla de Rutland, y hacia la que debíamos dirigirnos, y finalmente regresar a sus funciones. El Capitán Morstan debía entonces solicitar un permiso para ausentarse, reunirse con nosotros en Agra, y allí haríamos un reparto final del tesoro, llevándose él tanto la parte del mayor como la suya propia. Todo esto lo sellamos con los juramentos más solemnes que la mente pudiera pensar o los labios pronunciar. Me pasé toda la noche sentado con papel y tinta, y

the sign of four,—that is, of Abdullah, Akbar, Mahomet, and myself.

"Well, gentlemen, I weary you with my long story, and I know that my friend Mr. Jones is impatient to get me safely stowed in chokey. I'll make it as short as I can. The villain Sholto went off to India, but he never came back again. Captain Morstan showed me his name among a list of passengers in one of the mail-boats very shortly afterwards. His uncle had died, leaving him a fortune, and he had left the army, yet he could stoop to treat five men as he had treated us. Morstan went over to Agra shortly afterwards, and found, as we expected, that the treasure was indeed gone. The scoundrel had stolen it all, without carrying out one of the conditions on which we had sold him the secret. From that day I lived only for vengeance. I thought of it by day and I nursed it by night. It became an overpowering, absorbing passion with me. I cared nothing for the law,—nothing for the gallows. To escape, to track down Sholto, to have my hand upon his throat,—that was my one thought. Even the Agra treasure had come to be a smaller thing in my mind than the slaying of Sholto.

"Well, I have set my mind on many things in this life, and never one which I did not carry out. But it was weary years before my time came. I have told you that I had picked up something of medicine. One day when Dr. Somerton was down with a fever a little Andaman Islander was picked up by a convict-gang in the woods. He was sick to death, and had gone to a lonely place to die. I took him in hand, though he was as venomous as a young snake, and after a couple of months I got him all right and able to walk. He took a kind of fancy to me then, and would hardly go back to his woods, but was always hanging about my hut. I learned a little of his lingo from him, and this made him all the fonder of me.

"Tonga—for that was his name—was a fine boatman, and owned a big, roomy canoe of his own. When I found that he was devoted to me and would do anything to serve me, I saw my chance of escape. I talked it over with him. He was to bring his boat round on a certain night to an old wharf which was never guarded, and there he was to pick me up. I gave him directions to have several gourds of water and a lot of yams, cocoa-nuts, and sweet potatoes.

por la mañana ya tenía las dos cartas listas, firmadas con el signo de los cuatro, es decir, de Abdullah, Akbar, Mahomet y yo.

«Bien, caballeros, les he cansado con mi larga historia, y sé que mi amigo, Mr. Jones, está impaciente por tenerme a salvo en prisión. Lo haré tan breve como pueda. El villano Sholto se fue a la India, pero nunca volvió. El Capitán Morstan me mostró su nombre entre una lista de pasajeros de uno de los barcos de correo muy poco tiempo después. Su tío había muerto, dejándole una fortuna, y él había abandonado el ejército; sin embargo, podía rebajarse a tratar a cinco hombres como nos había tratado a nosotros. Morstan fue a Agra poco después y descubrió, como esperábamos, que el tesoro había desaparecido efectivamente. El canalla lo había robado todo, sin cumplir ni una sola de las condiciones con las que le habíamos vendido el secreto. Desde aquel día sólo viví para la venganza. Pensaba en ella de día y la alimentaba de noche. Se convirtió en una pasión abrumadora y absorbente para mí. No me importaba nada la ley, nada la horca. Escapar, seguir la pista de Sholto, tener mi mano sobre su garganta... ese era mi único pensamiento. Incluso el tesoro de Agra había llegado a ser una cosa más pequeña en mi mente que el asesinato de Sholto.

«Bueno, me he propuesto muchas cosas en esta vida, y nunca una que no haya llevado a cabo. Pero pasaron años agotadores antes de que llegara mi hora. Ya les he dicho que había aprendido algo de medicina. Un día, cuando el Dr. Somerton estaba enfermo de fiebre, un pequeño isleño de Andamán fue recogido por una banda de convictos en el bosque. Estaba enfermo de muerte y se había ido a morir a un lugar solitario. Me hice cargo de él, aunque era tan venenoso como una serpiente joven, y al cabo de un par de meses conseguí que se pusiera bien y pudiera caminar. Entonces se encaprichó conmigo y apenas si estaba en su bosque, al contrario, siempre rondaba por mi cabaña. Aprendí de él un poco de su jerga y esto hizo que me tuviera más cariño.

«Tonga —pues ése era su nombre— era un buen barquero y poseía una canoa grande y espaciosa de su propiedad. Cuando me di cuenta de que sentía devoción por mí y que haría cualquier cosa por servirme, vi mi oportunidad de escapar. Lo hablé con él. Debía llevar su barca una noche determinada a un viejo muelle que nunca estaba vigilado, y allí debía recogerme. Le di instrucciones para que tuviera varias vasijas de agua y un montón de ñames, nueces de cacao y boniatos.

"He was stanch and true, was little Tonga. No man ever had a more faithful mate. At the night named he had his boat at the wharf. As it chanced, however, there was one of the convict-guard down there,—a vile Pathan who had never missed a chance of insulting and injuring me. I had always vowed vengeance, and now I had my chance. It was as if fate had placed him in my way that I might pay my debt before I left the island. He stood on the bank with his back to me, and his carbine on his shoulder. I looked about for a stone to beat out his brains with, but none could I see. Then a queer thought came into my head and showed me where I could lay my hand on a weapon. I sat down in the darkness and unstrapped my wooden leg. With three long hops I was on him. He put his carbine to his shoulder, but I struck him full, and knocked the whole front of his skull in. You can see the split in the wood now where I hit him. We both went down together, for I could not keep my balance, but when I got up I found him still lying quiet enough. I made for the boat, and in an hour we were well out at sea. Tonga had brought all his earthly possessions with him, his arms and his gods. Among other things, he had a long bamboo spear, and some Andaman cocoa-nut matting, with which I made a sort of sail. For ten days we were beating about, trusting to luck, and on the eleventh we were picked up by a trader which was going from Singapore to Jiddah with a cargo of Malay pilgrims. They were a rum crowd, and Tonga and I soon managed to settle down among them. They had one very good quality: they let you alone and asked no questions.

"Well, if I were to tell you all the adventures that my little chum and I went through, you would not thank me, for I would have you here until the sun was shining. Here and there we drifted about the world, something always turning up to keep us from London. All the time, however, I never lost sight of my purpose. I would dream of Sholto at night. A hundred times I have killed him in my sleep. At last, however, some three or four years ago, we found ourselves in England. I had no great difficulty in finding where Sholto lived, and I set to work to discover whether he had realised the treasure, or if he still had it. I made friends with someone who could help me,—I name no names, for I don't want to get any one else in a hole,—and I soon found that he still had the jewels. Then I tried to get at him in many ways; but he was pretty sly, and had always two prize-fighters, besides his sons and his khitmutgar, on guard over him.

«Era fiel y leal, era el pequeño Tonga. Ningún hombre tuvo jamás un compañero más fiel. En la noche fijada tenía su barco en el muelle. Pero dio la casualidad de que había allí uno de los guardias de convictos... un vil pathan que nunca había perdido la oportunidad de insultarme e injuriarme. Siempre había jurado venganza, y ahora tenía mi oportunidad. Era como si el destino le hubiera puesto en mi camino para que pudiera pagar mi deuda antes de abandonar la isla. Estaba de pie en la orilla, de espaldas a mí, y con su carabina al hombro. Miré a mi alrededor en busca de una piedra con la que golpearle los sesos, pero no pude ver ninguna. Entonces un extraño pensamiento me vino a la cabeza y me mostró dónde podía poner la mano sobre un arma. Me senté en la oscuridad y desaté mi pata de palo. Con tres largos saltos estaba sobre él. Se puso la carabina al hombro, pero le di de lleno y le reventé toda la parte delantera del cráneo. Aquí pueden ver la hendidura en la madera donde le golpeé. Los dos caímos juntos, pues no pude mantener el equilibrio, pero cuando me levanté lo encontré todavía tumbado y tranquilo. Me dirigí al bote y en una hora estábamos bien adentrados en el mar. Tonga había traído consigo todas sus posesiones terrenales, sus armas y sus dioses. Entre otras cosas, llevaba una larga lanza de bambú y algunas esteras de cacao de Andamán, con las que hice una especie de vela. Durante diez días estuvimos a los tumbos, confiando en la suerte, y el undécimo nos recogió un comerciante que iba de Singapur a Yidda con un cargamento de peregrinos malayos. Eran un equipo que se ocupaba del ron, y Tonga y yo pronto conseguimos acomodarnos entre ellos. Tenían una cualidad muy buena: te dejaban en paz y no hacían preguntas.

«Bueno, si les contara todas las aventuras por las que pasamos mi amiguito y yo, no me lo agradecerían, pues les tendría aquí hasta que brillara el sol. Aquí y allá anduvimos a la deriva por el mundo, siempre surgía algo que nos alejaba de Londres. Todo el tiempo, sin embargo, mantenía vivo mi propósito. Por las noches soñaba con Sholto. Cien veces lo maté mientras dormía. Por fin, sin embargo, hace unos tres o cuatro años, nos encontramos en Inglaterra. No me costó mucho encontrar dónde vivía Sholto y me puse manos a la obra para descubrir si había vendido el tesoro, o si aún lo tenía. Me hice amigo de alguien que podía ayudarme —no doy nombres, pues no quiero meter a nadie más en un lío— y pronto descubrí que aún tenía las joyas. Entonces intenté llegar a él de muchas maneras; pero era bastante astuto, y siempre tenía a dos pugilistas, además de sus hijos y su khitmutgar, de guardaespaldas.

"One day, however, I got word that he was dying. I hurried at once to the garden, mad that he should slip out of my clutches like that, and, looking through the window, I saw him lying in his bed, with his sons on each side of him. I'd have come through and taken my chance with the three of them, only even as I looked at him his jaw dropped, and I knew that he was gone. I got into his room that same night, though, and I searched his papers to see if there was any record of where he had hidden our jewels. There was not a line, however: so I came away, bitter and savage as a man could be. Before I left I bethought me that if I ever met my Sikh friends again it would be a satisfaction to know that I had left some mark of our hatred; so I scrawled down the sign of the four of us, as it had been on the chart, and I pinned it on his bosom. It was too much that he should be taken to the grave without some token from the men whom he had robbed and befooled.

"We earned a living at this time by my exhibiting poor Tonga at fairs and other such places as the black cannibal. He would eat raw meat and dance his war-dance: so we always had a hatful of pennies after a day's work. I still heard all the news from Pondicherry Lodge, and for some years there was no news to hear, except that they were hunting for the treasure. At last, however, came what we had waited for so long. The treasure had been found. It was up at the top of the house, in Mr. Bartholomew Sholto's chemical laboratory. I came at once and had a look at the place, but I could not see how with my wooden leg I was to make my way up to it. I learned, however, about a trap-door in the roof, and also about Mr. Sholto's supper-hour. It seemed to me that I could manage the thing easily through Tonga. I brought him out with me with a long rope wound round his waist. He could climb like a cat, and he soon made his way through the roof, but, as ill luck would have it, Bartholomew Sholto was still in the room, to his cost. Tonga thought he had done something very clever in killing him, for when I came up by the rope I found him strutting about as proud as a peacock. Very much surprised was he when I made at him with the rope's end and cursed him for a little blood-thirsty imp. I took the treasure-box and let it down, and then slid down myself, having first left the sign of the four upon the table, to show that the jewels had come back at last to those who had most right to them. Tonga then pulled up the rope, closed the window, and made off the way that he had come.

«Un día, sin embargo, recibí la noticia de que se estaba muriendo. Me apresuré enseguida a ir al jardín, loco al pensar que se me escapaba así de las garras, y, al mirar por la ventana, lo vi tendido en su cama, con sus hijos a cada lado. Habría pasado y aprovechado mi oportunidad con los tres, pero mientras le miraba se le cayó la mandíbula y supe que se había ido. Sin embargo, esa misma noche entré en su habitación y busqué entre sus papeles para ver si había algún registro de dónde había escondido nuestras joyas. No había ni una línea, sin embargo: así que me marché, amargado y salvaje como puede serlo un hombre. Antes de marcharme pensé que si alguna vez volvía a encontrarme con mis amigos sijs sería una satisfacción saber que había dejado alguna marca de nuestro odio; así que garabateé el signo de los cuatro, tal como había quedado en la carta, y se lo prendí en el pecho. Era demasiado que se lo llevaran a la tumba sin alguna señal de los hombres a los que había robado y engañado.

«En aquella época nos ganábamos la vida exhibiendo al pobre Tonga en ferias y otros lugares como el caníbal negro. Comía carne cruda y bailaba su danza de guerra; así que siempre teníamos un sombrero lleno de peniques después de un día de trabajo. Yo seguía recibiendo todas las noticias de Pondicherry Lodge, y durante algunos años no hubo noticias que oír, salvo que estaban a la caza del tesoro. Por fin, sin embargo, llegó lo que habíamos esperado durante tanto tiempo. El tesoro había sido encontrado. Estaba en lo alto de la casa, en el laboratorio químico de Mr. Bartholomew Sholto. Acudí de inmediato y eché un vistazo al lugar, pero no veía cómo con mi pata de palo iba a abrirme camino hasta él. Me enteré, sin embargo, de que había una trampilla en el techo, y también de la hora de la cena de Mr. Sholto. Me pareció que podría arreglármelas fácilmente con Tonga. Lo traje conmigo con una larga cuerda enrollada a la cintura. Sabía trepar como un gato y pronto se abrió paso por el tejado, pero, para su mala suerte, Bartholomew Sholto seguía en la habitación, para desgracia de éste. Tonga pensó que había hecho algo muy inteligente al matarlo, pues cuando subí por la cuerda lo encontré regodeándose, tan orgulloso como un pavo real. Se sorprendió mucho cuando le golpeé con el extremo de la cuerda y le maldije por ser un pequeño diablillo sediento de sangre. Cogí la caja del tesoro y la bajé, y luego me deslicé yo mismo, habiendo dejado antes el signo de los cuatro sobre la mesa, para mostrar que las joyas habían vuelto por fin a quienes más derecho tenían a ellas. Tonga tiró entonces de la cuerda, cerró la ventana y se marchó por donde había venido.

"I don't know that I have anything else to tell you. I had heard a waterman speak of the speed of Smith's launch the *Aurora*, so I thought she would be a handy craft for our escape. I engaged with old Smith, and was to give him a big sum if he got us safe to our ship. He knew, no doubt, that there was some screw loose, but he was not in our secrets. All this is the truth, and if I tell it to you, gentlemen, it is not to amuse you,—for you have not done me a very good turn,—but it is because I believe the best defence I can make is just to hold back nothing, but let all the world know how badly I have myself been served by Major Sholto, and how innocent I am of the death of his son."

"A very remarkable account," said Sherlock Holmes. "A fitting wind-up to an extremely interesting case. There is nothing at all new to me in the latter part of your narrative, except that you brought your own rope. That I did not know. By the way, I had hoped that Tonga had lost all his darts; yet he managed to shoot one at us in the boat."

"He had lost them all, sir, except the one which was in his blow-pipe at the time."

"Ah, of course," said Holmes. "I had not thought of that."

"Is there any other point which you would like to ask about?" asked the convict, affably.

"I think not, thank you," my companion answered.

"Well, Holmes," said Athelney Jones, "You are a man to be humoured, and we all know that you are a connoisseur of crime, but duty is duty, and I have gone rather far in doing what you and your friend asked me. I shall feel more at ease when we have our story-teller here safe under lock and key. The cab still waits, and there are two inspectors downstairs. I am much obliged to you both for your assistance. Of course you will be wanted at the trial. Good-night to you."

"Good-night, gentlemen both," said Jonathan Small.

"You first, Small," remarked the wary Jones as they left the room. "I'll take particular care that you don't club me with your wooden leg, whatever you may have done to the gentleman at the Andaman Isles."

«No sé si tengo algo más para decirles. Había oído a un aguatero hablar de la velocidad del barco de Smith, el *Aurora*, así que pensé que sería una embarcación útil para nuestra huida. Me comprometí con el viejo Smith y debía darle una gran suma si nos llevaba sanos y salvos a nuestro barco. Él sabía, sin duda, que había algún tornillo suelto, pero no estaba atrás de nuestros secretos. Todo esto es la verdad, y si se lo cuento a ustedes, caballeros, no es para divertirles —pues no me han hecho ningún favor—, sino porque creo que la mejor defensa que puedo hacer es no guardarme nada, y que todo el mundo sepa lo mal que me ha tratado el Mayor Sholto, y lo inocente que soy de la muerte de su hijo».

«Un relato muy notable», dijo Sherlock Holmes. «Un final apropiado para un caso sumamente interesante. No hay nada nuevo para mí en la última parte de su relato, excepto que usted trajo su propia cuerda. Eso no lo sabía. Por cierto, esperaba que Tonga hubiera perdido todos sus dardos; sin embargo, se las arregló para dispararnos uno en el bote».

«Los había perdido todos, señor, excepto el que tenía en la cerbatana en ese momento».

«Ah, por supuesto», dijo Holmes. «No había pensado en ello».

«¿Hay algún otro punto sobre el que le gustaría preguntar?», preguntó el convicto, afablemente.

«Creo que no, gracias», respondió mi acompañante.

«Bien, Holmes», dijo Athelney Jones, «es usted un hombre al que hay que seguir la corriente, y todos sabemos que es usted un conocedor del crimen, pero el deber es el deber, y he ido bastante lejos al hacer lo que usted y su amigo me pidieron. Me sentiré más tranquilo cuando tengamos aquí a nuestro cuentacuentos a salvo bajo llave. El taxi aún espera, y hay dos inspectores abajo. Les estoy muy agradecido a ambos por su ayuda. Por supuesto, se les necesitará en el juicio. Buenas noches».

«Buenas noches a ambos caballeros», dijo Jonathan Small.

«Usted primero, Small», comentó el cauteloso Jones cuando salieron de la habitación. «Tendré especial cuidado de que no me golpee con su pata de palo, independientemente de lo que le haya hecho al caballero

"Well, and there is the end of our little drama," I remarked, after we had set some time smoking in silence. "I fear that it may be the last investigation in which I shall have the chance of studying your methods. Miss Morstan has done me the honour to accept me as a husband in prospective."

He gave a most dismal groan. "I feared as much," said he. "I really cannot congratulate you."

I was a little hurt. "Have you any reason to be dissatisfied with my choice?" I asked.

"Not at all. I think she is one of the most charming young ladies I ever met, and might have been most useful in such work as we have been doing. She had a decided genius that way: witness the way in which she preserved that Agra plan from all the other papers of her father. But love is an emotional thing, and whatever is emotional is opposed to that true cold reason which I place above all things. I should never marry myself, lest I bias my judgment."

"I trust," said I, laughing, "that my judgment may survive the ordeal. But you look weary."

"Yes, the reaction is already upon me. I shall be as limp as a rag for a week."

"Strange," said I, "how terms of what in another man I should call laziness alternate with your fits of splendid energy and vigour."

"Yes," he answered, "there are in me the makings of a very fine loafer and also of a pretty spry sort of fellow. I often think of those lines of old Goethe,—

> Schade dass die Natur nur *einen* Mensch aus Dir schuf,
> Denn zum würdigen Mann war und zum Schelmen der Stoff.

"By the way, *à propos* of this Norwood business, you see that they

de las islas Andamán».

«Bueno, y ahí está el final de nuestro pequeño drama», comenté, después de que hubiéramos pasado un rato fumando en silencio. «Me temo que será la última investigación en la que tendré la oportunidad de estudiar sus métodos. Miss Morstan me ha hecho el honor de aceptarme como futuro marido».

Dio un gemido de lo más lúgubre. «Me lo temía», dijo. «Realmente no puedo felicitarle».

Me sentí un poco dolido. «¿Tiene alguna razón para estar insatisfecho con mi elección?», le pregunté.

«En absoluto. Creo que es una de las jóvenes más encantadoras que he conocido, y podría haber sido muy útil en un trabajo como el que hemos estado haciendo. Tenía un genio decidido en ese sentido... usted es testigo de la forma en que preservó ese plano de Agra de todos los demás papeles de su padre. Pero el amor es algo emocional, y todo lo que es emocional se opone a esa verdadera razón fría que yo sitúo por encima de todas las cosas. Yo nunca me casaría, no sea que sesgue mi juicio».

«Confío», dije riendo, «en que mi juicio sobreviva a la prueba. Pero parece cansado».

«Sí, la reacción ya me ha sobrevenido. Estaré tan flácido como un trapo por una semana».

«Es extraño», dije, «cómo lo que en otro hombre llamaría pereza se alterna con sus arrebatos de espléndida energía y vigor».

«Sí», respondió, «hay en mí la gestación de un holgazán muy fino y también de un tipo bastante ágil. A menudo pienso en esas líneas del viejo Goethe:

> Schade dass die Natur nur *einen* Mensch aus Dir schuf,
> Denn zum würdigen Mann war und zum Schelmen der Stoff.

«Por cierto, *a propósito* de este asunto de Norwood, verá que tenían,

had, as I surmised, a confederate in the house, who could be none other than Lal Rao, the butler: so Jones actually has the undivided honour of having caught one fish in his great haul."

"The division seems rather unfair," I remarked. "You have done all the work in this business. I get a wife out of it, Jones gets the credit, pray what remains for you?"

"For me," said Sherlock Holmes, "there still remains the cocaine-bottle." And he stretched his long white hand up for it.

como yo suponía, un confederado en la casa, que no podía ser otro que Lal Rao, el mayordomo: así que Jones tiene en realidad el honor indiviso de haber pescado un pez en su gran botín».

«La división parece bastante injusta», comenté. «Usted ha hecho todo el trabajo en este negocio. Yo saco una esposa de ello, Jones se lleva el mérito, ¿qué queda para usted?».

«Para mí», dijo Sherlock Holmes, «aún queda la botella de cocaína». Y estiró su larga y blanca mano hacia ella.

CLÁSICOS EN ESPAÑOL

Esperamos que haya disfrutado esta lectura. ¿Quiere leer otra obra de nuestra colección de *Clásicos en español*?

En nuestro Club del Libro encontrarás artículos relacionados con los libros que publicamos y la literatura en general. ¡Suscríbete en nuestra página web y te ofrecemos un ebook gratis por mes!

Recibe tu copia totalmente gratuita de nuestro *Club del libro* en rosettaedu.com/pages/club-del-libro

CLÁSICOS EN ESPAÑOL

Una habitación propia se estableció desde su publicación como uno de los libros fundamentales del feminismo. Basado en dos conferencias pronunciadas por Virginia Woolf en colleges para mujeres y ampliado luego por la autora, el texto es un testamento visionario, donde tópicos característicos del feminismo por casi un siglo son expuestos con claridad tal vez por primera vez.

Oscar Wilde escribe una sola novela, *El retrato de Dorian Gray*; ésta fue el objeto de una crítica moralizante mordaz por parte de sus contemporáneos que no pudieron ver que dentro de una trama perfectamente compuesta se escondía toda la tragedia del romanticismo. Cien años después no ha perdido su impacto original y sigue siendo un texto fundamental para los debates sobre la estética y la moral.

Otra vuelta de tuerca es una de las novelas de terror más difundidas en la literatura universal y cuenta una historia absorbente, siguiendo a una institutriz a cargo de dos niños en una gran mansión en la campiña inglesa que parece estar embrujada. Los detalles de la descripción y la narración en primera persona van conformando un mundo que puede inspirar genuino terror.

rosettaedu.com

EDICIONES BILINGÜES

En una atmósfera constante de misterio y amenaza, *El corazón de las tinieblas* narra el peligroso viaje de Marlow por un río (sin duda el Congo aunque no es nombrado en el relato) africano. Lo que el marino puede observar en su viaje le horroriza, le deja perplejo, y pone en tela de juicio las bases mismas de la civilización y la naturaleza humana.

Durante décadas, y acercándose a su centenario, *El gran Gatsby* ha sido considerada una obra maestra de la literatura y candidata al título de «Gran novela americana» por su dominio al mostrar la pura identidad americana junto a un estilo distinto y maduro. La edición bilingüe permite apreciar los detalles del texto original y constituye un paso obligado para aprender el inglés en profundidad.

En *La señora Dalloway* Virginia Woolf relata un día en la vida de Clarissa Dalloway, una señora de la clase alta casada con un miembro del parlamento inglés, y de un ex-combatiente que lucha contra su enfermedad mental. La innovación de la novela es la corriente de consciencia: Woolf sigue el pensamiento de cada personaje, siendo excelente a la hora de narrar emociones, asociaciones y sentimientos.

rosettaedu.com